REDEPLOYMENT
重-新-派-遣

[美国] 菲尔·克莱 著 亚可 译

人民文学出版社
PEOPLE'S LITERATURE PUBLISHING HOUSE

著作权合同登记：图字 01-2017-0799 号

Redeployment

by Phil Klay

© 2014 by Phil Klay

图书在版编目(CIP)数据

重新派遣/(美)菲尔·克莱著；亚可译.—北京：
人民文学出版社，2016
ISBN 978-7-02-012236-3

Ⅰ.①重… Ⅱ.①菲… ②亚… Ⅲ.①短篇小说-小说集-美国-现代 Ⅳ.①I712.45

中国版本图书馆 CIP 数据核字(2016)第 302591 号

责任编辑：甘　慧　潘爱娟
封面设计：周安迪

出版发行	人民文学出版社
社　　址	北京市朝内大街 166 号
邮政编码	100705
网　　址	http://www.rw-cn.com
印　　制	山东德州新华印务有限责任公司
经　　销	全国新华书店等
开　　本	889×1194 毫米　1/32
印　　张	8.125
字　　数	130 千字
版　　次	2017 年 5 月北京第 1 版
印　　次	2017 年 5 月第 1 次印刷
书　　号	978-7-02-012236-3
定　　价	42.00 元

如有印装质量问题，请与本社图书销售中心调换。电话：010-65233595

目录

001	重新派遣
015	补充命令
025	行动报告
047	肉体
063	我的伊战
067	金钱作为一种武器系统
103	在越南他们至少还有妓女
111	火窑中的祈祷
146	心理战
186	战争故事
208	除非伤在该死的胸口
237	十公里以南
253	没有诗意的战争（代译后记）

重新派遣

我们对狗开枪。那不是意外，而是故意的，我们称之为"史酷比行动"。我是爱狗之人，这件事在我心里挥之不去。

第一次是本能反应。我听见奥利瑞说："天啊！"然后视野里出现一条褐色的瘦骨嶙峋的狗，它舔着血，像它平常从碗里喝水一样。虽不是美国人的血，但毕竟是条狗在舔着人血。我想那是压弯骆驼的最后一根稻草，之后我们杀起狗来再无顾忌。

当时你没有时间想这些。你脑子里想的是谁在那房子里，他配备了什么武器，想怎样把你干掉；你还担心着自己的弟兄。你端着550米射程的步枪，一个街区一个街区地扫过去，常常在一间屋里就能干掉好几个人。

等到总部让你休整时，这些念头才会冒出来。因此，你并不是直接从战场回到杰克逊维尔①的商场。派遣任务结束后，他们先把我们送到沙漠中的后勤基地阿尔·塔卡德姆，让我们稍微"解压"。我不确定这个词到底是什么意思。我们猜"解压"意味着在浴室里一次次地手淫，抽很多烟，玩命打牌。然后他们把我们送到科威特，乘民用客机回家。

就这样，之前你还在绝不是他妈开玩笑的战场，现在却坐回到

---

①美国北卡罗来纳州的一座城市。

舒适的座椅上,盯着头顶上吹出凉风的空调孔,心里嘀咕:"这他妈怎么回事?"和其他人一样,你的双膝间架着步枪。有些海军陆战队员还随身带着M9手枪。你们的刺刀却全被收走了,因为飞机上禁止携带刀具。虽然洗过澡,你们看上去还是又脏又瘦。每个人都眼窝深陷,迷彩服破烂不堪。你就坐在那儿,闭上双眼,开始回想。

问题是,你的思绪总是无法连贯。你不会去想:噢,我做了A,接着是B,然后C,然后D。你试图想家,眼前却出现叛军虐囚室的场景。你看见柜子里的肢体残片和那个关在笼子里的智障。他叫起来就像只鸡,脑袋已经萎缩到椰子大小。过了好一会儿你才想起医生曾解释说,那帮人往他脑袋里灌了水银。想想似乎也讲不通。

你看见自己几乎丧命的那些时候曾见过的画面。破碎的电视机,还有那个穆斯林的尸体。血泊中的艾科尔茨。中尉对着无线电大喊。

你看见那个小女孩——柯蒂斯在一张桌子里发现了她的照片。第一张照片里,是个漂亮的伊拉克儿童,七八岁左右,光着脚,穿着美丽的白裙子,一副初次领圣餐的打扮。下一张照片里,她穿红裙、高跟鞋,化了浓妆。再下一张,同样的红裙,脸上已满是污垢,手握一支和她自己差不多高的枪。

我试图想些别的事,比如我的妻子谢丽尔。她肤色白皙,手臂上长着细小的深色汗毛。她总觉得丢人。但那些汗毛很软,很精致。

一想到谢丽尔我便忍不住愧疚。于是我会想想埃尔南德斯准下士、史密斯下士,还有艾科尔茨。艾科尔茨和我情同手足。一次我们曾携手救下一名陆战队员。几星期后,他翻一堵墙的时候,叛军忽然从一个窗口冒出来,一枪打中了他的后背。

我就想着这些。我看见那个智障、小女孩,和要了艾科尔茨命的那堵墙。可我要说的是,我想了很多、很多,那些操蛋的狗的事情。

我也会想起我的狗,维卡。想起当时在流浪狗收容所,谢丽尔说,应该领养一条老一点的狗,因为没人要它们。想起无论我们教它什么最终都是徒劳。想起它如何呕吐,吐出那些原本就不该吞下的东西。想起它自知犯错地夹着尾巴低下头,蜷起后腿溜走的样子。想起我们领养它两年后它的毛色开始变得灰白,脸上的白毛多得活像一丛胡须。

就是这样。一路想着维卡和史酷比行动,在回家的路上。

或许你为杀人做好了准备。你用人形靶练习过,觉得实战也没问题。当然,我们也用所谓的"狗靶"练习。四号靶形,但它们看上去却一点不像那些操蛋的狗。

杀人其实也不容易。初出茅庐的陆战队员总以为自己是兰博,但这事可不是他妈的开玩笑,只有老手才做得来。通常如此。那次我们发现一个濒死的叛军,喉咙里咯咯作响,口吐白沫,浑身颤抖,情况不能更糟了,你知道。他的胸腔和骨盆被7.62毫米子弹击中,眼看就要断气,但带队的副连长还是走上前,抽出卡巴刀,划开了他的喉咙。他说:"还是用刀杀人好。"士兵们面面相觑,仿佛在说:"这他妈开玩笑吧?"没人预料到副连长会有这一手。但新兵们早晚都得见识。

在飞机上,我也想起这些。

想想还真可笑:你手握步枪坐着座椅上,身边却一颗子弹也没有。随后飞机在爱尔兰降落加油。舷窗外浓雾弥漫,一个鬼影都看不见,但你知道:到了爱尔兰就一定有啤酒。航班机长是个没当过兵的混蛋，居然一本正经地宣读起军规：回到美国本土前你们仍视为在岗，因此禁止饮酒。

我们的头儿一听就蹦了起来："这他妈就跟'橄榄球棍'①一样没道理。听着，士兵们，你们有三个小时。听说他们这儿卖健力士。"真他妈爽！

瓦塞特下士一次要了五瓶啤酒，在面前摆成一排。他并不急着喝，只是坐在那儿看着，满脸欢喜。奥利瑞调侃道："看看你，笑得就像个坐在鸡巴树上的基佬。"这句话教官们常挂在嘴边，柯蒂斯总被逗乐。

所以柯蒂斯笑着说："还真是棵可怕的操蛋树！"我们都笑了，很开心终于可以胡言乱语，可以放下防备。

我们举起酒瓶一饮而尽。差不多每个人都掉了二十磅的体重，七个月来滴酒不沾。二级一等兵麦克曼尼根在酒吧里四处晃悠，睾丸从迷彩短裤里露出来，还一个劲儿地说："别盯着我的蛋看，基佬！"斯劳特准下士喝了半小时就去洗手间吐了，克莱格下士——那个还清醒着的摩门教徒——在一旁扶着他，而格里利准下士——那个喝醉的摩门教徒——在旁边的隔间里吐着。连长们也都喝得烂醉。

这样挺好。一回到飞机上我们便不省人事，醒来时已在美国。

令人略感失望的是，我们在樱桃角空军基地降落时，一个接机的人也没有。外面漆黑、寒冷。我们中一半人还沉浸在几个月来的第一场宿醉中，身体疲惫但内心舒畅。我们走下飞机，面前是巨大空旷的飞机跑道，等着我们的是五六个戴红标的地勤和几辆七吨载

---

① 作者这里借用了北美俚语 a football bat，北美橄榄球是椭圆形的，而 bat 是指棒球棍。用棒球棍击打橄榄球基本是不切实际的，故有毫无意义、胡说八道的意思。

重的军用卡车。没有家属的身影。

连长们说家属在勒琼基地等我们。我们越快将全部装备装车，就能越快见到他们。

收到。我们分成几组，把帆布背包和水手袋扔上卡车。都是重体力活儿，能让血液在这大冷天里流转起来。酒也随着出汗醒了几分。

然后他们调来几辆大巴，我们挤上车，M16突击步枪的枪口胡乱指着，枪支安全规定没人遵守，也没人在乎。

从樱桃角到勒琼有一小时车程。首先要穿过一片树林。黑暗中几乎什么也看不见。到了24街也差不多如此。商店还未开门，加油站和酒吧的霓虹灯已经熄灭。望着窗外，我能感觉到自己在哪儿，却依然没有回家的感觉。我想，等我亲吻过妻子、抚摸过我的狗，才算真正回家。

我们进入勒琼基地的侧门，距离营地还有十分钟。但按这个混蛋司机开车的速度——我告诉自己——还得要十五分钟。到麦克休街时，每个人都兴奋起来。然后车拐进营地所在的A街。我看着营房，心想：终于到了。没想到车在离营房只差四百米的地方停了下来——就在军械库前面。我完全可以跑向家属区。我已经看见一处营房背后的灯光。四周停满了车。我能听见路远端传来的人声。家属们就在那里。但我们按命令排成一列，心里想着他们就在那里。我想着谢丽尔和维卡。我们等待着。

我排到窗口，把步枪递过去，一阵莫名的失落感令我猝不及防。几个月来，这是我第一次和我的枪分开。我不知该把手放在哪儿。我先是把它们揣在口袋里，然后抽出来交叉在胸前，最后干脆让它们一无是处地耷拉在身体两侧。

等所有人都交了枪，军士长命令我们排成他妈一本正经的阅兵队列。一个白痴旗手在前方挥着旗,我们沿 A 街行进。走到第一排营房边缘时,人群欢呼起来。转过拐角我们才看见他们——一面人墙在几盏户外射灯下高举标语牌。雪亮的灯光直射过来,让我们很难在人群中辨认出谁是谁。旁边已摆好了野餐桌,一名穿迷彩服的陆战队员正烤着热狗。还有一座充气城堡。一座他妈的充气城堡。

我们继续前行。另两名穿迷彩服的士兵并排挡住激动的人群。我们行进到人墙面前,侧脸对着他们,这时军士长下令立定。

我看见电视台的摄像机,还有不计其数的美国国旗。麦克曼尼根全家都站在第一排正中,手里举着标语:"乌拉①,布拉德利·麦克曼尼根一等兵。我们以你为荣!"

我的目光在人群中四处搜寻。在科威特,我和谢丽尔通过电话,不长,只是:"嗨,我挺好的。"还有,"对,四十八小时之内就到。问问家属联络官,他会告诉你什么时候去。"她说她会在那儿,但在电话里听着有些异样。我已经有些日子没听见她的声音了。

然后我看见艾科尔茨的父亲。他也举着标语牌。上面写着:"欢迎归来,布拉沃连②的英雄们!"我望着他,想起我们出征时他的样子,心想:"那是艾科尔茨的父亲。"就在此刻他们让我们解散,同时也放开了人群。

我站在原地,身边的战友——柯蒂斯、奥利瑞、麦克曼尼根、克莱格、瓦塞特——都朝人群跑去。家属也朝我们涌来。艾科尔茨

---

① 乌拉(OO-RAH),美国海军陆战队的战斗口号,可用于口头问候或鼓舞士气。
② 布拉沃连(Bravo Company)即 B 连。美军为避免信息传递中出现混淆,将 B 按北约字母音标写作 Bravo。类似的标注惯例还有 A 连(Alpha Company)、C 连(Charlie Company)、D 连(Delta Company)等。

的父亲也在其中。

他和经过的每个士兵握手。我不确定有多少人认识他。我知道自己该说些什么，但我没有。话到嘴边又缩回来。我四处寻找我的妻子，然后在一个牌子上发现了我的名字：普赖斯中士。其他的字被人群挡住了，我也看不见举牌的人。我从正和柯蒂斯拥抱的老艾科尔茨身边走开，朝牌子挪过去，终于看清牌子上的全文："普赖斯中士，既然你回来了，就干些家务活吧。下面是你要干的：1)我；2)重复1。"

举牌子的，是谢丽尔。

她穿着迷彩短裤和无袖衬衫。天这么冷，她一定是为我穿上这些的。她比我记忆中的她消瘦了，妆更浓了。我有些紧张，有些疲惫，她也与往常略有不同。但她还是她。

我们身边围绕着难掩内心喜悦的家属和一脸倦容的士兵。我朝她走过去，她看见我的瞬间眼睛亮了。很久没有女人对我这样微笑了。我走上前亲吻她。我想自己应该这么做。分开这么久，我们俩都很紧张，只是勉强碰了碰嘴唇。她退后一步盯着我，双手搭着我的肩抽泣起来。她抬手揉了揉眼睛，张开双臂抱着我，将我搂入怀中。

她柔软的身体紧贴着我。整段服役期我要么睡地上，要么睡帆布床。我身着防弹衣，身前总斜挎着步枪。七个月来我没碰过任何质感如她身体般的东西。我几乎已经忘了她给我的感觉，或许我从未真正意识到。现在这种全新的体验令世间万物黯然失色。她放开我，我拉起她的手，背上行李一同离开。

她问我想不想开车。是的，当然！我坐上驾驶座，亦是久别重逢的感觉。我挂上倒车挡，倒出车位，驶上回家的路。我想找个暗处停车，和她在后座上亲热，就像高中时那样。但我还是径直出了停车场，沿麦克休大道一路开下去。刚才乘大巴经过的路，现在感觉全然不同。四下的氛围分明在说：这是勒琼。这是我过去开车上班的路。夜那么黑，那么静。

谢丽尔问："你还好吗？"她的意思是：这几个月你过得怎么样？ 你现在还正常吗？

我说："是的，我还好。"

我们再次陷入沉默，车拐上霍尔库姆街。我庆幸是自己开车。这让我可以集中注意力做一件事。沿这条街开下去，转动方向盘，然后是下一条街。一步一个脚印。只要一步一个脚印，什么难关都能渡过。

她说："你回家我真高兴。"

然后她说："我真的很爱你。"

然后她说："我为你骄傲。"

我说："我也爱你。"

到家了，她为我开门。我甚至不知道自己的钥匙在哪儿。维卡没到门口迎接我。我进门找了一圈，才在沙发上找到它。它看见我，缓慢地爬起身。

它的毛色比之前更白，腿上鼓着怪异的脂肪块。拉布拉多经常会长这种瘤子，但维卡腿上的特别多。它摇了摇尾巴，然后小心翼翼地走下沙发，似乎很疼。谢丽尔说："它还记得你。"

"它怎么这么瘦？"我问道，一面弯腰挠它的耳朵。

"兽医说我们必须控制它的体重。而且它现在吃东西吐得很厉害。"

谢丽尔拉着我的胳膊，把我从维卡身边拖开。我顺从地跟着。

她问我："回家真好，对吧？"

她的嗓音有些颤抖，仿佛不确定我的答案。我说："是的，是的，回家真好。"她重重地吻我。我将她揽入怀中，把她抱起来走进卧室。我挤出一个灿烂的笑，但似乎没什么用。她依然露出一丝怯意。我猜今晚所有的妻子都会有点紧张。

这就是我回家的情形。大概还算不赖，我猜。归来就像险些淹死的人探出水面的第一次呼吸。即便伴着疼痛，也是好的。

我没什么可抱怨的。谢丽尔做得很好。我在杰克逊维尔见到了柯蒂斯准下士的妻子。他回来前她已经花光了他的津贴，而且她已经怀孕五个月。对于一名服役七个月归来的士兵，她的孕期还不够长。

我们归来那晚，瓦塞特下士的妻子没有到场。他笑着说，她多半是搞错时间了。于是奥利瑞开车送他回家。打开门才发现已是人去楼空。不仅是他妻子，所有的一切——家具、壁挂，全都不见了踪影。瓦塞特望着惨白的四壁，摇着头大笑起来。他们出门买了些威士忌，回到空屋里喝得酩酊大醉。

瓦塞特把自己灌醉。酒醒时分，麦克曼尼根就在他身边的地板上坐着。很难想象，在我们所有人中，麦克曼尼根是那个会把他收拾干净、准时送他到基地上课的人。在课上他们告诫你：不要自杀，不要家暴。瓦塞特无奈地说："我没法家暴。我他妈连老婆在哪儿都不知道。"

那个周末他们给了我们四天假，星期五轮到我照顾瓦塞特。他连着醉了三天，和他在一起就是个威士忌加大腿舞的变态狂欢节表演。凌晨四点我把他送到斯劳特的军营宿舍后才回家，进门时吵醒了谢丽尔。她什么也没说。我猜她会生气，她看上去也确实如此，但我上床时她翻过身来，轻轻抱了抱我，毫不嫌弃我的一身酒气。

之后斯劳特把瓦塞特交给阿迪斯，阿迪斯再把他交给格里利，就这样传下去。整个周末我们中总有人在他身边，直到我们确定他

重新派遣　009

没事了。

不和瓦塞特或是别的兄弟待在一起的时候,我和维卡坐在沙发上,看谢丽尔为我录的棒球比赛。有时谢丽尔和我谈起她过去的七个月,谈起留在家里的妻子们,还有她的娘家人、她的工作、她的老板。有时她也问我些无关紧要的问题。有时我也会回答。虽然回国的感觉很棒,虽然我恨透了过去的七个月——唯一支撑着我的是军中的兄弟和回家的念想,我开始盼望着重返战地。现在这一切真他妈让人难受。

接下来的一周,每天上半天班,全是些琐事。让大夫处理那些瞒报或者没来得及治疗的伤口。看牙。行政事务。每天傍晚,我和维卡在电视前等谢丽尔从"德克萨斯公路旅馆"牛排连锁店下班。

维卡会枕着我的腿睡觉,当我俯身喂它腊肠片时才醒过来。兽医告诉谢丽尔腊肠对它不好,但它应该吃点好的。我抚摸它的时候会碰到它的肿瘤,那一定很疼。看上去它干什么都疼:摇尾巴、吃饭、走路、坐下。它隔天就会呕吐一次,先是窒息般的干咳,随后频率越来越快,足足二十秒后才有东西吐出来。那声音让我难以忍受。我并不介意清理地毯。

谢丽尔回家时看着我们俩,微笑着摇了摇头,叹道:"你们俩还真是一对儿。"

我想待在维卡身边,又不忍心看它这样。或许正是这个原因,我才同意周末和谢丽尔出门。我们带上我的津贴,买了不少东西——这是现在的美国人还击恐怖分子的方式。

以下是这次外出的经历。你的妻子领着你在威尔明顿购物。上次你走在一座城市的街上时,手下担任前锋的士兵沿着街边前进,观察正前方和街对面的屋顶;他身后的士兵负责盯紧顶层的窗户;再后面的士兵盯下面一层,以此类推,直到路面一层也有人盯;最后是队尾的士兵掩护后方。城市里无数角落暗藏杀机。最初你提心吊胆。但你发现只要遵循训练的套路，就不会出问题。

在威尔明顿，你手下没有队伍，没有一个并肩作战的战友，甚至连武器也没有。你数次习惯性地摸枪又惊恐地发现它不在那儿。按道理说你很安全，你的戒备应该降到不设防的白色级别，但事实并非如此。

比如，在这间"美国鹰"服装专卖店，你妻子挑了几件衣服让你试，你走进狭小的试衣间。你把门关上，然后你就再也不愿打开它。

店外的人从橱窗边悠然走过，似乎一点也不担心。这些人不知道费卢杰①在哪里，也不知道我的排有三名士兵在那里丧命。这些人一辈子都停留在白色。

他们甚至永远不会接近橙色。你不会，直到你第一次参加枪战，或是第一次目睹自己避开的简易炸弹爆炸。你意识到身边每个人的生命——每个人的生命——都依赖于你不犯错。你也同样依赖他们。

有些士兵紧张得直接跃至红色。他们会保持那种状态一段时间，随后崩溃，一直跌落到白色以下，甚至低于"我他妈才不在乎去死"。其他人大多处在橙色，时刻保持着警惕。

以下是橙色的含义：你平时看到的和听到的全消失不见了；你大脑的运转方式改变了；你留意观察周遭的每个细节，视野里的一切。我能注意到街上二十码外的一枚硬币。我的触角伸向街区的深处。现在很难清晰地记起当时那种感觉。我想，当你一下子有太多

---

① 费卢杰（Fallujah）是伊拉克安巴尔省城市，位于伊斯兰教什叶派圣城纳杰夫附近。费卢杰又名"清真寺城市"，市郊区内有超过200座清真寺，该城也是逊尼派的重要据点。

重新派遣　011

信息需要记住的时候,你干脆把它们全忘了,清空大脑,将全部注意力集中在下一个瞬间,让自己尽可能活下去。然后这个瞬间也被忘却,你的注意力移到下一个瞬间。然后下一个。再下一个。整整七个月。

这就是橙色。当你手无寸铁地去威尔明顿购物,你觉得自己能恢复到白色吗? 在你回到白色前,还他妈有段漫长的时间。

离开商场时我已经有些神经质了。回家的路上谢丽尔没让我开车。我肯定会飙到一百英里时速。回到家我们发现维卡又吐了,就在门边。我四处找它,它在沙发上,腿颤抖着勉强站着。我说:"该死,谢丽尔。是时候了。"

她说:"你以为我不知道?"

我看着维卡。

她说:"明天我带它到兽医那儿去。"

我说:"不行。"

她摇了摇头。她说:"我会处理的。"

我说:"你是说要付某个混蛋一百美元来杀死我的狗?"

她沉默了。

我说:"这事不是这么干的。让我来。"

她望着我,温柔的眼神让我无法直视。我转向窗外,眼前一片模糊。

她说:"想让我和你一起去吗?"

我说:"不。不。"

"好吧,"她说,"但那样会好些。"

她走到维卡身旁,俯身拥抱了它。她的头发落下来挡住脸,因此我看不清她是不是在哭。她起身走进卧室,轻轻关上门。

我在沙发上坐下,伸手去挠维卡的耳朵,心里有了个计划。算不上是个好计划，但至少是个计划。有时这就足够了。

我家附近有条土路，路边流淌着一条小溪，夕阳西下时阳光浸入水中。很美。过去我时常去那里跑步。我想那是个合适的地方。

开车过去并不远。我们正好在日落时分到达。我把车停在路边，下车，从后备厢里抽出步枪挂到肩上，走到副驾驶座一侧。我拉开门，双手托起维卡，把它抱到河边。它很重、很暖和，我抱它的时候它舔着我的脸。它舌头的动作缓慢、慵懒，能看出是条一辈子都很快乐的狗。我放下它，后退几步。它抬头望着我，摇了摇尾巴。我僵住了。

过去我只有一次像这样迟疑过。在穿过费卢杰的途中，一个叛乱分子潜入我们的警戒范围。当我们发出警报时，他消失了。我们异常紧张地四处搜索，直到柯蒂斯朝一个用作粪池的蓄水池里看了一眼。那是个大型圆水池，装了四分之一池的屎尿。

那个叛军就在池中，身体躲在粪水里，只是出来换气。像一条鱼浮上来吞掉停在水面的一只苍蝇。他的嘴探出粪水表面，吸一口气又合上，然后再下潜。我无法想象他的感受。光闻一下就够你受的了。四五名陆战队员垂直向下瞄准，子弹射入粪水中。除了我。

望着维卡时，我也是同样的心情。那种感觉像是一旦我向它开枪，我体内的某种东西就会破碎。但我想到谢丽尔会带它去见兽医，让某个陌生人把手放在我的狗身上。我想，我必须亲自动手。

我没有霰弹枪，只有一支 AR-15 自动步枪，和我训练用的 M16 很相似，我明白如何正确使用。三点一线瞄准，控制扳机，调整呼吸。注意力放在瞄准器上，而不是目标。目标应该是模糊的。

我瞄准维卡，然后紧盯瞄准器。维卡在远景中虚化为一团灰色。我打开安全栓。应该是三枪连发。并不是说你扣下扳机一切就结束了。你必须采用正确的做法。两发射向身体。最后一发对准头部。

前两枪必须快,这至关重要。你的身体的主要成分是水,因此子弹穿过身体就像石头投入池塘。它会激起涟漪。在第一块后紧接着投入第二块,它们落水两点之间的水面会荡起涟漪。这会在你身体里发生,尤其当两颗 5.56 毫米子弹以超音速穿过的时候。那些涟漪足以撕碎你的内脏。

如果我瞄准你心脏的任意一侧,先一枪……然后再一枪,你的两片肺叶都会穿孔,胸前出现两个大洞。你必死无疑。但你一时还死不了,还能感觉到血液慢慢充满你的肺。

如果两枪的间隔足够短,就没这问题。激起的涟漪会撕碎你的心肺,你当场死去,不必经历垂死的挣扎。只有震惊,没有痛苦。

我缓缓扣紧扳机,感受弹簧的压力,紧盯瞄准器,而不是维卡,然后三枪连发。两颗子弹穿透它的胸膛,一颗射穿头骨。子弹很快,快得难以觉察。正该如此,每颗子弹紧跟着前一发,令你无暇反应。等你回过神来,痛苦也随之袭来。

我呆立在原地盯着面前的景象。维卡成了一团模糊的灰色和黑色。暮色渐浓,我已不记得要如何处理它的尸体。

补充命令

排长说:"端掉那栋该死的房子。"收到。我们这就去端掉那栋该死的房子。

我召集手下人,画了个沙盘图。讲解时我含了块湿鼻烟,吐出的唾沫一落地就蒸发了。

线报说那是一间简易炸弹作坊,藏着几个该死的狠角色,包括一个在通缉名单上很靠前的家伙。SALUTE 情报①说有一个战斗分队的兵力,配备了 AK 突击步枪、RPK 轻机枪、RPG 火箭筒,可能还有一挺德拉贡诺夫狙击步枪。

我命令第二分队担任主力。那是斯威特下士的队伍,他在军中是个牛哄哄的摇滚明星。士官中的精英。他手下的轻机枪手是一等兵戴尔,这小子一听说终于有机会真枪实弹干一场就兴奋不已。他刚十九岁,乳臭未干,参军以来消灭的只有卫生纸而已。

我让第一分队策应,那是穆尔下士的队伍。穆尔有摩托车手的范儿,总认为他的队伍才配当主力,好像那他妈是个大奖似的。他不及斯威特出色,但也值得信赖。

和以往一样,我让第三分队待命。带队的是马尔罗西奥,他喝

---

① SALUTE 情报一般称 SALUTE REPORT,是美军敌情侦探报告涵盖元素的首字母缩写——Size(规模)、Activity(行为)、Location(位置)、Unit Identification(部队识别码)、Time(时间)和 Equipment(装备)。

下两管感冒口服液就变得比法比奥还蠢。第三分队总能分到简单的任务，因为我不愿给他们任何太复杂的指令。有时跟着蠢货也有好处。

我们到达那栋房子时，另外几个班已将周边封锁。我们沿街冲过去，轰开后门。重型 M870 霰弹枪。嘭！我们冲了进去。

后门通向厨房。右边，安全。左边，安全。上方，安全。身后，安全。厨房，安全。我们缓步通过，不作停留，持续前进。慢则稳，稳则快。斯威特下士的分队搜查房屋，简直势如破竹。

我们一穿过门廊，下一间屋里的 AK 步枪就开火了，但我们占了上风。结局是两个叛军都负了致命伤，而我方毫发无损。又一个在天堂漫步的日子。唯一的意外是斯威特下士带领二分队进入卧室时，背对门的叛军仓皇中跳起朝身后开枪，恰好击中斯威特。两颗子弹被他的防弹背心挡住，第三颗穿透护挡射入他的大腿。戴尔一等兵紧随斯威特进入房间，他举枪还击，一发 5.56 毫米子弹正中叛军的脸。我们控制了卧室，呼叫医护兵前来，戴尔蹲下为斯威特包扎伤口，伤口渗着鲜红的血，可能伤到了股动脉。

行动继续。第一分队顶了上来，同时 P 大夫赶到现场和戴尔一起处斯威特的伤口。大夫发现那个叛军还在呼吸，便对戴尔说："去把他脸上的伤包扎起来，实施救生四步：恢复呼吸、止血、保护伤口、治疗休克。"我通过队内无线电向排长发出伤亡转移请求。

我们继续前进。卧室，安全。洗手间，安全。储藏室，安全。一间不知是什么的房间，安全。一楼露台，安全。

排长打开无线通话，说救援的 CH-46 直升机已在路上。他问我情况如何,我给了 P 大夫一个询问的眼神:负伤还是阵亡①? P 大夫说,十分紧急,开不得玩笑。我告诉了排长,然后带队在地下室门口准备。

我们扔下一枚闪光弹,等炸弹爆炸后冲下楼。楼下有三个人。其中一个是基地组织成员,在闪光下已失去战斗力,手里没有武器。他看上去只有十七岁,吓得半死,我们把他反绑,进行该死的常规战俘处理。他尿了裤子。这种事时有发生。

地下室的另外两人不构成威胁:一名警察和一名伊拉克第一陆军师的士兵。他们被绑在一把椅子上,面前的三脚架上架着一台摄像机。他们被打得遍体鳞伤,地板上还淌着一大摊鲜血。

穆尔下士看了看摄像机和两个备受折磨的人,轻轻说了句:"我操,搞什么啊?"但大家心里都明白。

麦基翁准下士看着摄像机说:"基地组织拍的是史上最烂的毛片。"

穆尔低头盯着那个俘虏——他已被我们反绑、蒙眼,脸朝下放倒在地。他说:"你他妈狗娘养的。"他往前迈出一步,但我拉住了他。

第一分队为另外两人松了绑,开始急救。基地组织用铁丝把他们捆在椅子上,铁丝已深深嵌入皮肉,所以松开时不免撕开新的伤口。而且他们的脚看上去有些异样。我说:"把他们送到大夫设在一楼露台的临时救护点去。"房子里的叛军已经肃清,整个行动只用了不到两分钟,非常顺利。只可惜斯威特负了伤,伤情还很严重。任何腹股沟的伤都是噩梦。

---

① 作者在这里用的都是美军缩写语,WIA(Wounded In Action),战斗负伤;KIA(Killed In Action),阵亡。

补充命令　017

地下室里有个武器库，都是常见的东西：AK 步枪、RPK 轻机枪、简易炸药、RPG 火箭筒，还有生锈的 122 毫米炮弹。我把这些交给穆尔，自己上楼查看斯威特的伤势。

在楼上，我看见大夫取出奎可洛特止血剂①敷在斯威特的伤口上。不是个好迹象。奎可洛特有种灼烧感，但斯威特硬挤出一个笑容。他对我竖了下大拇指，然后低头看大夫处理他的大腿。他说："嗨，大夫，反正你在那儿了，顺便给我吹个管儿呗？"大夫头也不抬。

一等兵戴尔正在救治被他一枪打中脸的叛军。我看见他从自己的急救包里抽出纱布。他本不该这么做。急救包是留给自己用的。

叛军的情况很不妙。看起来他的半个下巴已经不见了，几簇胡须连着皮肉。在屋子的另一端的地上。戴尔用力摁压纱布试图止血，但从他的表情我能看出他已几近崩溃。于是我把韦伯准下士拽过来，用他替下戴尔，让戴尔喘口气。

十分钟不到，CH-46 直升机就落地了。这段时间足以让斯威特不再开玩笑，而是开始说那些重伤员常说的蠢话。我告诉他我们不会让他死的。我不知自己是否在说谎。

我们把斯威特、叛军、伊拉克警察和那个陆军士兵一起抬出屋子，送上直升机。他们被送往塔卡德姆基地。我告诉手下人，斯威特活下来的机会很大。只要你进急救室时还在喘气，就多半能喘着气出来。

救援队伍离开后，剩下的只有等待。我向排长汇报了战况，他再向上级汇报。总指挥官闻悉说："棒极了，祖鲁！"鬼知道那是什么意思。

---

① 奎可洛特（QuikClot），一种止血剂的名字。

我命令手下保持警惕，不允许任何懈怠。我自己更是没有丝毫放松。通常一次突袭会耗尽我的肾上腺素，让我只想蜷起来打个盹。但此刻斯威特生死未卜，我怎会有心情？

士兵们各就各位。负责警戒的是马尔罗西奥的手下——愿上帝保佑我们。而斯威特的队伍显然不在状态。

戴尔站在大厅的一扇窗边，魂不守舍。基本的战术原则全抛到脑后。首先，他靠窗太近；第二，他对窗外的情形心不在焉。就算叛军大摇大摆走进来，揪住他的睾丸，他多半也不会注意到。他满身是血，有斯威特的血，可能也有叛军的。包扎伤口从不是件惬意的事。他飞行服的两只袖子都被血浸透了。

我对他说："过来。"大厅里有两人守卫，我让穆尔替我盯着。我陪着戴尔走进厨房，对他说："脱了。"

他茫然看着我。

"这衣服你不能再穿了。"我说。

于是他脱下外套，我也脱下我的。他被派遣之前文在胸口的巨大超人"S"露了出来。每个人都因此取笑过他，但此刻我什么也没说。我脱下飞行服，递给他换上。然后我重新披上防弹背心，把戴尔的飞行服卷起来夹在腋下，穿着皮靴、防弹背心、内裤，戴着凯夫拉防弹头盔[①]回到大厅。我的手脚都有些日子没见阳光了，白得像鸽子屎。穆尔一见我便忍俊不禁，麦基翁也跟着哈哈大笑。我说："笑个屁！老子多性感啊。"

排长和大夫正待在角落里。他看见我的腿光溜溜地从防弹背心下伸出来，没有笑，只是说了句："还好你今天穿了内裤。"

[①] 凯夫拉头盔（Kevlar），是美国杜邦公司于1965年推出的一种芳香聚酰胺类合成纤维，发明者为波兰裔美国女化学家斯蒂芬妮·克沃勒克，现被广泛用于船体、飞机、自行车轮胎、军用钢盔、防弹背心等。

我朝地下室的门侧了侧头，问大夫："嗨，大夫，下面他妈什么情况？"

他摇了摇头。"打得很惨，"他说，"我猜是用橡皮管。他们被打得皮开肉绽，脚底尤其严重。那帮人还用电钻钻透了他们的脚踝，就在关节的位置，所以他们下半辈子都没指望了。不过死不了。"

排长说："他们原本准备录像的。"

大夫说："他们把那两人拖到镜头前，像是说'准备去死吧，叛教的杂种'，然后才意识到没胶卷了。"

排长说："那两个出去找胶卷的还活着。多半不敢回来了，但还是得留神。那些人头脑一热什么事都做得出。"

"长官，但愿如此。"我说。

我正准备去告知手下，排长一只手按住我肩膀。他轻声问："中士，你见过这种场面吗？"

有时我会忘记这是他的第一次派遣。我耸了耸肩。现在肾上腺素已经耗尽，我倍感疲惫。"没见过完全一样的，"我说，"但也不意外。至少不是孩子。"

他点点头。

"长官，"我说，"回国之前别再琢磨这些了。"

"没错，"他说，然后往街上看了一眼，补充道，"拆弹部队要来处理弹药了。他们说别乱动任何东西。"

我说："我是不会拿炸弹开玩笑的，长官。"

他说："等他们搞定我们就去看斯威特。他现在在塔卡德姆。"

"他还好吗？"我说。

"他会没事的。"他说。

我出去查看手下人。拆弹部队来得很快，我看出那是科迪上士的团队。他是个典型的田纳西乡巴佬。他指着我的光腿,给了我一个十足乡巴佬的笑容。

"干完叛军之后,"他说,"你应该把裤子穿上。"

他带人去排除炸弹时,我着手处理戴尔的飞行服。穆尔从地下室找来汽油,我们把飞行服浸上汽油,一把火烧了。这衣服本该是防火的,要不我们也不会穿,但它照样烧了起来。

望着跳跃的火苗,我问穆尔:"你当时真的会踩扁楼下那个叛军吗?"

"也是他活该。"他说。

"我不是问这个,"我说,"你失控的样子被手下人见到,他们会意识到这场战争是多么没人性。我们现在没时间想这些。明天还要巡逻。"

排长找来一件备用的飞行服。"换上,"他说,"咱们准备回塔卡德姆。斯威特的情况稳定了,但他们很快会把他送到德国。伊拉克警察和士兵的情况也稳定了。那个叛军没挺过来。"

我接过飞行服,告诉穆尔:"通知队员斯威特没事儿了,别提叛军死了。"

我回到厨房换好衣服,拆弹部队已处理完毕。我们一同撤离。

开车去塔卡德姆的途中,麦基翁说:"嘿,至少我们救了两个人的命。"

我说:"是啊,第二分队真他妈牛逼。"

他们的眼神仍然印在我脑海里。我想他们并不希望被拯救。在基地组织在你面前架好摄像机之后吗? 你已受尽拷打酷刑、脚心被钻透,你心想:终于,来吧,痛快点,手起刀落。反正我会这么想。结果你猜怎样? 哈哈,他妈的没胶卷了。你只好坐着,在痛苦中煎熬,等待死亡。要知道旁边可没有沃尔玛。

我们端着M4冲进去的时候,他们眼里没有喜悦的泪水。他们其实已经死了。我们对他们进行急救,把他们运送到基地,此后他们只得活下去。

有一刻我想,也许我们整个班应该放纵一晚。用李施德林漱口水把自己灌醉,冲淡今天的一切。不过,没到万不得已我不想这么做,况且斯威特还活着。今天还算个好日子。等待真正糟糕的日子吧。

我们抵达了塔卡德姆,这是美军和联军共用的大型前方作战基地。我们在大门口卸下弹药,把武器都调低到四级。基地一般来说很安全,可以看到承包商在有条不紊地工作。

通往医院的路标和美国一样:白色的字母H嵌在蓝色方块中心。陆战队士兵不用披防弹衣,仅穿着迷彩服开着民用车穿行,和在美国境内一样。外科中心建在基地中央,挨着后勤指挥部"黑塔"。道路盘旋,我们逐渐接近医院。我以前曾来过这里。

快到医院的时候我们都沉默不语,只有麦基翁说:"班长,这种事真让人受不了。"

但现在不是讨论这个的时候。于是我说:"没错,自从上次你妈来月经的时候我干她,就再没见过那么多血。"大伙儿都笑起来,然后互相开玩笑,打破了刚才弥漫的低落情绪。我们下了悍马吉普车,走进右前方的外科中心。

外科中心里,斯威特已经醒了,但还在打吊瓶。

"我感觉很好,"他说,"至少腿保住了。"

斯威特手术时,另一名陆战队员被送进来,他的情况不太乐观。无论怎样,今天对于我们是个好日子。

我们和斯威特说笑时,戴尔拉住一位路过的大夫,问被他击中脸的那个叛军怎么样了。我试着向大夫示意,让他别说叛军已经死了。不过这并不打紧。大夫对他说："我不知道你打伤的是哪个。而且基地组织成员的伤势稳定后都被送到安全级更高的医院。现在你在这儿一个也找不到。"

听了这话，戴尔默默站到墙边。他还穿着我的飞行服，神情恍惚。我把手搭在他的肩膀上，说："一等兵，你今天干得不错！你拿下了打伤斯威特的家伙。"

斯威特旁边的病房里躺着我们救下的伊拉克警察和士兵。我走到大厅，从他们病房的门口望进去。他们依然惨不忍睹，已经被打了麻药睡过去。医院里环境很好，不像地下室里的一切都沾着血和灰。他们的身体虽已洗净，却还是不成人形。看到他们，我心里不由得一震。我没有招呼手下人，他们不必看到这场景。

在这之后，餐厅似乎成了唯一的去处。回到基地，自然该好好吃一顿。这是我的队员们应得的。或许他们正需一顿大餐调剂一下。再说，人人都说塔卡德姆有整个安巴尔省最好的餐厅，而且我们很快会重返前线。

餐厅在一公里以外。那是一座外形酷似白色谷仓的巨大建筑，至少两百米长，一百米宽，四面是十英尺高的围墙，墙上绕着铁丝网。我们在入口处向乌干达警卫出示证件，进了大门。里面先是洗手池——用餐前必须洗手，然后是很长的餐台，KBR 公司的员工忙碌地提供着各种食物。我不饿，但还是取了淋了山葵酱的肋排。

我们找了张大桌坐下。整个餐厅几乎坐满了，约有一千人就餐。我们旁边坐了些乌干达士兵、陆战队员和基地运营支持团队的水手。

一等兵戴尔坐在我对面，他吃得很少。我身边是位佩 O4[①] 肩

[①] O4 是美军军官军衔，在海军中对应的军衔是少校。

补充命令

章的运营支持团队的海军军官,看上去胃口很好。他发现我们不是基地的常驻人员,便和我们攀谈起来。我没告诉他我们回基地的原因,只是聊了聊我们的前方哨所,说很高兴在这里不用吃野战口粮或是伊拉克人的咖喱配米饭。他说:"你们很幸运,来得正是时候。今天礼拜天。礼拜天供应酥皮水果馅饼。"他指着餐厅最靠里的食品台,那儿有酥皮水果馅饼配冰激凌。

那他妈就吃吧! 吃完盘子里的东西,我们一齐起身去取馅饼,只有戴尔没动。他说自己不饿,但我对他说:"埃里克,把屁股抬起来,去拿点馅饼。"然后我们走过去。

KBR员工排出所有的口味:樱桃、苹果、桃子。

O4军官说樱桃的味道最好。收到! 我选了樱桃。戴尔选了樱桃。我们全选了他妈的樱桃。

回到餐桌,我仍旧坐在戴尔对面。他盯着冰激凌,任由它在馅饼上慢慢融化。看样子不妙。我把勺子塞到他手里。你必须从最基本的事做起。

行动报告

假如换成任何别的车，我们必死无疑。防爆装甲车腾到半空，三万两千磅重的钢铁飘起来、变形，在我身下解体，仿佛重力也在飘移。爆炸声刺透我的耳膜，冲击波直入我的骨髓，整个世界都在旋转、碎裂。

重力渐渐恢复正常。刚才前方的建筑都已不见，只剩头灯映射下的烟幕。远一点的地方，伊拉克平民被惊醒。即使炸弹是某个袭击者在现场引爆的，他也早溜走了。我的耳膜嗡嗡作响，视力只剩下眼前的一个点。我让目光顺着.50口径机枪的枪管艰难往远处移动，枪管的末梢已弯曲开裂。

装甲车指挥官加尔萨下士朝我大喊。

"这架.50报废了。"我朝他大喊。他的话我一个字也听不清。

我从枪架上下来，穿过装甲车车身。我手脚并用爬过座椅，推开后舱门，钻出车外。

提姆赫德和加尔萨已经爬出来了。提姆赫德守在车右侧，加尔萨检查车辆损伤。三号车跟上来协助警戒，哈维守在旋转机枪架上。这是一条进入费卢杰的狭窄街道，三号车停在了装甲车的左边。装甲车的车头整个塌下去，像一只受伤的野兽。

探雷器全被炸飞了。它们的滚轮散落一地，周围是金属碎片和瓦砾。装甲车的一只轮胎躺在几米开外，覆满了灰，在一堆微小的探雷器滚轮中间活像它们的祖父。

虽然我还未站定,训练产生的本能立刻显现。我举起步枪,在黑暗中巡视。我试图检查五米区域和二十五米区域,但眼前仍烟尘弥漫,能见度不足五英尺。

一间平房的灯光穿透烟雾。它闪烁着,忽明忽暗。我的脑袋嗡嗡作响,后背一阵生疼。爆炸时我一定从侧面撞上了枪架。

提姆赫德和我面朝外守在装甲车右侧。等到尘埃落定,我看见伊拉克人从破烂的平房里探出头来窥视我们。或许袭击者就在他们中间,想看看伤亡救援队是否会出现。他们为此能拿到额外的奖金。

那些平民多半也难逃干系。埋下这么大一枚炸弹,不可能整条街都蒙在鼓里。

我的心怦怦直跳,背上的伤也瞬间抽搐着疼。

加尔萨下士绕到车的另一侧检查损伤,我俩仍守在原地。

"操!"我说。

"操!"提姆赫德说。

"你还好吗?"我问。

"还好。"

"我也是。"

"我感觉他妈的……"

"他妈的什么?"

"不知道。"

"嗯,我也是。"

这时忽然响起枪声,仿佛有人在空中连续挥舞皮鞭。是AK步枪,就在近处,我们毫无掩护。我无法匍匐在枪架下,手里只有我的步枪,而不是.50机枪。我辨不清子弹的来处,但我俯身躲到装甲车侧翼后掩护自己。我回到训练的套路,但举枪瞄准时却什么也看不见。

提姆赫德从车的前部开枪了。我也朝着他射击的方向,对着那间亮灯的平房的侧面开枪,能看见子弹在墙面上激起的烟尘。提姆赫德停止射击,我也放下枪。他依然站着,所以我猜他应该没事。

一个女人尖叫起来。也许整个过程中她都在尖叫。我从车后缓步走出,感到睾丸一阵紧缩。

当我靠近提姆赫德时,房子的外墙逐渐清晰。提姆赫德举着枪,我也举枪对着他瞄准的方位。那是一个穿黑袍的女人,没戴面纱,地上一个估摸有十三四岁的孩子,汩汩地流着血。

"该死!"我说。我看见地上扔着一把 AK 步枪。

提姆赫德一言不发。

"你打中他了。"我说。

他说:"没有。没有,兄弟。没有。"

但确实是他。

我们猜想那个孩子看见我们站在那儿便抄起他父亲的枪,心想自己应该当个英雄,无论如何向美国人放一枪。如果打中了,我猜他会成为街坊中最酷的孩子。不过很显然他不知如何瞄准,否则我和提姆赫德都完了。虽然距离不到五十米,他的子弹都胡乱射向了天空。

和我们每个人一样,提姆赫德精于射击,也拿人形靶练过。人形靶和这个孩子的轮廓的唯一区别,只是这个孩子体形略小。他本能地扣下扳机,开了三枪那孩子才倒在地上。这种距离绝不会失手。孩子的母亲冲出来想把他拉回房里。她却正好目睹儿子的血肉从他肩后飞溅而出。

血淋淋的现实让提姆赫德无法接受。他告诉加尔萨不是他干的,于是加尔萨认为是我杀了那孩子——所有人都把那孩子叫做"那个叛军"。

护卫任务完成后,提姆赫德帮我脱掉枪手服。衣服被剥下时释放出浓烈的汗臭。平常他准会开个玩笑或者抱怨几句,但我猜今天他没这心情。整个过程中他一言不发,然后他说:"我杀了那个孩子。"

"没错,"我说,"是你干的。"

"奥兹,"他说,"你觉得别人会问我这个吗?"

"也许吧,"我说,"你是军警队里第一个……" 我顿了一下,本想说"杀人的",但从他的语气中我意识到这不是他想听的,于是我改口道,"干那个的。他们想知道是什么感觉。"

他点了点头。我也想知道那是什么感觉。我想起布莱克上士。他是我在训练营的教官,传说他曾用无线电步话机把一个伊拉克士兵活活打死。当时他转过一个街角,迎面就撞上那个士兵,近得来不及举枪。他发疯似的抓起摩托罗拉步话机往对方头上砸,直到他脑浆迸裂。我们都觉得他很屌。布莱克上士教训我们时常问些疯狂的问题,比如:"假设你情绪爆裂,叫炮兵把眼前的楼炸成了废墟,然后你进去只找到小孩的残骸,遍地是小手小脚和脑袋,你怎么办?"或是"一个九岁的小女孩,他父亲的脑浆已经流出来,但她觉得他还活着,因为他的腿还在抽动。你准备对她说些什么?"我们会回答:"新兵不知道答案,长官。"或者"新兵不懂伊拉克语,长官。"

全是让人发狂的场面。如果你真准备好面对如此血腥的战争,那也是蛮酷的。我一直想在训练营结束后拉着布莱克上士,问问他哪些是胡扯,哪些是他的真实想法,却始终没找到机会。

提姆赫德说:"我不想谈这个。"

"那就别谈。"我说。

"加尔萨以为是你干的。"

"是的。"

"你能替我保守秘密吗?"

他看上去很严肃,我不知该如何回答。于是我说:"好吧。我会告诉所有人是我干的。"谁能说不是我干的呢?

于是我成了军警队中唯一确定杀过人的。在行动汇报前几个人过来打招呼。乔布拉尼——队中唯一的穆斯林——对我说:"干得不错,伙计。"

哈维说:"如果不是他妈的加尔萨和提姆赫德挡着,干掉那小子的人应该是我。"

麦克说:"你还好吧,伙计?"

汇报过程中,军士长来到我们连队。我猜她听说我们刚交过火。她是那种习惯叫每个人"杀手"的军士长。比如:"最近怎么样,杀手?""乌拉,杀手。""又一个在天堂漫步的日子,对吧,杀手?"那天她过来对我说:"你还好吧,苏巴准下士?"

我告诉她我感觉不错。

"今天干得不错,准下士。你们全都是,干得不错,乌拉?"

乌拉。

汇报结束后,参谋军士把我、提姆赫德和加尔萨下士拉到一旁。他说:"棒极了!你们做得很好。尽职尽责。你们自己还好吧?"

加尔萨下士说:"没问题,参谋军士,我们很好。"我心想:操你妈,加尔萨,当时你他妈在装甲车的另一侧。

中尉说:"如果你们需要聊聊,随时告诉我。"

参谋军士说:"加油!作好准备,明天我们还有护送任务。没问题吧?"

没问题。

我和提姆赫德直接回到我们的双人宿舍。谁都不想说话。我捧起PSP玩起侠盗飞车,而他掏出任天堂DS玩起钻石版神奇宝贝。

第二天,我就不得不开始讲故事。

"接着,只听见哒哒哒"——到这儿还是真的——"子弹打在那帮孙子炸烂掉的探雷器上,我和提姆赫德看见那小子端着一支AK。我不假思索举枪就射。和训练一样。"

我一遍遍复述。每个人都问,还有人问到细节。没错,我当时在这儿,提姆赫德在那儿……让我给你画个沙盘图。看,那是装甲车。那小子在那儿。对,我刚好能看到他,他正从楼那侧探出头来。蠢货。

提姆赫德跟着我的话点头。虽说是胡编乱造,每复述一次感觉就好一些,仿佛我一点点、更多地占有了这个故事。每当我讲起它,所有细节都异常清晰。我描绘示意图,解释子弹飞行轨迹的角度。甚至当我一说起光线多暗、烟多浓、气氛多可怕的时候,那场景就变得没那么暗、烟没那么浓、气氛也没那么可怕。因此当我回想时,有真实的记忆,也有编造的故事,两者并排浮现在我脑海里,故事在重复中变得愈加清晰、愈加真实。

最终参谋军士忍不住找到我们,说:"苏巴,你他妈闭嘴!叛军向我们开枪,苏巴准下士还击,叛军死了。这是你在一间泰式按摩店外能得到的最好结果。到此为止。枪手们,睁大眼睛,一旦发现叛军,你们的机会就来了。"

一星期以后麦克死了。麦克莱兰德。

袭击者等到领头的装甲车过去后才动手。炸弹在护卫队中间爆炸了。

大个子和乔布拉尼都负了伤。大个子伤得很重，被送到了塔卡德姆基地，然后被送出伊拉克。据说他的伤势稳定了，尽管面部骨折并且"暂时性"失明。乔布拉尼只是被弹片击中。但麦克没挺过来。罗森大夫不愿和任何人提起他。整件事都糟透了。第二天我们为他举行了追悼会。

在护送任务前，我还和麦克说笑。他收到一个作为士兵福利的零食小包，里面装着全世界最无趣的糖果：过期的Peeps棉花糖和巧克力味的PEZ硬糖。麦克说那些糖的味道像圣诞老人的屁眼。哈维问他怎么知道圣诞老人的屁眼是什么味道。麦克说："小屁孩，你也签了入伍协议书。别假装你不知道那滋味！"说完，他把舌头伸出来左右摇晃。

追悼会在费卢杰军营教堂举行。总部服务连的军士长把麦克的训练营毕业照用战地风格打印出来贴在海报板上，他们在照片前点名。麦克的靴子、步枪、狗牌①和头盔组成士兵十字架。或许那些东西并不是他的，只是教堂专门用作追悼会的靴子、步枪和头盔。

军士长站在正前方，高声念道："兰德斯下士。"

"到！军士长。"

"苏巴准下士。"

"到！军士长。"我高声答道。

"乔布拉尼准下士。"

"到！军士长。"

---

① 狗牌(dog tags)，美军佩戴的刻有个人身份识别信息的金属牌，因形似狗牌而有此俗称。

"麦克莱兰德准下士。"

会场一片死寂。

"麦克莱兰德准下士。"

我想我听见军士长的嗓音有些嘶哑。

接着,他像是恼火无人应答似的大喊:"詹姆斯·麦克莱兰德准下士!"

他们略作停顿,待悲壮的气氛感染每一个人,然后才演奏葬礼进行曲。我和麦克虽不是生死之交,但也必须紧握双臂才能止住身体的颤抖。

仪式结束后,乔布拉尼走到我面前,他头上被弹片擦伤的一侧扎着绷带。乔布拉尼长了一张娃娃脸,但他咬牙切齿地说:"至少你干掉了一个。那帮混蛋中的一个。"

我说:"对。"

他说:"一命抵一命!"

"对。"

不过,是我杀了那孩子在前,所以更像是麦克抵了他的命。况且不是我杀了他。

在宿舍里,提姆赫德和我很少说话。一进屋,我玩侠盗飞车,他玩神奇宝贝,直到熬不住了才睡觉。没什么话题可聊。我俩都单身,渴望交个女友,但也不至于蠢到像库尔茨中士那样,在出征前两周娶了个四十多岁、带着两个孩子的杰克逊维尔女人。在家里盼着我们的只有母亲。

提姆赫德的父亲已经过世了。我知道就这么多。我俩聊天时,话题基本是电子游戏。不过现在我们有更多可谈的。我是这么想的,但他不这么认为。

有时我见他全神贯注地盯着游戏机，真想对他大喊："你他妈到底怎么回事？"他看上去和从前没有两样。他杀了人，不可能无动于衷。这让我觉得不可思议，而我甚至没朝那孩子开枪。

我最多只能捕捉到一些细微的迹象。一次在餐厅，我们和加尔萨下士、乔布拉尼、哈维坐在一起，军士长走过来喊了我一声"杀手"。她走开后，提姆赫德说："没错，杀手。他妈的大英雄。"

乔布拉尼说："你他妈嫉妒了吧？"

哈维说："别耿耿于怀了，提姆赫德。你也就是掏枪慢点。咔——砰！"他用拇指和食指比划出手枪的样子，向我们开枪，"伙计，换作我，砰砰两枪，连他妈一块儿崩了。"

"真的吗？"我问。

"当然。那婊子就再也生不出恐怖分子了。"

提姆赫德紧紧抓住桌缘。"操你妈，哈维！"

"别紧张。"哈维脸上的笑容消失了，"开玩笑，伙计，我只是开个玩笑。"

我失眠得很厉害，提姆赫德也一样。

即便四小时后就有护送任务，我们也会躺在床上玩游戏。我告诉自己，我需要用这种方式消化这件事。在PSP上消磨时间，脑里一片空白。

但日复一日，睡眠时间都如此消磨掉了。我身心俱疲，一切变得模糊不清。

某次护送中，我们停车两小时检查疑似爆炸物。它上面满是电线，异常可疑，结果只是一块垃圾。我一瓶接一瓶地喝功能饮料，过量的咖啡因令我两手颤抖，但我的眼皮却像灌了铅一样往下坠。当你的心跳每小时能飙到一百五十英里而大脑却处于昏睡的边缘，

行动报告　033

那真是种疯狂的感觉。你明白,车队行进时,只要漏过一处炸弹,你就会命丧于此。还要搭上你的兄弟。

我回到宿舍,端起一块石头把PSP砸了。

我对提姆赫德说:"在那件事之前我就讨厌别人叫我'杀手'。"

"好吧,"他说,"那就接受现实吧,娘娘腔。"

我试着改变策略:"知道吗? 你欠我的。"

"为什么?"

我没有回答,只是直勾勾地瞪着他。他避开我的目光。

"你欠我的。"我重复道。

他讪讪地笑了笑:"我不会让你给我口交的。"

"你脑子出什么问题了?"我说,"你还好吗?"

"我很好。怎么了?"

"你心里明白。"

他低头盯着自己的脚。"我参军就是来杀叛军的。"

"不,你他妈才不是呢!"我说。提姆赫德参军是顶替他阵亡的哥哥。他哥哥曾在军警队服役,二〇〇五年遭遇爆炸袭击,全身都烧焦了。

提姆赫德扭头背对着我。我等着他的回答。

"好吧,"他说,"好吧。"

"你脑子进水了吧,伙计?"

"不,"他说,"我只是觉得很别扭。"

"什么意思?"

"我弟弟在少管所。"

"以前没听你说过。"

营房外一声巨响,可能是炮兵开火了。

"他刚十六岁，"他说，"纵火罪。"

"哦。"

"都是些蠢事。但他只是个孩子，对吗？"

"十六岁只比我小三岁。"

"三岁是很大的区别。"

"这倒是。"

"我十六岁的时候也很混。再说，我弟弟犯事的时候才十五岁。"

我们陷入了沉默。

"你觉得我打死的孩子有多大？"

"够大了。"我答道。

"够大到干什么了？"

"他应该明白向美国海军陆战队开枪是件他妈的蠢事。"

提姆赫德耸了耸肩。

"他想杀了你。他想杀了我们。他想杀了所有人。"

"当时我只看见灰蒙蒙一片。然后就是 AK 的闪光，疯狂划着圈。"

我点点头。

"然后我看清那个孩子的脸。然后是他母亲。"

"没错，"我说，"就是那样。我也看见了。"

提姆赫德耸了耸肩。我不知还能说些什么。一分钟后，他又玩起电子游戏。

两天后我们的车队在费卢杰遭遇枪击，我和乔布拉尼朝一所房屋开火。我感觉什么也没打中，乔布拉尼多半也是。护送任务结束时，哈维与乔布拉尼击掌相庆，他说："乔布拉尼，好样的！ 美国的圣战!"

提姆赫德冷笑道:"我打赌你连叛军的毛都没碰着,乔布拉尼。"

后来我去找参谋军士谈心。我把提姆赫德关于那孩子的话一一告诉他,只是装作是我开的枪。

他说:"听着,谁他妈也不想遇上这种事。战场上的交火是世界上最他妈恐怖的事,但你处理得很好,对吧?"

"是的,参谋军士。"

"所以,你是个男人,不必过分担心。至于困扰你的事,"他耸了耸肩,"它是不会轻易过去的。但其实你能讲出来就已经很好了。"

"谢谢你,参谋军士。"

"你想和心理医生谈谈吗?"

"不必了。"我可不想为了提姆赫德的破事儿去做心理治疗,"不必了,我很好。真的。参谋军士。"

"好吧,"他说,"你不是非去不可。其实不是坏事,但不是非去不可。"他朝我微微一笑,"但没准儿你会转向上帝求助,自己去找随军教士①。"

"我不信教,参谋军士。"

"我不是说真的信教。教士是个聪明人,和他聊聊没有坏处。如果别人撞见你和他在一起,最多会想,也许这家伙忽然受到上帝感召或者发现什么鬼东西了。"

---

① 随军教士(Chaplain)是非宗派的神职人员(和传统的神父、牧师、拉比等不同),一般指军队、医院、监狱中的教士,有时亦由非教士担任,或由某个宗教的世俗宗教代表担任。故下文中"我"会不清楚该称呼其为"教士"(Chaps)还是"神父"(Father)。

一周以后我们又遭遇一起炸弹袭击。我循声转过身,加尔萨正拿起无线电听排长在那头大喊。我看不见他们在哪儿。遇袭的可能是车队中某辆卡车,也可能是位战友。加尔萨说是哈维的三号车。我调转.50口径的枪口寻找目标,却一无所获。

加尔萨说:"他们没事。"

我并未因此感觉好一些,只是不用感觉更糟。

有人说战场是百分之九十九的纯粹无聊加上百分之一的极度恐惧。他们一定没在伊拉克当过军警。在路上的每分每秒我都心惊胆战。或许算不上极度恐惧——那得等到炸弹爆炸时。但至少是无聊加轻度恐惧。所以,总的来说是百分之五十的无聊加百分之四十九的正常恐惧——你觉得自己随时可能死掉,而这个国家的每个人都想杀了你。当然,还剩下百分之一的极度恐惧。当它来临时,你心如擂鼓,两眼紧闭,双手苍白,身体嗡嗡作响。你无法思考,像动物一样只能依靠本能。然后你的神经逐渐回到正常恐惧,你重新变回人类,你重新开始思考。

我没去找随军教士,但哈维的车遇袭几天后他来找了我。那天我在费卢杰外发现一枚炸弹,然后看着拆弹部队花了三小时将其拆除。那段时间里我脑子里翻来覆去地想:连环炸弹,连环炸弹,伏击。尽管我们身处他妈的沙漠腹地,完全没有设伏的条件;而且如果是连环炸弹的话,它早就被触发了。话虽如此,我还是把自己折腾得筋疲力尽,比平时还严重。加尔萨下士见我魂不守舍,便过来偷袭我下体——他有时会这样逗乐。我告诉他,下次我准一枪崩了他。

我们回到营地时,教士正好来宿舍找我。我想,我也会崩了参谋军士。我和教士来到用伪装网隔出的一小片吸烟区,在吸烟坑旁交谈。有人在那儿摆了一条木凳,但我们谁也不想坐下。

维加教士是个高个儿的墨西哥人,下巴上的一丛大胡子似乎随时会从脸上跳下来,和它见到的第一只野鼠交配。军队里只有牧师才能留这种胡子。他是天主教神父,佩海军中尉军衔,我不知该称呼他"长官""教士"或是"神父"。

他注意到我很沉默,问道:"你似乎不想说话?"

"大概是吧。"我说。

"只是想随便聊聊。"

"聊什么? 我打死的那个孩子吗? 是参谋军士让你来找我的?"

他盯着地面,说:"你想聊聊那件事吗?"

我不想。我想直截了当告诉他。但我想替提姆赫德讲出来:"那孩子只有十六岁,神父。我猜。"

"这我不清楚,"他说,"我知道你完成了自己的任务。"

"我知道,"我说。"这就是这个国家混账的地方。"话出口我才意识到自己对教士说了脏话。

"什么地方混账了?"他说。

我踢向泥地里的一块石头。"我甚至不觉得那孩子很疯狂,"我说,"按他们的标准,这算不上疯狂。他们也许会把他称为烈士。"

"准下士,你叫什么名字?"他问。

"长官?"

"你叫什么名字?"

"你不知道?"我说,不知为何,我有些恼火,"难道你来之前——我不知道——没查我的简历吗?"

他毫不犹豫地答道:"当然查过了。我甚至知道你的外号:'呜吱'。还知道是怎么来的。"

我愣了一下。"呜吱"这个外号是哈维取的。那次,麦克的蜥蜴在和乔布拉尼的蝎子的决斗中丧了命,哈维压五十块钱赌我不敢把死蜥蜴的头咬下来。他太天真了。哈维现在还欠着我钱。

"保罗。"我说。

"和圣使徒一样。"

"没错。"

"好的,保罗。你还好吗?"

"我不知道。"我说。提姆赫德还好吗? 这是他真正需要问自己的,但他还没意识到。"我一般不愿和别人说这个。"

"嗯,"教士说,"这很正常。"

"是吗?"

"是的,"他说,"你是天主教徒,对吧?"

我的狗牌上是那样写的。不知道提姆赫德信什么教。冷漠的新教徒? 这话我没法跟教士讲。"是的,神父,"我说,"天主教徒。"

"你不必告诉我,但可以向上帝倾诉。"

"当然。"我恭敬地说,"好的,神父。"

"我是认真的,"他说,"祈祷对你有益。"

我不知道该怎么回答。他听上去像在开玩笑。

"神父,"我说,"我不太相信祈祷。"

"也许你应该相信。"

"神父,我甚至不太确定是那个孩子的事在困扰我。"

"除此之外还有什么?"

我望向成排的用作宿舍的小拖车。还有什么? 我清楚自己的感受,但不确定提姆赫德怎么想。我决定谈论我自己的想法。"每当听到爆炸声,我会想,也许会是我的某个战友。在路上时,每当我看见一堆垃圾、石块或是泥地时,我会想,也许轮到我了。我已经不愿外出了。但现实就是这样。我应该祈祷吗?"

"是的。"他听上去那么的自信。

"麦克莱兰德在防弹衣里面塞了一串念珠。神父,他祈祷得比你还多。"

"好吧。这和你祈不祈祷有关系吗?"

他盯着我。我忍不住笑起来。

"为什么不呢?"我说,"神父,我当然该祈祷。你说得没错。我还能做什么呢? 保持食指和中指交叉? 还是学加尔萨,搞一只兔爪辟邪? 我原本不信这些东西,但我已经快被逼疯了。"

"怎么逼疯了?"

我止住笑。"比如执行护送任务途中,我伸了个懒腰,一分钟后就有炸弹爆炸。不是车队遇袭。是城中某个地方。但我再也不敢伸懒腰了。还有,有一天我像拍宠物狗那样拍了一下.50机枪,结果那天安然无恙。于是我每天都这么做。所以,为什么不祈祷呢?"

"祈祷不是为了这个。"

"什么意思?"

"祈祷不能保护你。"

我不知该如何回答。"哦。"我说。

"祈祷关乎你和上帝的联系。"

我低头看地。"哦。"我重复道。

"祈祷保护不了你。它会给你的灵魂以帮助。在你活着的时候。"他顿了一下,"在你死后也是,我想。"

我们总是选择不同的路线，避免形成规律。路线由车队指挥说了算。他们虽只是尉官，却大多久经沙场。其中一个虽然平时连普通指令都讲不清，上了路却也毫不含糊。还有一个体态娇小可爱的女中尉，带起兵来冷峻如铁，不让须眉。但无论怎样，面前只有那么几条路，你必须选择一条。

一天夜里，我坐在领头的车上，远远望见两个伊拉克人好像正在路上挖坑。我对加尔萨说："他们在挖坑。"那两人一见我们转身就跑。

此处位于费卢杰城区边缘。路左侧房屋林立，他们却选择横穿右侧的荒地，肯定是吓傻了。

加尔萨等着无线电里的确认。我完全可以开枪，但还是选择等待。

"他们在跑，"加尔萨对无线电说，"是的……"他猛地转身看着我，"开火！"

我开火了。他们已经跑到荒地边缘，四下漆黑一片。.50机枪的闪光令我目力全失，车继续前行。他们也许死了，也许已成了荒地边的一堆碎片。.50子弹能在人身上打出拳头大小的洞。他们也有可能逃脱了。

陆战队员间流传着这么一个笑话。

一个娘娘腔的自由派记者想挖掘战争中煽情的一面，于是他问一名陆战队狙击手："杀人是什么感觉？你扣动扳机的时候有什么感觉？"

狙击手看着他，吐出三个字："后坐力。"

那并不是我开枪时的感觉。当时我心里一阵狂乱。我该开枪吗？他们快跑掉了。

扳机就在指边,显得迫不及待。是否该按下去? 人生中这样的选择并不多。

就像你和一个女孩幽会时发现两人都没带安全套,所以不能做爱。不过,你还是忍不住抚摸她,她爬到你身上挑逗你,令你欲火焚身。然后你们脱掉彼此的衣服。你想,我们只是玩玩。但是你下面硬了,她的身体服帖地摩擦着你,你的屁股情不自禁地动起来。这时你潜意识里有个声音说:这很危险,你不能这么做。

我开枪时就是这种状态。不过感觉并不太糟,至少不像干掉那个孩子那次。或许因为天太黑、距离太远,因为他们只是两个影子。

那晚我终于让提姆赫德开口了。我告诉他我可能杀了人。

"我有些烦躁,"我说,"是这种感觉吗?"

他半晌都没有回答,但我耐心让他思考。

"对我来说,"他说,"关键不是因为我杀了人。"

"哦?"

"我受不了的是,他的家里人都在场。就在眼前。"

"我明白,伙计。"

"他的兄弟姐妹都趴在窗户上。"

我不记得看见了他们。当时似乎有人旁观,有人凑到窗口,但我没有细看。

"他们看见了我,"他说,"其中有个小女孩,大概九岁。我也有个小妹妹。"

我对那个小女孩毫无印象,也许是他的幻想。我说:"这个国家烂透了,伙计。"

"没错。"他说。

我很想去见教士,但还是决定去找参谋军士。

"我受不了的不是杀了人,"我告诉他,"而是他的家人都在场。"

参谋军士点点头。

"有个九岁的女孩,"我说,"就像我的妹妹。"

参谋军士说:"没错,是他妈挺别扭的。"他忽然停住,"等等,你的哪个妹妹?"

出征那天我的两个姐妹都在场。妹妹十七岁,姐姐二十二岁。

"我的意思是……"我一时语塞,环顾左右,"她让我想起妹妹小时候的样子。"

他的表情仿佛在说:"我真是无话可说。"于是我再次开口。

"我真的很心烦。"

"知道吗,"他说,"我在第一次派遣结束后看过心理医生。真的有好处。"

"好吧,也许我结束第一次派遣后也该去看看。"

他笑起来。

"听着,"他说,"你不能拿自己的妹妹作比较。这不是一码事。"

"你什么意思?"

"那个女孩是伊拉克人,对吧?"

"当然。"

"所以那可能根本算不上她见过的最可怕的事。"

"好吧。"

"我们到这儿多久了?"

"两个半月。"

"没错。想想我们已经见过多少操蛋的事儿? 而她在这儿已经待了很多年。"

我想他说得有道理。但如果你哥哥死在你面前，你不可能无动于衷。

"听着，这还不是费卢杰最残忍的一面。基地组织一度往大街上抛尸，会因为人们抽烟就割掉他们的手指。每个街区都有他们的刑讯室，各种疯狂的勾当，你以为那些孩子看不见吗？我小时候就对街坊邻里的破事一清二楚。我十岁那年，有个女孩被一个男人强奸了，她哥属于一个黑帮，他们把那男的仰面按在车顶给阉了。至少我哥是这么说的。整个夏天我们都在议论这事。费卢杰可比纽瓦克①乱多了。"

"我想是这样的，参谋军士。"

"操！这座城市每一天都他妈有爆炸。这座城市每他妈一天都有枪战。这是她的家。一切就在她玩耍的街道里发生。她的精神可能已经错乱到你我无法想象的程度。她不是你妹妹。她不是。她什么都见过。"

"毕竟，"我说，"那是她亲哥哥。每个细节都会让她痛苦。"

他耸耸肩："直到你变得麻木。"

第二天晚上，提姆赫德照旧在宿舍里玩神奇宝贝，我躺在床上盯着天花板。三十分钟后，我终于开口了。我想给提姆赫德讲讲参谋军士的看法，但他打断了我。

"听着，"他说，"我已经不再想这事了。"

"是吗？"

他双手举过头顶作投降状。

---

①纽瓦克（Newark），美国新泽西州的一座城市。

"是的，"他说，"我已经不再想了。"

一星期以后，一个狙击手击中了哈维的脖子。万幸的是他居然只负了轻伤。子弹仅仅擦到他，如果往右偏四分之一英寸，他必死无疑。

现场没有发现叛军。我们继续前进。我们满腔怒火，杀心大起，却觅不到目标。

我亢奋地双手颤抖，想扯破嗓子喊"操你妈"，在护送途中一路喊下去，直到可以向谁开一枪。我紧紧攥着.50机枪，直到双手发白才放松片刻。如此反复半小时后，怒火渐消，随之而来的是深深的疲惫。

前行的路蜿蜒曲折，我的双眼本能地搜寻着任何异常的迹象，任何挖掘的痕迹或是可疑的垃圾堆。这一切不会停止。明天我们会再次整装出发。等着我们的或许是爆炸，是受伤，是死亡，或是杀死什么人。我们无法预知。

在餐厅吃晚饭时，哈维撩起绷带展示他的伤口。

他说："他妈的紫心勋章，婊子们！知道回国以后我能泡到多少马子吗？"

我的头一阵眩晕，赶紧稳住心神。

"会留下个牛逼的疤。"他炫耀道，"女孩们问我的时候，我会说：'没什么，只是在伊拉克挨了一枪，没什么大不了的。'"

回到宿舍后，提姆赫德一反常态，没有掏出任天堂DS。

"哈维就是一坨屎，"他说，"装得像个硬汉。"

我没理会他，开始脱迷彩服。

"我以为他死定了，"提姆赫德说，"操！他自己多半也以为死定了。"

"提姆赫德，"我说，"五小时后我们还得出车。"

他对着床铺皱了下眉头。"没错。那又怎么样？"

"那就少管闲事。"我说。

"他就是坨屎。"他说。

我钻进被窝，合上眼睛。提姆赫德说得没错，但继续纠缠此事对我们都没好处。"好吧。"我说。我听见他在房间里走动，然后关上了灯。

"嘿，"他平静地说，"你觉得——"

我再也忍不住了，猛地坐起身。"你想让他说什么？"我说，"他被打中了脖子，但明天还得出去，和我们一样。他想说什么就让他说吧。"

我听见提姆赫德在黑暗中的呼吸声。"好吧，"他说，"随他吧。反正无所谓。"

"是的，"我说，"反正无所谓。"

肉　体

很长一段时间我都很恼火。我不想提起伊拉克，所以我不告诉任何人自己去过。如果有知情人非要问起，我就随口编个故事。

"有一具穆斯林的尸体，"我会这样开头，"躺在太阳底下。死了好几天，身体胀气了，眼睛已经变成两个洞。我们必须把它从街上清理掉。"

这时我会抬头观察听众，看他们是否想听下去。你一定想不到会有多少人感兴趣。

"那是我的工作，"我说，"清理尸体。主要是美军士兵，但有时也有伊拉克人，甚至是叛军。"

故事有两种版本：搞笑的或是悲伤的。男人喜欢搞笑的版本，他们享受血腥的场面，以及故事结尾时你嘴角的一丝坏笑。女孩偏爱悲伤的版本，她们的目光会投向千里之外，你目睹战争之恐怖的地方，虽然她们其实无法真正看清。不管是哪种版本，都是同样的故事。一位中校在去往市政中心的路上看见两名陆战队员正在搬动一只尸袋，为显示自己的平易近人，他决定伸手相助。

我会把这位中校描述成一个高大、傲慢的人，自认为是男人中的男人。他穿着新熨的迷彩服，唇上留着两撇短须。

"他有一双大手，"我会说，"他走过来对我们说：'嗨，士兵们，我来帮你们一把。'没等我们开口提醒，他就弯腰抓住尸袋。"

接下来我会描述他如何像挺举一样把尸体举起来。"必须承认，他十分强壮，"我会说，"但卡车后门的边缘刮破了尸袋，在那叛军的肚子上划出一道弯弯曲曲的大口子。腐臭的血、体液混着内脏像杂货般从一只湿纸袋底部漏下来。'人汤'正好泼在他的脸上，顺着两撇胡子往下滴。"

如果是悲伤的版本，故事到此就结束了。如果换作搞笑的版本，还有一个重要的细节——G下士第一次给我讲这个故事时加了这个细节。那是二〇〇四年，我们都还未碰过尸体，也不清楚自己在说什么。我不知道他从何处听来这个故事。

"中校像婊子一样尖叫起来。"G说。然后他从喉咙深处挤出一声诡异、尖厉的哀号，像只喘息的狗。他说这是婊子被尸体血水淋湿后的标准叫声。如果这一嗓子学得到位，你能博得一阵哄笑。

我喜欢这个故事的原因是，即使它或多或少真实发生过，它对我来说也是胡扯。在伊拉克服役之后，没有一个人会这样调侃人的遗体，哪怕是G下士。

军队殓葬部门的一些士兵相信，人死后灵魂依然悬浮在身体之上。他们整天疑神疑鬼。你能感觉到——他们会说——尤其当你盯着死者面孔的时候。但这还只是开始。派遣期过半时，有人发誓他们感到死者的灵魂无处不在。不仅在尸体周围，也不仅是死去的陆战队员。有死去的逊尼教徒、死去的什叶教徒、死去的库尔德人、死去的基督徒。还有伊拉克历史上所有死去的人，从阿卡得帝国到蒙古时期再到美军入侵。

我从未见过鬼魂。当尸体曝晒在阳光下时，皮肤表层与真皮脱离，你能感觉它在你的两手间滑动。当尸体浮在水里时，整个身体都肿起来，皮肤像上了一层蜡，显得很厚，但至少还能辨出人形。仅此而已。整个殓葬部门除了我和G下士，每个人都谈论鬼魂。我们从未反驳过。

那些日子我总在想，如果瑞秋没和我分手，或许我不会如此焦虑。我与殓葬部门的其他人格格不入，没人愿意和我说话。我所在的分部负责尸体处理，每个人的迷彩服上都沾着污渍，那种腐臭味会渗入我们的皮肤。每次工作完毕，吃饭都是件折磨人的事。派遣结束时，我们一个个都因营养不良而骨瘦如柴，晚上噩梦连连，白天在基地里蹒跚而行，活像一群僵尸。陆战队员看到我们，会想到那些他们心知肚明却不愿提及的事。

瑞秋已离我而去。之前我早有预感。她在高中就是个反战主义者，所以自从我在入伍协议上签字的那一刻，我们的关系就岌岌可危了。

她会是个完美的女友。她多愁善感，身材苗条，常常思考死亡但没有迷恋到像那些哥特孩子迷恋的程度。她的善良体贴同样吸引着我。即使是现在，我也不会吹嘘她多么美貌，但她善解人意，那是种异乎寻常的美。

有人喜欢小城市。那里人们彼此熟识，有你在别的地方很难找到的真正的邻里关系。但如果你是我这样的人，你不会适合小城市，它就是座监狱。因此我和瑞秋半是男女朋友，半是狱友。我十六岁生日那天，她把我的眼睛蒙上，驱车出城二十多英里，来到州际高速旁的一处高地。山下条条公路穿过平原，永恒地通往我们向往的远方。她说这是送给我的礼物：她承诺未来陪我再次来到这里，然后一路向前。之后的两年我们亲密无间，直到我参军。

那是个她无法理解的决定，甚至对我自己也是个谜。我不擅长体育，也不好斗，甚至算不上很爱国。

"或许你可以加入空军。"她曾说。但我厌倦了把自己视为弱者。而且我知道她关于未来的憧憬只是憧憬。她没有勇气离开。我不愿这样待在她身边，在兽医诊所打工，满是惆怅。我选择了逃离卡拉韦的最好方式：加入海军陆战队。

我对她说："决定了就不会回头。"我感觉自己像是电影里的硬汉。

即便如此，我在新兵训练营的那段时间我们仍维持着恋爱关系。她给我写信，甚至寄给我她的裸照。几星期前，另一个新兵也收到类似的信，教官把照片全贴到卫生间里。那家伙的女朋友起先穿着啦啦队制服，然后在每张照片里逐一脱掉。我记得当时暗自庆幸瑞秋不会做出那种事。

训练营里的信件是这样分发的：教官拿着全排的信件站在大厅前方，新兵们在各自的储物架前立正，被叫到名字的新兵跑步上前领取信件。如果某个包裹或信封外观可疑，教官会勒令收件人当面拆开。因此当我拆开瑞秋的信时，我站在整个排面前，执行教官库巴中士在一旁虎视眈眈。

这不是我第一次在库巴中士面前拆信。我父母曾寄来他们去莱克赛德度假的照片。拿到信封时我毫不担心，因为里面绝不会有裸照。但这次信封上瑞秋的名字让我异常紧张。我慢慢撕开信封，盘算着一旦出现违禁照片自己该怎么办。

信封里装了三张 4×6 的光面照片，是瑞秋自己在高中暗室里冲印的。当我把照片抽出来，看见她苗条、白皙、裸露的躯体时，我不等抬头看库巴中士的表情就把照片塞进嘴里，然后闭上嘴默默祈祷。

一次吞下三张照片是不可能的，况且两秒之内执行教官已经冲到我面前，一手掐住我的喉咙，一手试图掰开我的嘴。他恼怒地大骂，唾沫喷了我一脸。

总教官克尔温上士闻声赶来分开我们。库巴中士松开我的喉咙，我把照片吐到地上。克尔温上士瞪着我说："你他妈真是个疯子！那帮人一定是恨透了我，要不怎么会把你这种没用的东西送来？"然后他凑到我耳边说："也许我还不如杀了你。"

他叫我把照片捡起来。这很难，因为我仍在哆嗦，而且所有教官都在冲我大骂。我攥紧照片，用手遮住瑞秋的身体。只有她的脸露在外面，显出惊恐的神情。她照相时总是这副表情，因为她不喜欢自己笑起来的模样。这种照片她以前肯定没拍过。

"撕了。"他说。这是一种仁慈。

我慢慢将它们撕碎，越撕越小，扭绞它们，确保谁也无法将其复原。照片化为一堆碎片后，总教官转身离开，把我留给其他教官。

库巴中士命令我把碎片吃掉，同时教训所有人说，一名真正的陆战队员不仅会和战友分享女朋友的裸照，还会让他们排队上她。他又对他们说，要是他们能容忍自己的排里有我这种自命不凡的家伙，一定是脑子进水了。接着他把其他人拖出去训斥了足足二十分钟，我在一旁立正观摩。那一周的每天晚上他都罚我在镜子前站半小时，同时一遍又一遍地对着镜子大喊："我没疯，是你疯了！"此后他对我仍耿耿于怀，一有机会就肆意发泄。

我再次见到瑞秋已是训练营结业以后。我穿着蓝色的陆战队制服出现在她父母家的门前。正常情况下这套行头能让女孩跟你上床，可瑞秋一见我就哭了。她说，如果我被派往伊拉克，她很难继续和我在一起。我央求她能否等到我离开的那天。她同意了。十个月后，我启程了。军中殓葬部门有个空缺，我决定前往。

瑞秋来为我送别。前一天晚上，她略带伤感地为我口交，然后告诉我一切都结束了。在军队里，如果一个女人爱你，那么她能为你做的就是在你派遣期间等着你。即便要离婚，也要等到你回来后

肉 体 051

几个月,而不是在你回来以前。以我简单的思维方式判断,瑞秋并不爱我。她从未爱过我。高中几年刻骨铭心的爱情不过是我稚气未脱的幻想。这也没什么,我要去的地方必定会将我打造成一个男人。

然而,我在伊拉克的经历如过眼云烟,没留下任何痕迹。我不觉得战争使我变得比别人更优秀。它不过是日复一日重复上演的悲剧。我们归来后的那个周末放了四天假,G下士拉着我去了拉斯维加斯。

"我们需要忘掉伊拉克,"他说,"没什么地方比拉斯维加斯更美国了。"

我们没有一头扎进城中心的灯红酒绿,而是多绕了三十分钟路来到本地人开的酒吧,据G下士说这种地方的酒会便宜些,而且即便我们被三振出局,我们总能在外面碰到寻找玩伴的游客。

我对G从没有好感,但他是个泡吧的老手——如果你想和姑娘上床的话,最好跟着他。他泡妞有一整套手段。首先,他巡视整个酒吧,与尽量多的女孩搭话。"数量优于质量,"他说,"广撒网才能有收获。"第一个小时他不会锁定目标,甚至不会和同一群女孩待上超过五分钟。"要让她们以为你已经有更好的选择,"他说,"这样她们就想证明你是错的。"他很清楚在每个时段哪些女孩应该重点关注,哪些女孩只需要打个招呼,让她们继续存有幻想,哪些女孩需要不断地试探。待到夜深了,女孩们微醺不能自持时,他开始一杯接一杯地灌她们酒。他自己却滴酒不沾。

女孩们喜欢G下士。他身材魁梧,肌肉健硕,再配上一身闪亮的礼服衬衫和不逊于音乐录影带的舞步。他不吃碳水化合物,进食大量红肉,每次军队药检结束后立即注射类固醇。他也有潇洒迷人的一面,可一旦他认准哪个女孩,便不会善罢甘休。遇到中意的女孩，他会毫不犹豫地让她知道。"你叫什么？"他会突然中断谈话，这样问她，"我必须知道你的名字，因为两小时之内我就会要到你的电话号码。"他并非每次都能得手，但每晚得手一次就足够了。

在那间酒吧，他使出浑身解数撮合我和一个女人。她三十八岁，聊天中不断提及自己的年龄，仿佛她觉得和一群二十出头、刚能合法饮酒的年轻人混在一起是种过错，而她十五岁的女儿当晚负责照看她女伴的儿子——那个深褐色头发的丰满女伴正是G下士今夜最终的目标。

"胖女孩床上功夫更好，因为她们只能靠这个，"他的语气俨然前辈的谆谆教诲，"而且她们容易搞到手，所以是双赢。"

能看出那个褐发女子喜欢他，因为她也试图说服女伴和我在一起。她们会挪到吧台远端窃窃私语，褐发女子不时朝我指指点点。当我邀请"三十八岁"跳舞时，褐发女子默许地点点头。可惜这些努力都没能让我俩亲密起来。即使是慢歌，我们之间仍保持着相当的距离，我能想象她十五岁的女儿站在中间。然后G下士为她点了足以醉倒一头灰熊的酒，她终于不再矜持。

夜深了，褐发女子说我们都太年轻，然后问我们花多少时间健身，同时隔着衣服摸我们的胸肌。她的手滑进我的衬衫，托着我的胸肌捏了一下。她脸上始终挂着痴痴的笑。

这让我难以把持。离开瑞秋以后我再没碰过女人，更别说被女人抚摸了。能凑近女人闻到她的体香就足够了。现在她居然这样抚摸我。然后她又抚摸了G。如果她叫我们为她决斗，我们一定毫不犹豫。

走出酒吧时"三十八岁"一只手搂着我，但清冷的空气让她醒了几分。她松开我，走向正和G说话的女友。G朝我作了个手势。

"你上她们的车。"他说。

肉 体 053

"什么?"

他不耐烦地瞪了我一眼,走过来捏着我的肩膀,耳语道:"你上她们的车,已经说好了。"

酒醉时,他的话听上去不无道理,于是我跟着两个女人来到一辆柠檬绿的汽车前,不由分说爬上后座。褐发女子坐到驾驶座上。她虽然已经醉得快开不动车,但对我出现在后座这事儿还是显出些许诧异。"三十八岁"坐到副驾驶位,我们出发了,G开着他的车跟在后面。

"你们住哪儿?"我以人质的姿势躺在后座上问道。

褐发女人说了条街名,那名字对我毫无意义。

"那地方还不错?"

两个人都懒得理我。"三十八岁"睡着了,脸贴着窗玻璃往下滑,她身体逐渐前倾,最后一头栽下去把自己惊醒。

十分钟后,我们驶入一条整洁的街道,在一栋平层住宅前停下。整条街都是类似的房子,门前铺着宽阔的草坪,车道两侧种着仙人掌。这出乎我的意料,没想到这些愿和当兵的发生一夜情的女人住得起这么好的房子。

G把车停在街边,跟了过来。棕发女人微笑着等他用胳膊搂住自己,然后开了门。我们走进宽敞的大厅,电视前摆了一只巨大的L形沙发。她说我可以睡在右手边的房间里。趁她去洗手间的工夫,G把我和"三十八岁"推进那个房间。

房间里的矮床上铺着变形金刚床单,衣柜上堆着玩具,地板上散落着小孩的衬衣和裤子。"三十八岁"满是醉意的脸上透出疲惫和困惑,看上去随时可能夺门而出。出了酒吧,我能真切地闻到她的香水味。她身材苗条,一个舞者的身体。我记得她似乎说过自己教芭蕾,但也可能是我搞混了。她一头黑色长发,胸部娇小。今晚她的女伴抚摸了我的胸部，我想让她也抚摸我。

我关上门。她抬头看着我，眼里闪出惊恐的神色。我心里同样忐忑不安，不过我知道该怎么做。

她是我除瑞秋之外唯一睡过的女人。第二天清晨，我们在变形金刚床单上醒来，宿醉未消。她用厌恶的眼神盯着我，仿佛我是不洁之人。在殓葬部门待了那么久，我对这种眼神十分熟悉。

我们没有久留。棕发女人得去接孩子，于是G和我去华夫饼屋吃早餐。上午的晚些时候，G的朋友艾蒂到了拉斯维加斯，我只身离开，留下他们俩继续鬼混。他们最后找到两个游客凑成了两对儿——至少他们是这么说的。无论怎样，没和他们一道总归是明智的。

三周后，我回了家，每个人都感谢我作出的贡献。不过似乎没一个人真正清楚他们在感谢什么。

我打电话给瑞秋问她是否愿意见面。然后我开车来到她父母家。他们的房子位于城市边缘处于半开发状态的街区，千篇一律的住宅遍布在蜿蜒的道路和死路两侧。瑞秋住在地下室改成的独立公寓里。我绕到屋后，沿台阶下到地下室门口。我刚敲了一下，她就开了门。

"嗨。"我说。

"嗨。"

她不再是记忆中的模样，较从前更丰满了，显得很迷人。肩膀圆润，凹凸有致。看上去更健康，更强壮，也更漂亮。而我瘦得像条灰狗，她从没见过我这副模样。

"见到你真好。"她说，过了几秒钟她才回过神似的对我笑笑，"要进屋吗？"

"是的。"我的回答听上去短促而紧张。我挤出一个微笑，她退

肉　体　055

后两步让我进屋,但中途改变主意,迎上前给了我一个拥抱。

我抱住她,时间长得让她有些局促。她从我怀里挣脱,退到几步之外,摊开双手,似乎在说:"这是我的地盘。"

地下室只有一个房间,一张铺着天蓝色床单的床,一张抵着墙角的桌子。天花板上管道交错,四壁爬满水渍。但她有自己的厨房和洗手间,而且多半不用交房租。至少比军营强。这里曾是她父母的游戏室,我俩过去常来这儿亲热。不过今非昔比。

我留意到冰箱旁边的地上摆着一只盛水和食物的小盆。"那是'小家伙'的。"她说,然后喊了声"小家伙"。

她扭头四下寻找,我也一块儿找,却不见它的踪影。于是我两手撑地伏在地板上往床下探视,看见了两只眼睛。一只柔弱的灰猫怯生生地往前迈步。我伸出手等着它来嗅。

"来呀,猫咪,"我说,"我一直在捍卫你的自由。至少让我摸摸你吧。"

"来呀,小家伙。"瑞秋说。

"它也是反战主义者吗?"我问。

"不,"她说,"它杀蟑螂,挡也挡不住。"

小家伙慢慢靠近我的手嗅了嗅。

"我喜欢你,猫咪。"我说。我挠了挠它的耳朵,然后起身朝瑞秋笑笑。

"所以……"她说。

"好吧。"我想找个地方坐下来。地下室里只有一把椅子。我心怀期待地坐在床上。她把椅子拉过来,面朝我坐下。

"所以,"她说,"你现在过得怎么样? 还不错?"

我耸耸肩:"马马虎虎。"

"在那边是什么感觉?"

"收到你的信很高兴，"我说，"家乡来的信对我很重要。"

她点点头。我想告诉她更多。不过我刚到这儿，而且她远比我记忆中更美丽，我不知道如果自己直接讲起战争，她会有什么反应。

"对了，"我说，"你有新男友了吗？"我冲她笑笑，表明我不会介意。

她眉头一皱。"你这么问是不公平的。"

"是吗？"我说。

"是的。"她说。她理了理裙摆，双手搭在膝上。

"你真美。"我说。

我靠近她，把手搭在她的手上。她把手缩了回去。

"我今天没有刮腿毛。"她说。

"我也没有。"我说。

那一刻，因为渴望，想到自己刚从战场归来，也想不出不这么做的理由，我把手放在她大腿上，就在她膝盖上方。她伸手握住我的手腕。我以为她会拽开我的手，但她没有。

"只是，"她说，"我做不到，你明白——"

"是的，是的，是的。"我打断她，"完全明白。我也做不到。"

我完全不知道自己的话是什么意思，只是感觉这种情形下应该顺着她说。至少她松开了我的手。

她大腿的温热让我心猿意马。那段派遣中有许多时候都很冷。大多数人都以为伊拉克不会冷，但沙漠根本留不住热量，况且并非每个月都是夏天。我感觉自己有些重要的话必须对她讲，或是她有些话必须对我讲。也许应该告诉她石头的故事。

"见到你真好。"她说。

"你刚才说过了。"

"是啊。"她低头盯着我的手,但我并不愿放开她的腿。高中时她曾说过爱我,所以我现在这么做也不过分。而且我已身心俱疲。和她说话从没有这么难,抚摸她的愉悦却一如往昔。

"听着,"我说,"你想躺下吗?"我朝着床点了下头。她本能地往后缩,我忙解释道:"不做什么。只是……"我也不知道是什么。

我看着她,心想她一定会拒绝。我能从气氛中察觉到。

"听着。"我已然词穷。房间显得越发逼仄,仿佛从四面压过来,像肾上腺激素飙升时的感觉。

"听着,"我重复道,"我需要这么做。"

我说话时躲开她的眼睛,手仍然放在她的腿上。我不知道如果她拒绝我该怎么办。

她从椅子上站起身。我长出了一口气。她走到床边,犹豫了片刻,然后背对我躺下。她默许了。

要命的是,忽然间我竟没了心情。我的意思是,和这个让我央求她的女孩一起躺下? 我是个伊战老兵。她算什么?

我呆坐了一会儿,但在这个房间里除了躺下也无事可做。

我在床的另一侧躺下,从后面靠近她的身体,下身贴着她的臀部,右臂搂住她的腰。一股暖流从她流向我。和见面时一样,她最初有些紧张,随后逐渐松弛下来。似乎我不必再强行抓着她,我们更像是有默契地贴合。我也放松下来,似乎全身上下的棱角都消融在她身体的暖意中。她的臀部,她的双腿,她的头发,她的脖子。她的发梢透出柠檬香味,后颈散着淡淡的汗味。我想在那里吻下去,我期待她皮肤的咸味。

有时处理完尸体,我会揪起自己身上的一块皮肉,再拽一下看着它拉伸。我会想,这就是我,不过如此。但也不是总那么糟。

我们就这样躺了大约五分钟。我一言不发,只是把头埋在她的发丛中，呼吸。猫跳到床上，先是围着我们转，然后在她头旁边趴下，注视着我们。瑞秋开始用平静的声音讲述它的故事——养了多久，最初从哪儿来，它的趣事。因为讲的是开心事，她滔滔不绝，我很开心能听到她这么自然地说话。我聆听着她的声音，感觉她的呼吸。等到她再没故事可讲，我们继续躺着。我想，我们还能这样待多久？

和她贴得那么紧，我担心自己会勃起。我想吻她。屋子里只有我和她两个人，但我知道她不需要我。在我和她的世界里，我微不足道。我感觉自己灵魂出窍，浮在上空俯视我们，看着我身体里燃烧的渴望。如果我钻回自己的躯壳，我会开始乞求。

我翻过身，面朝天花板。猫也站起身，走到床头板前蹭起来。瑞秋翻身对着我。

"我得走了。"我说，尽管我并没有其他安排，也无处可去。

她问："你回来待多久？"

"不太久，"我说，"就是见见家里人。"

我隐隐想说些会刺痛她的话，比如告诉她拉斯维加斯的那个女人。但我只是说："见到你真好。"

她说："是的，真好。"

我坐起来，脚搭在床边，背对着她。我等待着，希望她再说些什么。猫跳下床，走到食盆边嗅了嗅，然后转身离开。

我站起身，头也不回地出了门。我走上台阶，穿过后院，竭力不去想任何事。但我的努力只是徒劳，于是我使劲回忆那个拉斯维加斯女人的名字，仿佛那名字能像咒语一般保护我。

那个三十八岁的女人显得极不情愿。但我差不多能肯定我对她做的事不算强奸。她没有抱怨，从没说过"不"，也没有反抗。她一个字也没说。开始几分钟后，她甚至配合着我机械地摆动起臀

肉体 059

部。那晚她烂醉如泥,很难看出她到底想怎么做,但如果她真的不情愿,一定会说点什么来阻止我。

多数海军陆战队员在周五晚上找女伴过夜时不会在乎她醉得多厉害,也不在乎她是因为真心喜欢你,或是不讨厌你,或只是害怕你。至少我认识的人都是如此。大学兄弟会的那帮家伙多半也不在乎。从瑞秋家回来的路上,这件事开始困扰我。

回到家我一直沉默,晚上和高中朋友喝酒时也一言不发。他们和我关系一般。我在高中没有特别要好的朋友,我的全部时间都给了瑞秋。但和他们喝杯啤酒还是蛮不错的。

整个晚上不断有高中同学走进酒吧,几乎成了一场同学聚会。我不住地想瑞秋是否也会出现,但她当然不会。我喝得有点高,忍不住想讲故事。

喝酒的人里有个大我几岁的家伙,他有一个表亲死在了伊拉克。我的第一反应是或许我处理了他的尸体。不过他在我去之前就死了。

那家伙是机械师,看上去像个富有同情心的人。他没有谈论杀死叛军的事,也没对我在伊拉克服役表现出过分的敬意,只是说:"一定很艰苦吧。"仅此而已。我已记不起他的名字,但当时几杯酒下肚,我把本想讲给瑞秋的故事告诉了他。

故事是关于我们见过的最糟的烧伤。没有必要从尸体烧焦或是残缺的程度来判断,它无疑是最糟的。

那名陆战队员从遭袭的车里爬了出来,但还是被车外的火焰吞没。军警队的战友将他的遗骸从现场的垃圾和瓦砾中捡回,送到我们那里。我们记录了他的伤情、身份识别标志以及缺失的部位。大火中残留的大多是常规物件。他左胸的口袋里揣着交战守则,尽管塑封已经融化,字迹模糊不清,但还是被防弹衣保护着。还有烧焦的战靴、狗牌和制服残片。腰包里无法辨认的塑料物品。钱包里融成一整块的信用卡和身份证件。头盔不在其间，他一定戴了头盔，但在搜索过程中遗失了。

有些我们处理过的尸体带有很私人的物品，比如超声检查图或是自杀遗书。这具尸体上什么也没有。

然而，他的两只手各自紧握着什么。我们必须很小心地将掌心里的物件取出来。G下士左手，我右手。"小心，"他说，"小心，小心，小心。"他是在对自己说。

整个过程中，我尽量不看死者的脸。我们都这样。我把注意力集中在死者手上，以及里面的那个物件。私人物品对家属很重要。

我们缓慢、小心地掰开一根根手指。G下士率先完成。他托起一块小石头，看样子可能来自某个碎石堆。一分钟后，我从尸体的右手里也取出相同的一块。灰色的小石头，接近圆形，但带着几处棱角。它嵌进他的掌心，我不得不弄破他的皮才将其取出。

几天后，G下士向我提起此事。在那名陆战队员之后我们又处理了更多尸体，而且G下士平常从不谈论处理完毕的尸体。我们站在餐厅外吸烟，望着远处的哈巴尼亚，他说："那人当时完全可以抓住任何东西。"

我试着把这个故事讲给那个机械师听。我醉得很厉害，他却异常专注。

"是的，"他轻轻地说，"是的。真让人受不了。"能看出他字斟句酌，"听着，我有话对你说。"

"嗯。"我说。

"我很尊重你的工作。"他说。

我抓起啤酒瓶喝了一口。"我不希望你尊重我的工作。"我说。

这个回答令他困惑。"那你希望我怎样？"他问。

肉　体　061

我也不知道。我们默默地喝了一会儿酒。

"我希望你觉得恶心。"我说。

"好吧。"他说。

"而且,"我说,"你并不认识那年轻人。所以别假装你在乎他。每个人都愿意相信自己是个有爱心的人。"

他很明智地没再说话。我期待他问一些不该问的话,比如这场战争、那位死去的士兵,或是他掌心的石头。我和G下士把那两块石头留下了,我那块当晚就在我的口袋里。但他没有再说一个字,我也一样。这才是我向别人讲述战争的方式。

我在父母家住了一个星期,然后回到位于二十九棵棕榈镇的基地,重归陆战队。此后我再未见过瑞秋,但我们在脸书上还是朋友。她在我的第三次派遣期内结了婚,在我的第四次派遣期内生了第一个孩子。

我的伊战

拆弹部队清除炸弹。急救排医治外伤。殓葬队处理尸体。野战炮兵发射两用霰弹炮。航空联队提供近地支援。步兵在核心行动路线上巡逻。我和一等兵负责给钱。

如果哪位酋长支持伊政府安保部队,我们会给他发放重建基金。如果工程营不慎损毁了建筑,我们照价赔偿。如果步兵误杀了平民,我们抚恤家属。每一笔付款都意味着离开安全的前线基地,驱车驶上危机四伏的行动路线。

我从不愿离开基地,也不愿在行动路线上驾车,或是与步兵组队出行。一等兵心甘情愿,可我不一样。我在新兵训练营被划成3400——基础财务管理,心想着:棒极了,我可以躲进办公室,当个不用握枪不用上战场的后勤兵。当个后勤兵中的后勤兵,然后进大学念商科。我不需要战斗经历,只求顺利拿到退伍助学津贴。谁知在战斗训练营集训时他们告诉我,你得好好训练,3400也要上火线。几个月后,我全副武装,M4机枪调至一级戒备,背包里装满美钞,身旁一队步兵护卫。我成了整个伊拉克最焦躁不安的人。

我执行过二十四次任务,有时是步兵护送,有时是136团2营的国民警卫队。最后一次任务是去亚兹德。几个伊拉克平民驾车冲向检查站,毫不理会警示牌、守卫的炫目枪和鸣枪警告,结果被当场击毙。那时我已被提擢升为 E4①，因此发放抚恤金的活交给了一等兵，但所有外出任务我仍与他同行。一等兵总需要有人手把手地教。那天悍马军用车里有我、一等兵、二等兵赫雷拉和格林中士。再加上炮塔上负责 240G 机枪的特种兵耶戈米尔‐施密特，绰号 J-15。

基地南面的行动路线让人提不起精神。我们排查过基地组织所有类型的炸弹。有用老式 122 毫米榴弹炮、C4 炸药或是土制炸药制成的炸弹，有混合了烈性炸药的氯弹，有安装在烧毁车辆上的炸弹，有疯子驾驶的自杀性汽车炸弹，有藏在水渠里或是埋在路中央的炸弹，甚至还有藏在死骆驼腹中的炸弹。剩下的是连环炸弹——第一枚置于明处让你止步，致命的第二枚就埋在你站的地方。虽然随处可能有炸弹，大多数时候任务都能平安完成。即便明白路上危机四伏，明白我们随时可能送命，我们依然感到厌倦。

一等兵说："只要没人受伤，偶尔踩个炸弹也挺酷。"

J-15 立刻打断他："这话可不吉利，比在野战口粮里吃到咒符还糟。"

气温达到华氏一百二十一度②，我记得自己抱怨空调不够给力。然后炸弹爆炸了。

二等兵猛打方向盘，车翻了。这可不像勒琼基地的高爆反坦克弹训练舱。JP-8 燃油泄漏着火，烧穿了我的迷彩服。我和格林中士爬出车外，然后拽着二等兵防护服的带子将他拖出驾驶室。但他已经昏迷了，然后我到车遇袭的一侧营救一等兵，发现已经太迟了。

一等兵的护目镜在热浪中卷曲开裂，防护服上的塑料锁扣也熔

---

① 美军士兵军衔，在海军陆战队中和当于下士。
② 等于摄氏 49 度。

化了。J-15虽然在爆炸中失去了双腿，但他至少活着被送到急救室，死在手术台上。殓葬队在清洗一等兵的尸体时，不得不使用简绿清洗剂①与过氧化氢。

海军陆战队后勤部授予我带有勇气标识"V"的成就奖章。获得带V成就奖章的3400并不多见。我将它和我的战斗行动奖章、紫心勋章、全球反恐远征战奖章、海上服役奖章、品行优良奖章以及国防部服役奖章佩戴在一起。即使是步兵也对我刮目相看。然而，无论是带V的成就奖章，还是荣誉勋章，都无法改变我仍在呼吸这一现实。每当有人问起我因何受奖，我说，那只是一个安慰奖，用来减轻我对于未能及时营救一等兵的愧疚。

在新兵训练营里，教官会告诉你荣誉勋章获得者的事迹。获奖者大多战死。家属没等到他们平安归来，却等来伤亡通知官员的敲门声。他们会获得军人团体人寿保险赔付。他们被送到多佛空军基地，目睹死者遗体由陆战队员抬出C-130运输机。死者躺在密封的棺木里，因为爆炸和交火不会留下美观的遗容。教官一遍又一遍地重复这些故事，直到像我这样的后勤兵也深受鼓舞。

所以我告诉我的家人："我会留在陆战队——退伍助学津贴可以等。"我告诉我的主管官员："长官，我想去阿富汗。那里的战斗仍在继续。"我告诉我的女朋友："好吧，离开我。"我告诉一等兵："我希望死的人是我。"尽管那并非我的真实想法。

我即将前往阿富汗。作为一名3400，一名后勤兵，不过是经过战火洗礼的后勤兵。我会重新负责发放重建基金，再次与步兵组队出行。或许我会再次遭遇炸弹袭击。但这次驶上行动路线时，我会心怀畏惧。

---

① 简绿清洗剂（Simple Green）是美国清洗剂的品牌。

我会记得一等兵习惯性发出的声音。我会记得自己是他的长官，对他负有责任。在我的记忆中，他会是最得意的部下。所以我不会真正记得他——不记得我曾在他的表现评估中打过低分，也不记得自己为何会断言他永远升不到 E4。

我将牢记的是，当时有五人同车。战况报告里写着：二人战死，三人负伤。"战死"表明他们已倾其所有，"负伤"意味着我使命未尽。

金钱作为一种武器系统

成功取决于看问题的角度,在伊拉克尤其如此。这里没有奥马哈海滩①或维克斯堡战役②那种一锤定音的胜利,甚至也没有阿拉莫战役③那样标志性的惨败。那些被推倒的萨达姆塑像或许还值得一提,但也是好几年前的旧事了。我记得康多莉扎·赖斯④曾宣称军事行动无需动用民政部门与警察部队。"我们不需要第82空降师,"她说,"来护送孩子们上幼儿园。"然而,二〇〇八年我到伊拉克时,第82空降师正在提克里特附近搭建温室。这是一个考验勇气的陌生世界,而作为一名外事官员,我的任务是深入其腹地,领导一支军队下属的区域重建工作组。

在塔吉营⑤下飞机时,我有些忐忑,不仅忧虑前途凶险,还担心自己能否胜任。从战争一开始我就不相信这场战争,但我信任政

---

① 奥马哈海滩(Omaha Beach),"二战"诺曼底战役中盟军四个主要登陆点之一的代号。
② 维克斯堡战役(Vicksburg Campaign),美国南北战争中联邦军针对邦联军西部战区要塞维克斯堡的一系列战役。
③ 阿拉莫战役(Alamo),1836年德克萨斯独立战争中墨西哥军和德克萨斯独立派之间的战斗,后者战败。
④ 康多莉扎·赖斯(Condoleezza Rice),2005年至2009年在布什内阁中任美国国务卿。
⑤ 塔吉营(Camp Tajj),联军设在伊拉克塔吉的军事基地,在巴格达以北30公里。

府公职。我也清楚：驻伊经历有益于职业生涯。我将领导的这支队伍在伊拉克已有时日。我是他们中间唯一的外事官员，但我的全部经验仅限于大学几个暑假在亚拉巴马州"国际仁人家园"①的实习。我不觉得那会有所帮助。

理论上，我的同事都是专业人士出身。走下直升机时，我看见一个魁梧的男人举着一张纸，上面潦草地写了我的名字。我迎上前去，他的目光令我不安。我担心在他眼中自己不过是个骗子，是个战地游客。

没想到举牌子那人——鲍勃，工作组中唯一当过兵的——满不在乎地告诉我，自己加入重建工作组完全是一时兴起。他领着我走向工作组的尼桑皮卡，一路上都在自嘲，似乎他那种无所谓的态度是件可笑的事。"我从没干过类似的工作，"他说，"我有心脏杂音，所以对通过体检没抱任何希望。谁知根本就没有体检，连面试也免了。他们只是看了我的简历就打来电话，通知我被雇用了。"

很快我就听出来，鲍勃对于伊拉克战争持一种存在主义的观点。我们之所以在伊拉克打仗，是因为我们在伊拉克打仗。他不追问原因，也不奢望能有所作为。他唯一在乎的是二十五万美金的年薪和三次带薪假。

"辛迪是这场战争的信徒，"鲍勃在驱车前往工作组办公室的路上说，"这是一场正义与邪恶的战争。全是主日学校②那一套。你可得小心她。"

"她负责什么？"

---

① 国际仁人家园（Habitat for Humanity），一个国际慈善房屋组织。
② 基督教教会于周日早上在教堂或其他场所进行的宗教教育。

"她是妇女扶助计划的顾问,"鲍勃说,"也曾是国内一所地方学校的董事。谁知道在哪儿？ 堪萨斯还是爱达荷什么的。她负责我们的妇女商业协会,此外她正在启动一个援助寡妇的农业项目。"

"她懂种地？"我感兴趣地问。

"一窍不通,但我教会她使用谷歌搜索。"

他把车停在一处简陋的胶合板棚屋外,告诉我这就是办公室。进了屋,里面有两个房间、四张桌子、一大串插线板,一个五十多岁的瘦小女人正全神贯注地盯着电脑屏幕。

"一加仑牛奶要挤二百五十下！"她惊呼道。

鲍勃朝我作出"谷歌"的口形。然后他大声说:"辛迪,我们大无畏的领导到了。"

"哎哟,"她从椅子上跳起来,走过来和我握手,"很高兴见到你。"

"我听说你在做一个农业项目。"我说。

"还有一个诊所,"她说,"做起来很艰难。但这是这里的女人真正需要的。"

我四下打量着房间。

"空桌子都可以用,"鲍勃说,"史蒂夫用不着他的了。"

"谁是史蒂夫？"我说。

"我们召来的另一个合同工。"辛迪说,她摆出一副难过的表情,"他来的第一天就重伤了。"

"第一天？"我说。我看了看里屋那张空荡荡的桌子。我想,这里毕竟是战区。每个人都有死亡和残疾的危险。

"在塔吉营落地的时候,"鲍勃坏笑着说,"他以动作电影里的姿势从黑鹰直升机里跳下来,好像在躲避机枪子弹,结果一落地

金钱作为一种武器系统

脚踝就骨折了。"

等我安顿下来，鲍勃向我介绍了工作区的概况，然后把我带到办公室的大幅地图前，分区域进行讲解。

"我们在这里，"他指着塔吉营说，"东边是底格里斯河。河西岸有些古代宫殿，另一边是农田。种的是果树。橙子、柠檬，还有那种怪异的水果，叫什么来着？"

"石榴？"我说。

"不是。我喜欢石榴。那个东西……"他摆摆手，做了个鬼脸，然后指向地图上底格里斯河的西岸，"这个地区全是逊尼派，所以萨达姆当政的时候他们日子很好过。这个地区相对没那么穷。"

"相对没那么穷？"我说。

"一直到高速公路。多佛路，"鲍勃指着一条南北走向的路说，"那是分界线。路西侧是逊尼派，东侧是贫民窟、荒地，和一小块运河灌溉的农田。"他指向从底格里斯河分出的一条蓝色细线，它构成了地图的南部边界。"除此之外基本再没有农田。这里有家水处理厂，"他指着图上孤悬在道路以外的一个黑点，"再往东有个炼油厂，然后这里是伊斯塔尔加尔联合安保站。"

"联合安保站？"我说，"你是说有伊拉克部队驻守。"

"国家警察，"他说，"加上我们战斗旅的两个连。逊尼派警察待在逊尼派这边，什叶派的待在什叶派那边，但国家警察两边都管。"

"国家警察什么样？"我说。

"他们是什叶派的敢死队。"他坏笑道。

"哦。"

"运河南面是萨德尔城。没人去那儿,除非是美军特种部队要追杀谁。伊斯塔尔加尔是我们的工作区内离萨德尔最近的安保站。"

我抬头看着地图。"国际开发署说百分之三十的人口应该从事农业。"我说。

"是的,"鲍勃答道,"但自从我们废弃伊拉克原有的国营工业后,整个系统就崩溃了。"

"妙极了。"我说。

"那可不是我的想法,"鲍勃说,"我们用市场经济原理改造了农业部,但市场那只看不见的手开始四处埋炸弹。"

"好吧。"我说。"但这个地区,"我指着什叶派聚居区说,"需要灌溉用水。"

"多佛路以西也需要,"他说,"灌溉系统需要维护,现在基本没人管。"

我敲了敲那个代表水处理厂的黑点:"这家厂在运转吗?"

鲍勃笑了:"几年前我们在上面投了一百五十万美元的第二期伊拉克救助重建基金。"

"结果呢?"

"不知道,"鲍勃说,"不过总工程师一直想和我们开个会。"

"太好了,"我说,"那我们去见他。"

鲍勃摇摇头,翻了个白眼。

"听着,"我说,"我明白我能做的很有限。但如果我能从一件小事做起——"

"小事?"鲍勃说,"一家水处理厂?"

"那或许是我们能做的最好的事——"

"我在这儿待的时间比你长。"鲍勃说。

"好吧。"

"如果你想成功的话,别挑那种牛哄哄的大项目。这里是伊拉克。还不如去教寡妇养蜂。"

"养蜂?"我说。

"难道叫'牧蜂'?"他说,"不管叫什么,反正就是生产蜂蜜。找五个寡妇,给她们几个蜂箱——"

"你在说什么?"

"我认识一个本地人可以卖给我们蜂箱,而且有个伊拉克地方议会说他们会支持这个项目——"

"鲍勃。"我说。

"怎么了?"他说。

"你到底在说什么?"

"大使馆喜欢那些能支持政府'在伊工作方针'的完整项目。"

"这和找五个寡妇养蜂能扯上什么关系?"

鲍勃两臂交叉在胸前打量了我一番。他指着对面墙上张贴的工作方针说:"创造工作机会,那是改善经济。给女性创造工作机会,是赋予妇女权利。给寡妇工作机会,是救助弱势群体。一箭三雕。寡妇项目就像金子一样。加上地方议会的支持,我们可以说这是伊拉克人自主的项目。花费不超过两万五千美元,可以轻松通过审批。"

"五个照看蜂箱的女人。"

"我想那叫养蜂业。"他说。

"养蜂,"我说,"没什么帮助。"

"你想有什么帮助?"鲍勃说,"不管你做什么,这个国家都没有希望。"

"我要尽力解决用水问题。"我说,"让那家厂运转起来。"

"好吧。"他摇了摇头,然后抬头笑吟吟地望着我。他仿佛已经决定我爱怎么折腾都跟他无关。"那我们应该帮你联系伊斯塔尔加尔的美军连队。"

"伊斯塔尔加尔。"我重复道,努力想找准发音。

"我想就是这么念的,"鲍勃说,"意思是自由,或者解放。差不多。"

"好名字。"我说。

"不是他们取的,"他说,"是我们。"

我花了六周时间才到那个水厂。首先与总工程师卡齐米接通电话就用了三周,然后又用了三周和他敲定见面细节。卡齐米有个恼人的毛病:每当被问及时间日期,他的回答就像禅宗大师阐释顿悟一样。他会说:"只有山峰才不会相遇。"或者是"明日事,明日知。"

与此同时,辛迪的妇女健康诊所却办得有声有色。她把诊所设在高速公路逊尼派聚居的那一侧,病人数量与日俱增。而我的灌溉计划进展缓慢,除了坐等卡齐米回电之外再无事可做,因此我决定亲自过问诊所事务。说实话我对辛迪并不放心,我觉得她这人过于严肃认真,难担重任。而且通过她的汇报,我逐渐意识到这个项目的价值。

在伊拉克,女人看病很难,她们必须征得男人的同意,而且许多医院诊所都拒绝接待她们。你能看见"仅限男宾"的牌子,类似我的曾曾祖父当年遇到的"爱尔兰人除外"的招工启事。

医疗只是吸引当地人前来的诱饵,诊所的目标是提供更广泛的服务,这些服务的核心推动者是坚定的社会工作者——娜吉达和她的律师妹妹。她们会和每位造访诊所的妇女交谈，表面上询问她们需要哪些健康服务，实际想搞清楚还能提供哪些更广泛的救助。这个地区的妇女面临的问题远比未得到治疗的尿路感染要多，尽管尿路感染时常也很严重——妇科疾病往往不足以让男人们将他们的妻子、女儿或是姐妹送诊，所以在美国，我们看来是小病的疾病在这里会越拖越严重。有个女人的尿路感染甚至危及肾脏，险些导致肾衰竭。

诊所也帮助那些想离婚的女人、遭受家暴的女人、未得到应有的公共援助的女人，或是因亲人被联军误杀而索要赔偿的女人。有个十四岁的女孩找到我们，起因是家人在她遭到轮奸后想把她卖到妓院。这种事并不罕见，因为被强奸的女孩没有出嫁的希望。但较之时有发生的强制殉节，家人这种安排还算有点人情味。

娜吉达姐妹尽其所能帮助这些女人，并时常将问题反映给地方议会和政客。她们并不试图"解放"伊拉克妇女——不管这个口号究竟是什么意思——或是教她们创业。娜吉达和她的团队倾听妇女的心声，帮她们解决实际困难。比如那个十四岁的女孩，娜吉达找了个警察朋友搜查了女孩的家和妓院。之后女孩进了监狱。对她来说，那是最好的结果。

我去了几次诊所，打算把这项服务推广到别的社区。这时卡齐米终于回复了我们，同意见面。我一边与他确定细节，一边与伊斯塔尔加尔的连队商讨护送事宜。

"很久没人走那条路了，"一名连长在电话里告诉我，"路上或许还有二〇〇四年留下来的炸弹。什么都可能发生。"

这可不是你想从一名强悍的军人口中听到的话。去伊斯塔尔加尔之前，我已有过几次军车护送的经历，但连长的评估，还有见面时士兵们一脸的紧张,让我产生了在军队里他们说的"高恐慌系数"①。负责护送我的排一定是抓阄输了,对于危险他们都心知肚明。"等着被炸飞吧。"我听见一名士兵对同伴说。上路后,唯一能缓解我紧张情绪的是我那一脸厌倦的翻译——一位矮胖的逊尼派穆斯林,人称"教授"。

"他们为什么叫你'教授'?"我问他。

"因为我本来就是教授,"他说,一边摘下眼镜擦拭镜片,似乎在强调这一点,"在你们搞垮这个国家之前。"

尴尬的开场白。"你知道,"我说,"从一开始我就反对这场战争……"

"你们把伊拉克烤成了蛋糕,"他说,"然后送到伊朗嘴边。"

他冷笑一声,双手交叉放在肚子上,闭目养神。我假装看见路旁有什么而侧过头去。普通翻译不会这样和美国人讲话。我们陷入了沉默。

"伊斯塔尔加尔,"我终于找到了话题,"意思是'自由',还是'解放'?"

他的眼睛睁开一条缝,乜斜着看我。"伊斯塔尔加尔? 伊斯第克拉尔②是'独立',"他说,"伊斯塔尔加尔什么也不是。它的意思是美国人不懂阿拉伯语。"

据说教授在萨达姆时代手上也沾过血。无论真假,他是我们最好的翻译。但他不是个理想的旅伴。他双手合抱,两眼紧闭,

---

① 作者在这里引用了越战期间美军的俚语,high pucker factor 是指一个人在紧张危险的环境下括约肌感受到的压力系数,后通指人的警惕焦虑状态,常根据危险指数按照从 1 到 10 排序。

② 伊斯第克拉尔(Istiqlal,阿拉伯语为 الاستقلال),意为独立。文中的"我"说的是地名伊斯塔尔加尔(Istalquaal),两者发音类似。

金钱作为一种武器系统　075

或是在打盹，或只是不想说话。

车窗外满眼荒凉，没有树木和动物，也没有一丝植被或水源——这片土地一无所有。当人们描述伊拉克时，他们常提起电影《疯狂的麦克斯》——在那部以世界末日为背景的三部曲中，一群身穿虐待狂服饰的摩托车手穿越沙漠，为争夺汽油斗得你死我活。我在伊拉克从未见到过这幅景象。除了在什叶派的某个诡异的节日，人们用锁链相互抽打外，你在这个国家再也见不到恋物癖的痕迹。现在这里连个活物都见不着，我倒很期待视野中出现几个人影，即便是戴皮面具、穿露臀皮裤的机车党。可惜战争不是电影。

我们抵达水厂时卡齐米还没到。这是一座庞大笨重的建筑，旁边立着一排巨大的混凝土圆柱，顶部有金属管道连接。我们找到主楼，铁门在烈日下已锈迹斑斑。我们推了推，大门纹丝不动。

"长官，让我来。"一名魁梧的陆军中士自告奋勇。他朝其他士兵微微一笑，无疑要让所有人瞧瞧：和国务院派来的人相比，陆军是多么强壮、多么擅于开门。他推了一下，没有一丝动静。大多数士兵都注视着他。他脸上依然挂着笑容，后退一步，猛地撞向大门。一声巨响之后，门仍旧岿然不动。他的脸涨得通红，忍不住开始骂娘，包括教授在内的所有人的目光都被他吸引过去。他退到十五英尺开外，全速冲向大门。防弹衣与铁门相撞发出一声巨响，伴随着吱呀一声，门缓缓开启。士兵中响起零星的欢呼声。

里面很暗，铁锈味扑面而来。

"看来很久没人来过了，长官。"中士说。

我回头看了一眼护卫队。他们冒着生命危险就为把我送到这么个地方。

"教授,"我说,"我们需要和卡齐米通话。马上。"

他打电话的时候,我憧憬着养蜂项目的未来。在我脑海里,"伊拉克寡妇蜂蜜"出现在美国超市,唐纳德·拉姆斯菲尔德①也客串了电视广告:"请品尝伊拉克自由的清甜。"拨了差不多三十次电话后,教授确认卡齐米出发了。

伊拉克人开着几辆皮卡从南边来。总工程师卡齐米身材瘦小,留着一丛大胡子。他向我们挥挥手,用阿拉伯语讲了十分钟。教授不住点头,等到他说完才开始翻译。

"他向你问好,并请你去他的办公室。"他说。

我点点头。我们跟着卡齐米穿过工厂阴暗的走廊,其间他数次带错路。

"他想让你相信,"在我们第九次、第十次拐错弯后,教授说,"他平时从另外一个门进出,所以今天有点转向。"

进了他的办公室,一名随行警察上了茶,茶杯底部浇了些糖稀。我喝着茶,以美国人最礼貌的方式直奔主题。

"我们怎样才能让水厂运转起来?"我说。

教授用阿拉伯语重复了问题。卡齐米笑了笑,在桌子下面摸索着什么。他嘴里嘟囔着。教授面带疑虑,问了几个听上去颇为尖锐的问题。

"你问他什么?"我说。

教授没搭理我。一分钟后,卡齐米从桌下抽出些东西,文件和办公用品撒了一地。

---

① 唐纳德·拉姆斯菲尔德(Donald Rumsfeld),2001年至2006年在布什内阁中任国防部长。

金钱作为一种武器系统

"我感觉这人不够聪明。"教授说。

卡齐米双手托出一只大盒放在桌上,揭开盖,小心地取出一个用纸板和牙签制成的水厂模型。水厂四角竖着薄纸板搭成的塔楼。卡齐米指向其中一座。

"机——关——枪。"他用带口音的英语说。

然后他笑着作出握枪的手势。

"哒—哒—哒—哒—哒。"他说,一边用想象中的机关枪开火,紧接着又是一串阿拉伯语。

"你们军方,"教授过了一会儿才开口,"没能批准修建机关枪塔楼的经费。据说不符合美国水厂的标配。"

卡齐米又说了句什么。

"而且,你们军方选错了水管。"教授说。

"选错了水管,什么意思?"我问。

这次他们花了更长时间沟通,教授的问题愈发短促,似乎在痛斥卡齐米。

"你们军方选的水管的水压不对,"教授说,"而且他们让它横跨高速公路。"

"有没有办法可以调节水压——"

"水压不是问题,"教授说,"问题在于,政府是迈赫迪军派①的。"

我不解地看着他:"但是水有利于——"

"他们不会把水分给逊尼派的。"他严厉的眼神似乎指出这全是我的错。当然,考虑到美国在战争伊始就极力将政权拆分到多

---

① 迈赫迪军派(Jaish al-Mahdi),伊拉克的一个带有宗教色彩的民兵组织,其成员主要为伊拉克什叶派穆斯林,创始人为伊拉克什叶派领导人穆克塔达·萨德尔。

个政党手中，并默许各派别驱逐主张阿拉伯民族主义的旧技术官僚，拥护党派傀儡瓜分这个国家的局面，教授的愤怒也不无道理。

卡齐米再次开口。

"我现在很肯定，"教授说，"这个人很蠢。"

"他说什么？"

"他想抽些水上来，"教授说，"他在这个职位上已经很多年了，从没见过水的影子。他想见识一下。"

"如果分一些水给逊尼派，"我说，"他需要机关枪吗？"

"他总是需要的。"教授说。

"好吧。"我说。

"他早晚会送命。"教授说。

"问问他还需要什么才能让水厂上线，"我说，"除了机关枪。"

他们继续用阿拉伯语交谈，我盯着墙出神。他们谈完后，教授转向我，说："他需要时间评估。他已经好几星期没来这里了。"

"那他去哪儿了？"我说。

教授问卡齐米时，他笑了。他看着我，说："伊——朗。"

每个人都能听懂这个词。随行的美军士兵原本就神经紧绷，一听到"伊朗"二字立即眼露杀机。伊朗是爆炸成型穿甲弹的主要进口国，那是一种极端致命的炸弹，爆出的高温液态金属子弹能穿透最坚固的车辆装甲，溅射到车内所有人身上。有位拆弹专家告诉我，即使金属子弹没有直接击中你，它高速飞过时产生的气压变化也能致伤。

卡齐米继续说着。教授不时皱眉，应上一两句。其间他摘下眼镜，边擦镜片边摇头。

"啊，"教授说，"他是去结婚的。"

"结婚?"我转身对卡齐米说,"恭喜!"然后把手放在胸口上。我的脸上挤出微笑,身后的士兵也松了口气。

"伊朗女人非常美丽。"教授说。

卡齐米掏出手机摆弄了一会儿,然后举起来让我看。屏幕上是一个年轻女人漂亮的脸。

"太太。"卡齐米说。

"非常动人。"我说。

他按了一个键,切换到另一个女人的照片,然后是下一个、再下一个、再下一个。"太太。太太。太太。太太。"他说。

"她的脸上怎么有淤青?"我说。

教授耸了耸肩。卡齐米接着往下翻照片。

我们又谈了一会儿伊朗女人和她们的美貌,我再一次祝他婚姻幸福。回到正题四十分钟后,我们达成了共识:如果他弄清楚如何让水厂上线,我就提供他要求的安保措施。

回程中教授向我解释卡齐米的婚姻,他的语气像是在调教一条智障的金毛猎犬。

"'尼卡慕塔'①,"他说,"什叶派允许临时婚姻。什叶派人可以和一个女人结婚一小时,第二天再另娶一个。"

"哦,"我说,"嫖娼。"

"伊斯兰教法律禁止嫖娼。"教授说。

两天后我回到塔吉。车靠近我们的胶合板办公室时,我远远看见贾森·齐马少校,他手下的民政事务分队正从基地的皮卡往下卸箱子。我顿感不妙。无论箱子里装着什么,都必定是我的麻烦。

---

① 尼卡慕塔(Nikāh mutʻah,阿拉伯语是نكاح المتعة),指临时婚姻。

"长官!"齐马少校笑着招呼我,"正想找你呢。"

齐马在战斗旅里负责民政事务,是部队里与我对口的主管。他身材敦实,脑袋圆得出奇,每天清晨都刮得锃亮。在伊拉克刺眼的阳光下,他看上去酷似顶着保龄球的一麻袋粮食。他的脑袋不仅毫发不生,眉毛也淡得若有若无,别人无从判断他的年纪。他也许三十五岁,也许五十五岁。他略带天真的笑容让你倾向于前者,而他皱起眉头时那副"这个不会打仗的人在他妈说什么"的表情又让你怀疑是后者。与他打交道至今,他彻头彻尾的无知常搞得我晕头转向。

"这是什么?"

齐马少校将手中的箱子扔到地上,激起一阵烟尘。然后他像变戏法似的挥舞右手,从口袋里抽出一把莱瑟曼工具刀,弯腰划开箱子。

"棒球服!"他说,抽出其中一套给我看,"总共五十套。有蓝的,有灰的——就像南北战争里的联邦军和邦联军。"

此时我仍身披防弹服,头顶头盔。眼前的一切太令人费解,我不得不摘下头盔以加快脑部供血。

"这些是给你的,"齐马说,"有人碰巧送到了民政事务连。"

"我们要这些玩意干什么?"我说。

他脸上浮现出标志性的天真无邪的傻笑。"伊拉克人打棒球时可以穿。"他说。

"伊拉克人不打棒球。"我说。

齐马皱了皱眉,似乎刚意识到这个问题。然后他看着手中的棒球服,又咧嘴一笑。

"那么他们可以穿着踢足球!"他说,"他们会喜欢的。反正是在泥地上玩,护腿总能派上用场。"

"好吧,"我说,"但这些衣服为什么会在这儿? 为什么我会在塔吉营见到五十套棒球服?"

齐马少校点点头,似乎同意这是个好问题。"因为这是吉恩·古德温寄来的,"他说,"吉恩·古德温认为棒球正是伊拉克人民需要的。"

"谁是吉恩——好吧,管他是谁。现在这就成了我的事吗?"

"嗯,"少校说,"你会教伊拉克人打棒球吗?"

"不会。"我说。

"这倒是个问题。"少校皱起了眉。

我双手放在脸上,揉着前额说:"那么你会教他们打棒球吗?"

"我想他们不感兴趣。"他说。

我们相视而立,我眉头紧锁,齐马却如天使般地微笑。我跪在地上查看箱子,里面有一张清单,注明这些棒球服适合八岁至十岁的男孩。考虑到这个地区的儿童普遍营养不良,十三到十五岁的孩子才穿得上。

"这些东西也让车队专门护送?"我问。

"不止这些,"他说,"肯定还有其他一级军需物资。"

"嗯……不就是功能饮料、博普塔特饼干和那些没人碰的玛芬蛋糕吗?"

"那可是美国士兵的能量来源。"

我又揉了揉额头。"吉恩·古德温到底是谁?"我问。

"北堪萨斯州的床垫大王。"齐马少校说。

我不知该作何评论。

"我从没见过他,"齐马接着说,"但戈登众议员来访时专门对我说,他的一位重要支持者对伊拉克民主建设有个效果立竿见影的建议。"

"显而易见。"

"他对所有人都讲过,包括克里斯·罗珀。"

"哦。"我说。克里斯·罗珀是我的老板。他平时从不踏出安全区半步,但如果有国会议员到访,他也会跟着作一次战地旅游。没人甘心在伊拉克待满一年却毫无见识,回家后只记得大使馆餐厅里的冰激凌机。

"克里斯·罗珀怎么说?"我问。

"哦,他告诉议员'体育外交'当下十分流行,他们也在组织逊尼派与什叶派间的足球比赛。他说这事在大使馆极具人气。非常奏效。"

"什么非常奏效?"

"这个嘛,"少校笑眯眯地说,"我不清楚,不过拍了不少好照片。"

我深吸了一口气。"克里斯·罗珀觉得这是个好主意?"

"当然不是。"少校说,脸上现出愤怒的表情。

"那么戈登议员……"我说。

"他多半也不赞同,"齐马少校说,"但他叮嘱我和上校,古德温先生对于他是个极其关键的支持者,还说古德温先生对于没人理睬他的棒球计划十分恼火。"

"所以你告诉他区域重建工作组能把这事儿干好。"

"我说你会倍感荣幸。"

鲍勃觉得那些棒球服很搞笑。他每天至少二十次抬头看它们,咧嘴一笑,然后继续在电脑上玩单人纸牌游戏。辛迪缺乏鲍勃的幽默感,她谨慎地指出:这些是男孩的球服,因此不在她这个女性扶助计划顾问的工作范畴之内。况且她的农业项目刚走上正轨,实在腾不出手。

"真的吗?"我说。

"没错,"她说,"这里没人懂现代农业。"

"你懂吗?"

"我至少知道请阿訇在牛尾巴上绑一段《古兰经》治不好牛的腹胀。而且,在塔吉还有一个务农的预备役士兵,他在帮我。"

这就不奇怪了。我一直不相信仅凭辛迪和她的谷歌搜索引擎就足以启动一个农业项目,但她在人际交往上确实有一套。娜吉达——妇女诊所的那位社工——对她的评价非常之高。

"会员越来越多,"辛迪说,"不少丈夫陪着妻子一起来,还告诉他们的朋友这里有很好的建议和药品。"

"那些女人不是寡妇吗?"

辛迪耸了耸肩,继续谷歌,不时嘟囔几句鲜为人知的事实,比如"巴西的冷冻鸡肉这么便宜,养鸡已经没前途了"。我盯着那堆装满球服的箱子,终于无法忍受。我冲出办公室,狠狠带上那扇脆弱的木门,步行去民政事务连找齐马少校,准备和他谈谈水厂和那条通向逊尼社区的管道。我发现他正把各种文件搬来搬去,似乎毫无头绪。

"那条管道还在建设中。"齐马告诉我,一边把一摞很厚的文件塞进一个很小的柜子里。他解释说,在他和我来伊拉克之前,省议会就已经说服先前的战斗旅的民政事务连负责管道建设。如今他既然接手这个项目,就理当继续。

"这地方的水里全是大肠杆菌、重金属和硫酸,"齐马说,"我可不会用这种水刷牙。"

我向他解释了逊尼派与什叶派之间的纠葛,然后告诉他管道的水压有误。"即便你修好水管,水厂上了线,政府也批准运营,"我说,"那些管道抽水时产生过高的水压,会使多佛路以西所有的厕所、水龙头、阀门同时爆裂。"

"真的?"他放下塞到一半的文件,抬起头来。

"那就是你正在建的管道,"我说,"或者说是你雇的伊拉克公司正在建的管道。"

"他们是约旦人,"他说,"只有一个伊拉克人。"他身体后仰,抬起一条腿,一脚踹在文件柜的抽屉上。抽屉应声合上,文件边角从缝隙里钻出来。他看上去很满意,抬头对我说:"我会处理的。"当我追问解决方案时,他只是笑笑,告诉我耐心等待。

棒球服堆在办公室里意味着我得整天盯着它们。不出预料,没几天我就崩溃了。

"你他妈真想让我在伊拉克组建一支棒球队吗?"我冲着电话大嚷。克里斯·罗珀最受不了别人对他发火,平常都是他骂别人。对于一个职业外交官来说,他的沟通技巧非常不职业,或许是长期和陆军打交道的缘故。

"你他妈说什么?"他说,口音带了些许布鲁克林腔。

我把齐马少校关于棒球服的话告诉了他。

"哦,"罗珀的口气软下来,"那个啊。那个不重要。我想谈谈妇女商业协会的进展。"

"妇女商业协会就是个骗局,"我说,"但组建伊拉克棒球联赛简直就是个笑话。"

"不是民政事务连在负责吗?"罗珀说,"我可没抢着要做,这点你放心。"

"你没告诉他们'体育外交'在大使馆轰动一时吗?"

电话里一段很长的沉默。

"好吧，"他悻悻地收回刚说出的话，"好像说过。"

"我的天。"

"还有，你不能取消妇女商业协会。"

"为什么不行？已经一年了，一桩像样的生意也没做起来。上次开会，我们花一万五千美元租了一间'会议—汇报室'，结果那只是一所废弃学校里的一个空房间。那所学校还是我们自己在二〇〇五年建的。"我顿了一下，深吸一口气，"事实上，说'废弃'还不够准确。那学校压根就没人用过。"

"提升妇女权利是大使馆的一项重要使命。"

"所以妇女健康诊所才——"

"提升妇女权利，"他说，"意味着创造就业。相信我，这是我过去参加的十次会议的主要精神。健康诊所不能创造工作机会。"

"但诊所为本地女性提供了她们迫切所需，而且——"

"我们在这上面已经投了……差不多六万美元了吧？"他说。

"她们不会开始——"

"压迫妇女与极端主义之间，"罗珀拖长了声音说，"存在直接的联系。"

短暂的沉默。

"我不是说这事不难。"他接着说，"所有的事都难。在伊拉克做什么都难。"

"诊所——"

"不是就业机会，"他说，"我要的是铆钉工罗茜①，不是被酵母菌感染的苏茜。"

---

① 铆钉工罗茜（Rosie the Riveter），代表"二战"期间六百万进入制造业工作的美国女性，是美国文化的一个象征。

"是酵母菌感染被治愈的苏茜。"我说。

"商业协会是你的重建工作组唯一有关提升妇女权利的项目,"他说,"这可不妙。非常不妙。你还想把它关了? 没门。你他妈想都别想。继续开下去。更有效地推动。创造几个该死的工作机会。你还有任何别的妇女项目吗? 什么都行,计划中的也算。"

在电话里我能听到他粗重的呼吸声。

"当然……"我说,一边绞尽脑汁,"我们有项目。"

"比如?"

一段尴尬的沉默。我环视办公室,仿佛答案就挂在墙壁某处。我的目光最终落在鲍勃的办公桌上。

"关于养蜂你知道多少?"我说。

"你想让妇女养蜂?"他说。

"不只是妇女,"我说,"寡妇。"

又一段沉默。他叹了口气。

"好吧,"他的声音听上去心灰意懒,"很多重建工作组都在做这个。"

"等等,"我说,"你……你也知道这事其实是扯淡?"

我一放下电话,电脑屏幕上就弹出一封电子邮件。标题是"伊拉克明日的国民娱乐"。发件人是吉恩·加布里埃尔·古德温。我想是谁把我的邮件地址给这个混蛋的? 答案转瞬之间便揭晓了。

亲爱的内森(我希望可以称呼你内森。齐马少校告诉我你是个很随和的人):

很高兴终于遇到一个愿意实践我想法的人。你不会相信在军队里做一件事要费多少周折。

我的想法是：伊拉克人民渴望民主，但民主无法扎根。为什么？因为他们没有必要的机构作为支持。在腐烂的地基上你什么也建不了。而伊拉克文化，我敢肯定，已经不能更腐烂了。

我知道这听上去很疯狂，但是没几个机构比棒球联盟更好。瞧瞧日本，他们眨眼间就从誓死效忠天皇的法西斯主义者变成了热爱棒球的民主支持者，快得你来不及说一句：再见，裕仁天皇！

我想说的是，你必须从改变文化入手。还有什么比棒球更能代表美国呢？棒球场上，一个人面对全世界，球棒在手，期待创造历史，每时每刻都是一对一的较量。击球手对投手。跑垒手对一垒手。跑垒手对二垒手。再对三垒手。走运的话，他会直面镇守本垒的接球手。别忘了！别忘了！！！这还是一项团队运动！离开了团队你什么也不是！！！！

我猜他们在那边踢足球吧。想想，居然有这样一项教会孩子们各种恶习的运动。"假装受伤，裁判就会帮你！""你只靠自己是不成的，把球踢给队友！"最糟的是，永远没人进球。像是对他们说："孩子们冲啊，但别抱什么希望！就算你冲到球门前，可能也进不了球！"而且还不让用手。这他妈算怎么回事？

我知道这听上去可能有点傻，但是记住：好点子乍一听总是很傻。当初别人也告诉我"大满贯大减价"很傻，但我力排众议，现在再没人说我傻了。就像我们床垫行业里常说的那句话："成功等于动力加决心加床垫。"现在我为你提供物资。我希望你帮我做的，只是给这些伊拉克孩子一个拥抱未来的机会。

你真诚的，
GG.古德温

读这封邮件感觉像把一支冰锥往脑里扎。我呆望着电脑，大脑全线短路，同时还得竭力控制自己砸碎屏幕的冲动。这玩意儿，我想，就是一坨屎。我写了一封简短的回信解释说，我们感谢他的慷慨，但棒球不太可能在此处流行，而且我虽然能保证孩子们好好利用球服，却无法承诺他们会穿着打棒球。然后我点了"发送"键。

不到一小时我就发现自己被抄送了一封邮件，那封邮件是发给戈登众议员的。被抄送的还有一系列军事及民政人员：克里斯·罗珀、某位陆军准将、齐马少校，甚至还有我所属的战斗旅的主管上校。光是他的名字就足以让我明白自己捅了多大的娄子。我在这种抄送游戏里还是新手，不如军队参谋们精于此道，但我至少明白：你能毫无顾忌地抄送的人级别越高，别人就会越重视你的邮件，即便你说的其实都是屁话。

邮件的开头是："我一再惊讶地发现驻伊人员的目光如此短浅……"之后的措辞愈加激烈。五分钟内，我的邮箱里又多了一封新邮件，来自鲁中校——战斗旅的执行长官。信不是写给我的，而是给齐马少校。鲁中校不在最初的抄送名单之列，但往下浏览时我发现是上校转给了他，上校简短交待道："吉姆。处理此事。"

鲁中校不像上校那么言简意赅。他写道："谁能向我解释为什么这种写给国会成员的抗议信会抄送上校？收拾这个烂摊子。立刻。"下面是他的签名栏。"致礼，中校詹姆斯·E.鲁"。

我冒着冷汗给中校写回信。我觉得有必要先讲清楚 G.G.古德温如何愚蠢透顶，却担心自己的叙述技巧不够。不过在我写完第一段之前，齐马少校就抢先回信了。他的回复显然正中要点。"长官，"他写道，"我即刻处理。"

五分钟后又来了一封邮件，也是齐马少校发的。鲁中校和我都在抄送之列，还有众议员和那位身份不明的陆军准将，但是没有上校的名字。

"长官,"邮件开头说,"我们这边在沟通上有点小误会。其实我已经和一位教师谈好了,他会接手这些球服并教孩子们打棒球。"

这事听上去水分很大,但齐马少校紧接着给出一段令人眼花缭乱的描述,讲他如何克服后勤方面的层层障碍才加快了项目进程。

邮件里接着说:"我们想过让孩子们给您写封感谢信,但遗憾的是这个地区的孩子大多不识字。"然后齐马建议吉恩·古德温耐心一点,并引用了古德温本人关于日本的例子。他说,棒球自一八七二年传入日本后花了十五年时间才在日本文化中扎下根。这一段出奇冗长且充满学术气息,原因很简单:齐马直接把维基百科里"日本棒球"的词条粘贴在邮件中,让吉恩觉得他也热衷于这项运动。

片刻间又一封邮件弹出来,是齐马单独写给我的,没有抄送任何人。

"嗨,内森,"他说,"也许你该让我来对付这个家伙。没必要捅马蜂窝。"

大概两周后,我去找齐马少校,他正穿着迷彩服做俯卧撑。喘息之间他告诉我,如果我想筹款维修水厂,政府部门不会刻意刁难,索要的回扣也不会超出正常水平。

"我们在说多少钱?"我说,"不是已经砸进去一百五十万美元了吗?"

他停下来,得意地笑了笑,说:"没错。"

"钱都去哪儿了?"

"不知道,"他说,然后俯身开始下一个动作,"那时候我还没来。"

我略微观察了一下。他的上身滚圆,即使双臂撑直,肚子也仅离地一英寸。只见他松臂俯身,靠肚子反弹起来。我说:"你是怎么让他们同意的?"

"七十九,"他说,"啊……八十!"

他瘫倒在地上。但他绝不可能做了八十个俯卧撑。我猜大概是二十五个。他抬起头。

"我把你的话告诉了他们。"他趴在地上,一侧的脸贴着泥地,喘着粗气说道。

"我的什么话?"

"如果我们开闸放水,逊尼派社区所有的马桶都会炸裂。"齐马慢悠悠地翻身,平躺在地上。"啊——"他说。

"这就行了?"

"不,"他说,"但他们检查了一下,发现你是对的。那些管道是为纳西里耶排水泵设计的,每秒钟能出二十立方米的水。简直多得离谱。有种东西可以降低水压。我忘了名字。"

"降压器?"我说。

"对,降压器,"他说,"我们没装那东西。"

"所以为了让水厂上线,你告诉他们美国会故意破坏逊尼社区的全部水管?"

"没错。"

"他们相信你?"

"我告诉他们,我因为项目完工被升职了——这基本是事实,而在我离开伊拉克之前水厂还不会上线——这点我可以肯定。如果他们阻挠水厂项目的话,我就不会批准那个价值九十万美元的自由市场项目——那个项目已经让某个政府官员的亲戚承包了。"

我满怀敬畏地望着他。早先我觉得他是个蠢货。现在我不知道他是天才还是疯子。

"不过，"我说，"我们不能破坏一个逊尼派村子……"

"放心吧，"他说，"现在我们只需继续推动。逊尼派不会坐视不理，任由高压水管冲毁他们的家。沙漠里出这种事的话就太蠢了。就算我们不管，他们也会密切关注的。"

齐马的自信并不能让我放心。"他们知道水压有问题吗？"我说。

"不知道，"他说，"但是我在 Outlook① 日历里我们旅离开伊拉克的那一周加了个提醒，上面写着：'告诉阿布·巴克尔酋长我们为他修的水管会炸掉他的房子。'"

阿布·巴克尔酋长除了是齐马的待办事项中重要的一项，还是多佛路西侧举足轻重的人物。我第一次和他见面时，负责护送的中尉告诉我："毫不夸张地讲，阿布·巴克尔酋长就是《疯狂的麦克斯》里的蒂娜·特纳②。"鲍勃也声称这位酋长是推动寡妇项目的关键人物。因此在与齐马讨论水厂事宜后不久，我就去找酋长商量养蜂计划。其实我本就打算和他见面，告诉他我们准备将资金援助转移到"卡达阿"③——也就是省议会。此前的资金直接被给到他，但他只是雇伊拉克人驻守检查站，却不去镇压叛乱。然而，由于他兼管省议会，所以把资金转到议会的结果，介于换壳游戏和协助伊拉克人提升政府机构的财务能力之间。

---

① Outlook 是微软的网络邮件服务。

② 蒂娜·特纳（Tina Turner），演员，在《疯狂的麦克斯3》中饰演巴特镇无情的统治者安特蒂姨娘。

③ 卡达阿（qada'as），伊拉克境内对省议会的叫法。

驱车进城的路上，我看见两个穿棒球服的孩子在路旁的垃圾堆里穿行。一个穿灰色球服，另一个穿蓝色的。穿蓝色的那个把裤腿剪了，成了短裤。

"停车。"我说。没人搭理我，我也没再坚持。

对比周边环境的污秽破败，阿布·巴克尔住处的奢华着实令我大吃一惊。那是一片巨大的产业，拥有五座独立建筑，以及我在伊拉克见过的除美领馆以外唯一真正的草坪。美领馆那块草坪是大使本人下令铺设的，它的存在依赖于科威特进口的土壤、武装车队运送的草坪用品、对鸟群不遗余力的驱赶以及对自然规律的随性蔑视，大概花费了纳税人两百至五百万美元。至于阿布·巴克尔花了多少钱，我不清楚。仅从他兼任的职务数量上判断，美国纳税人的钱多半也注入了他的草坪。

我们到达他家时，美军士兵、伊拉克警察和伊拉克陆军联合在外围设置了警戒线。一名穿制服的伊拉克警官正在仔细查看车道上的一辆黑色雷克萨斯。我们走进屋内，由人领着穿过一间间满是红木家具和水晶花瓶的房间，还能不时见到连着 Xbox① 的平板电视。向导把我们带到一间餐厅，阿布·巴克尔就在那里等着。我们寒暄落座，他命手下人为我、教授、护卫队长、警队队长和几名伊拉克军方人员端上羊肉米饭。他们端上来一大盘堆成小山的黏糊糊的羊肉，旁边是同样可观的一盘米饭。没有刀叉。一个伊拉克陆军的家伙以为我不知如何下手，便用胳膊肘撞了我一下，笑着用右手抓起一把羊肉，油脂从他指间渗出来。然后他把羊肉拍在那堆米饭上，用手搅和了半天，形成一小个羊肉饭团。最后他将饭团捡起

---

①Xbox 是微软公司开发的该公司第一代家用游戏主机，其性能相当于索尼的 PS2。

来，放在我的盘子里。

"谢谢！"我说。

他笑吟吟地望着我。阿布·巴克尔也望着我。他看上去被逗乐了，而教授已然笑出了声。我抓起饭团吃起来。抛开卫生问题不谈，味道还真不赖。

吃着羊肉，我们切入了正题。阿布·巴克尔是个风趣的胖子，他声称自己体内嵌了三颗子弹。医生说取出的风险比留着更大，但他说："每晚我都感到它们在向我的心脏蠕动。"

据教授说，三年前一支什叶派敢死队试图绑架阿布·巴克尔。当他们拖着他往车走的时候，他注意到一个歹徒的皮带上插着手枪。他拔出那支枪，打死两个歹徒，自己也挨了两枪，所幸不是致命伤。剩下的一个歹徒被他的手下制服。如果你想知道那个家伙的下场，你完全可以去这个地区随便一间小卖部买盘虐囚录影带。我可没这个兴致。

接下来是关于地区"纳里亚"①和省"卡达阿"的冗长谈判。阿布·巴克尔宣称直接把钱给他会简单很多。我坚持说他们需要学会自己管理资金。大约一小时后，我们谈起了那些寡妇们。

"是的，"教授说，"他可以找来你要的寡妇。乌梅尔酋长会处理的。"

乌梅尔酋长在当地的地位要低得多。他的门前没有雷克萨斯。他不过是某个纳里亚的成员。

"如果你提供蜂箱和培训的话，寡妇们愿意养蜂，"教授说，"但你还需要负担她们参加培训的来回出租车费，因为这个地区十

---

① 纳里亚（nahiyas, 阿拉伯语是ناحية），是管辖几个村庄或乡镇的宗教和行政机构。

分危险。"

"出租车的开销不到他索要金额的十分之一,"我说,"告诉他,算是帮我个人一个忙。"

教授和阿布·巴克尔讨论起来。我能肯定阿布·巴克尔懂英语。他似乎总明白我在说什么,有时教授还没翻译完他就打断他,但阿布·巴克尔从未表明这一点。

最终教授看着我说:"还会有他预期之外的开销,那会把事情复杂化。"他顿了顿,补充道,"正如他们所说的,一张地毯永远不会被完全售出。"

"告诉他,"我说,"这次我们需要真正的寡妇。上次的妇女农业会议上,辛迪说她觉得她们只是已婚妇女。"

教授点点头,与酋长又沟通了几句。

"没问题,"他说,"伊拉克缺很多东西,就是不缺寡妇。"

见过阿布·巴克尔后不久,棒球棒和手套运到了。

"这些也交给我处理吧。"齐马少校说。

"别把球棒像球服一样随便给出去。"我说。

"绝不会!"他说。

"每次我到安全区以外,"我说,"都能看见不同的孩子穿着棒球服,但我从没见过一场棒球比赛。"

"当然没有,"齐马少校说,"他们还没有球棒。"

"我不想见到美国援助的装备出现在哪段虐囚视频里。"我说。

"太晚了,"齐马少校说,"而且,如果说我从伊拉克民政事务里学到了一件事,那就是文化是很难改变的。"

"你什么意思?"我说。

"现在,"他说,"什叶派喜欢用钻子杀人,而逊尼派喜欢砍

金钱作为一种武器系统

头。我不认为球棒能带来任何改变。"

"上帝,"我说,"我可不想和这些沾上边。"

"太晚了,"齐马少校皱着眉头说,"你已经在这里了。"

第二天我去了趟妇女健康诊所,心想大概这是最后一次了。我不愿告诉诊所的社工娜吉达我再次令她失望了。

"我是伊拉克人,"上次我造访时她说,"我习惯了善意但无法兑现的承诺。"

视察诊所总让我感觉很奇怪,因为我被禁止入内。我会在街对面的房子里与娜吉达见面,她把诊所近况讲给我听。

诊所或许是我最值得骄傲的事。还有农业教育计划,尽管那大多是辛迪的功劳。娜吉达似乎明白诊所对于我的重要性。每当我出现,她总是敦促我寻求更多的援助。同时她也觉得我这人脑子有点问题。

"工作?"她说。

"是的,"我说,"有没有办法可以把这个用作创业的平台?"

"平台?"

"或者我们开个诊所兼营的面包店,妇女可以……"

她一脸迷惑,我只得停下来。

"我的英语不够好,我觉得。"她说。

"算了,"我说,"反正也不是个好主意。"

"我们的资金还会继续吗?"

我隔着街望着诊所,不舍之情重重压在我的胸口。两个女人走进诊所,身后跟着一群孩子,其中一个穿着蓝色棒球服,袖子比手臂还长。

"听天由命吧。"我说。

我再次来到伊斯塔尔加尔联合安保站，希望他们能护送我去见卡齐米，但我一到安保站计划就取消了。我被告知，卡齐米死了。

"摩托车自杀式炸弹袭击。"情报官员在电话里说。

"噢，我的上帝，"我说，"他只是想抽水。"

"他是为了背后的好处，"情报官员说，"我认为他不是袭击目标。只是在错误的时间出现在了错误的地点。"

情报官员不知道葬礼何时举行，但他告诫我，任何情况下去参加葬礼都是不明智的。除了找护送车队回塔吉以外，我再无事可做。恍惚中我作了回程安排，然后吃了些博普塔特饼干和玛芬蛋糕充当晚餐。剩下的只有等待。

其间我通过军用专线给前妻拨了个电话。她没有接，事后想起来这大概是好事，不过当时我很沮丧。我走到室外，在吸烟坑旁挨着一名上士坐下。他披着防弹衣，上身几乎是个完美的方块。我不知道他在这里当兵多久了。

"能问个问题吗？"我说，"你为什么冒着生命危险来这儿？"

他盯着我，仿佛没听懂我的问题。"你为什么来？"他说。

"我不知道。"我说。

"那太遗憾了。"他把抽了一半的烟扔在地上，踩灭了。

我回到塔吉时齐马少校正在做跳跃运动，他肚子弹跳的方向恰好与身体其他部分相反。他落地时肚子还停在高点，等到双脚离地肚子才砸下来。我还没见过谁这般刻苦健身却收效甚微。

"事情进展得如何？"他上气不接下气地问。

"太让我伤心了。"我说。那天我正找不到人说话——鲍勃压根不在乎我，而辛迪到安全区外办事了，于是我把最近发生的事告诉了齐马少校。他也听说了卡齐米的死讯，那早已不是新闻。但他还

金钱作为一种武器系统　097

不知道诊所的资金问题。他站起来对我微笑,鼓励似的点着头,一个纯粹的白痴的表情。我感觉就像对着达菲鸭①忏悔。

"怎么办?"我最后说,"如果是你的话会怎么办? 这些狗屎?"

齐马少校略带悲哀地摇摇头:"这儿没有狗屎。"

"没有狗屎?"我说,"在伊拉克?"我露出一个讥讽的笑,就像鲍勃惯常朝辛迪的方向作出的表情。

齐马不住地摇头。"每件事都有它的原因,"他说,听上去几乎像在布道,"也许我们看不清。但如果你两年前就在这儿的话……"说到这里,他神情木然。

"如果我两年前就在这儿的话会怎么样?"

"那时一切都疯了。"他说。齐马没有看着我。他没有看着任何东西。"情况在好转。你现在需要应付的事情,根本算不上疯狂。"

我扭过头去。我们静静地坐着,直到我必须开始工作。我去重建工作组的办公室,他继续跳跃运动。我坐到电脑前,盯着屏幕,心情无法平静。感觉那一瞬间齐马在我面前摘下了面具,让我窥到他心里难以言喻的悲哀,那种每次走出基地时萦绕在你身旁的悲哀。每当新的美军部队轮换到伊拉克时,这个国家的历史不会凭空重置。这一次我面临的问题已是一种进步。

两天后,齐马少校吹着口哨踱进我们的办公室。他一手提着一只绿色的大口袋,另一只手拿了张白纸。他把纸放在我桌上,拖了张椅子坐下来。

他说:"我不知道你们这些国务院的孩子会怎么写这种东西,

---

① 达菲鸭(Daffy Duck),华纳兄弟《乐一通》卡通系列中的人物。

学着点儿。"

然后他很夸张地抽出一支钢笔,俯身在纸上写起来,边写边大声念。

"我们的妇女商业协会,"他说,"已被证明十分成功……"

"不,它没有。"我说。

"……十分成功地激发了我们区域弱势人群的创业积极性。"

鲍勃探身看了看,一条眉毛翘了起来。齐马继续龙飞凤舞地写着。"事实上,"他说,"由于激增的会员数量及其在社区权力体系中不断提升的地位,协会凭借自身的主动性不断拓展涉足的领域,其运作方式实际已涵盖——"他抬起头,"这是个好词儿,对吧?涵盖?"

"涵盖是个很棒的词。"我答道,心里不免好奇。

"涵盖了更具整体性的发展方案。"

"真的吗?"我忍不住笑了。

"一些前景不错的生意,尽管可以为妇女创造丰富的就业机会,却还是失败了。究其原因,是缺乏足够的儿童保健与医疗设施。要建立蓬勃发展的市场经济,提供这些服务是先决条件,而且这些服务本身也蕴藏商机。"

"噢,"我感觉如梦初醒,"太棒了!"

鲍勃皱起了眉头。

"我们仍在进行统计,但有两个项目均由于缺乏医疗保健服务而搁浅。一间妇女经营的面包店被迫关门,原因是两名工人(均为寡妇)由于酵母菌感染未得到及时治疗而出现并发症,无法再来上班。"

"这绝不可能。"我说。

"也许有人给我的信息有误,"少校点头承认,"但我不必为此负责。我们总是收到错误情报。"

"我,"鲍勃站起身,"要出去抽根烟。"

"你不抽烟的。"我说。他没理睬我。

"统计表明,"鲍勃走出屋子时,齐马继续念道,"那些医疗条件得到改善的国家在经济发展方面要优于那些将全部精力投入商业发展的国家。"

"真的吗?"

齐马用难以置信的眼光看着我。"当然是真的,"他说,"我只叙述事实。"随后他补充道,"我在一段 TED 演讲①里看到的。"

"好吧。"我说,我低头看着那张纸,"你能把演讲者的名字给我吗? 咱们试试这管不管用。"

"很好。"少校说,"很高兴我们能合作。你知道,我甚至有可能说动上校拨出一些重建基金。"

"那样的话就太棒了。"我说。

"对了,"他说,"我在想,你能不能帮我个忙?"

"什么忙?"我说。

他从绿口袋里掏出一个蓝色棒球头盔,放在我桌上。"G.G.古德温想要一张孩子们打棒球的照片。"

此后两次出安全区,我都随身带了一套棒球头盔、手套和球棒,却没发现一件球服。

"我知道你在干什么,"克里斯·罗珀在电话里说,"你那些狗

---

① 美国一家非营利性机构,每年召集科学、设计、文学等领域的杰出人物以演讲形式分享关于技术、社会、人的思考和探索。

屁理由是根本站不住脚的。"

"什么？"

"你想拿妇女协会当幌子来给诊所申请经费？你明白百分之九十的钱——即使不是更多——会直接进入阿布·巴克尔的口袋。"

"你想让我把项目继续下去，"我说，"而且你早知道水有多深。如果至少有一部分钱用在有价值的事情上，又尝不可呢？"

"嗯——哼，"他说，"非常聪明。"

"有总比没有强，"我说，"况且诊所的经费只能支持到下个月了。"

"啊，"罗珀说，"诚实。真叫人眼前一亮。"

"诊所对于这个社区至关重要，"我说，"即使让酋长来接管也不是件坏事。"

"是对于妇女至关重要。"他说，"但你见过哪个伊拉克人真正在乎过女人？"

"压迫妇女与极端主义之间，"我说，"存在直接的联系。"

"别跟我来这一套。"他说。

"这是事实。"我说，"酋长会把诊所继续办下去。如果诊所关门，他的声望会受损。"

"地方议会支持吗？"他说。

"他们说在——"

"我知道他们说什么，"他打断我，"他们真的支持吗？"

"是的，"我说。"最低的财政支持。只要我们给钱，伊拉克人不会主动杀掉下金蛋的鹅，只是关于资金分配问题——"

"好吧，"他说，"让我先想想。"

这个结果远超我的预期。

金钱作为一种武器系统

一周以后,和乌梅尔酋长见面商讨养蜂项目时,我见到三个孩子,其中两个穿着棒球服。一件灰色,一件蓝色。非常完美。

"我的天!"我说,"教授,告诉他我需要给那些孩子照张相。"

经过冗长的解释,在明确我欠他们一个人情的前提下,两个满脸迷惑的孩子站在了我面前,一个戴着棒球头盔,一个戴着手套。再加上一个极度恼火的翻译。

"现在我比之前任何时候都恨你。"教授说,一边用力擦拭镜片。我担心那对镜片会被他捏碎。

"你为什么为我们工作?"我说。

"四十——美元——一天。"

"胡说,"我说,"你可是冒着生命危险。"

他打量我片刻。"最初总是抱有希望,"他的神情缓和下来,"即使没有希望,你也必须尝试。"

我笑了。终于,他也笑了。

经过又一轮不厌其烦的解释后,我们终于让孩子们站好位,一个像投手那样俯身屈膝,另一个像击球手那样站定。我在眼角里瞥见一个女人快步走过来,乌梅尔酋长拦住她,和她讲起阿拉伯语。

"叫他挥棒。"我说。

那孩子将球棒高举过头顶,然后毫不留情地径直砸下来,仿佛想把什么人置于死地。我很想把这个画面寄给G.G.,但还是忍住了。我向那孩子演示了正确的挥棒姿势,然后重新拍照。拍摄时机很难把握,但他们挥了大概二十次球棒后,我抓拍到一个完美的瞬间:模糊的球棒,击球手全神贯注的表情,接球手眼里的不安,好像击球手刚击出一球。我把相机的显示屏转过去给教授和孩子们看。

"看看这个。"我说。

教授点点头。"这就是你想要的,"他说,"成功。"

在越南他们至少还有妓女

我启程前往伊拉克之前,父亲才向我讲起越南。他叫我在书房里坐下,自己取出一瓶金宾威士忌和几罐百威啤酒,没开口先喝了起来。他大口喝威士忌,小口喝啤酒,其间给我讲些越战旧事。夏季如桑拿房般的潮气,梅雨季节丛林里腐败的枝叶,还有在任何季节都派不上用场的 M16 步枪。后来他醉意渐浓,给我讲了妓女的故事。

我猜最初司令部每月会组织士兵进城,但因为每个人都太疯狂,只得叫停。士兵们不再进城,妓院便立刻搬到了基地旁边。陆战队员要么夜里钻出铁丝网,要么白天把女孩们作为"本地访客"邀请入内。那些女孩,他说,你最好把她们当成女朋友,那样感觉会好些。

他第二次被派往越南时,他说,这一切已经发展成为一台平稳运作的机器,提供范围广泛的服务,甚至有专为白人士兵或黑人士兵开设的妓院。假如一个在白人妓院工作的女孩被发现为黑人服务,她就死定了,至少是被打到再也干不了这行。他对此并不赞同,但事实就是如此。他说,你居然能如此随意地处置他人的身体,想想就让人惊讶。

然后他告诉我,有个地方有舞女和舞台,舞女们在台上玩些小花样挣小费。顾客在吧台上放一叠硬币,女孩从上方蹲下,张开阴道，夹起尽可能多的硬币。那间酒吧的噱头就在于此。

这时候，父亲已经酩酊大醉，但他并没有停下来，依旧大口喝威士忌，小口喝啤酒。他看上去那么苍老，脸上刻着一道道皱纹，手上密布着细小的灰斑。

"我有个朋友。"他说。有一次这个朋友在那间酒吧喝闷酒，一整晚没跟旁人讲一句话。他掏出一堆硬币叠在吧台上，然后俯身用双臂将硬币围住，确保别人都看不见。接着他取出打火机，用火苗把硬币烧到烙铁那么烫。然后他叫来一个女孩。"就是随便一个女孩，"我父亲说，"我那个朋友，他不在乎是谁。"他又喝了一口威士忌。"那味道闻起来像滋滋响的牛排。"他说。

我想，我的老天！好吧。谢谢你，老爸。很有帮助。

之后我们没再喝多少。父亲已经醉得坐不住了。我扶他上床时，他喃喃地提醒我要小心，还给了我一枚小金属十字架，可以穿在项链上的那种。他说越战中它一直庇护着他。几星期后我已身处伊拉克。

到伊拉克不久，我把父亲的故事告诉了"老爹"。在连队里，"老爹"是那个你可以谈论这种事的人。如果换作我们的头儿韦斯特，他听了一定不高兴。依照韦斯特的个性，他要么觉得你百分百优秀，要么觉得你是坨屎。"老爹"和他不同。他加入海军陆战队时已不年轻，因此他有阅历，也有智慧——至少在我们看来如此。当我告诉"老爹"关于妓女的故事时，他只是笑笑，说："没错。在越南他们有妓女。我猜至少在这件事上他们比我们强。"

我第一次在沙暴中手淫时想起他的这些话。十九岁零七个月，却无法和女人亲热，这令你抓狂至极。韦斯特死的时候我又想起"老爹"的话，那天"老爹"说他希望上帝告诉他伊拉克的妓院在哪儿,因为他想找个胖婊子,伏在她胸脯上大哭一场。

但我们始终不知妓院的所在,这令我觉得我们对哈迪塞一无所知。训练中,我们学会观察周边的环境,感知城市生活的节奏。一个每天走同一条路的男人忽然避开某条街道,一个你从未见过的异常高大的女人蒙着头巾穿过市场而且人人都躲着她。一群经常在路旁一块泥地上踢球的孩子再也不去那里了。我花了那么多时间用望远镜观察女人。有时我从一只眼睛换到另一只,两眼轮流闭上休息。有时我直接用肉眼观察,有时用步枪瞄准器观察。人,动物,人,动物。我和父亲过去常一起去打猎。

但我从未抓住皮毛。我从没机会盯着一个女人心里想:那是个妓女。

然而,基洛连①的一排,我们确信他们找了个地方。他们在同一时间得了疱疹,因此我们想,一定没错。他们外出巡逻时本应和酋长们会面喝茶,却逛了妓院。

按当时那种暴乱的程度,什么人才干得出这种事?只有疯子。可他们确有一半进了营医护站,下身流着脓。所有人都想知道的是:在哪儿? 在哪儿? 换作我肯定会戴避孕套,也就出不了事。但他们全都守口如瓶。他们被我们的问题搞得很恼火,叫我们滚远点。我截住其中一个鬼鬼祟祟的一等兵。我对他说,每个人都知道你们干了什么,我们只想知道在哪儿。他说,如果我再追问下去,他会用卡巴刀干我的嘴。于是我没再坚持。我本就没那么认真。

其实我们不必拼命追问。第二天指挥官把所有感染疱疹的士兵召集到医护站。大夫说:"好吧,伙计们,妓女在哪儿? 今天不把

---

① 即K连。

他妈的鸡巴传染病搞清楚,我们是不会放你们走的。"

他们低着头,满脸通红。过了一会儿终于有人交待:"大夫,没有妓女。我们只是共用了一个便携式自慰器。"

"老天,"大夫说,"把那该死的东西弄干净,孩子们。"然后他半开玩笑地给那个排分发了一托盘洗手液。对于其他人而言,接下来几天都不缺笑料了。

然后炮击开始了,一发接着一发,丝毫没有停歇的意思。我们蜷缩在防空洞里,心想,难道没人去查清楚这些该死的炮弹是从哪儿来的吗?难道没人去解决他们吗?那时韦斯特还活着,他开始祈祷,声音让每个人抓狂。"哦,天堂的主啊。"砰。"原谅我们吧,上帝,我们都是罪人。"砰。"罪人。"砰。"韦斯特!你他妈闭嘴!"砰。

没人受伤,但之后我勃起了,硬得可以捅破混凝土。硬得生疼。于是我去了天台,弗洛里斯和"老爹"正在上面。我手淫时他们把头转开。我望着哈迪塞,心想不知是否有个狙击手正趴在哪儿,对着手握下体那块的我瞄准。

刚开始我幻想女人的乳头,幻想我干某个女人的画面,随便哪个女人,但到最后我脑海里一片空白,仿佛只是在机械地搔痒。我听见城市另一片传来的零星枪声,不断加快手上的动作,高潮来临时我满脑子都想着会不会有认识的人在交火中丧命——我一听到枪声就不由地这么想。

此后见到的第一个女人,我是先闻到她的气味。我们一桌人在阿萨德基地的餐厅里,她的气味令我们大脑集体短路,没人再说一句话,每个人的目光都聚在她身上。她就那样飘过,说不上漂亮还是难看,却是个实实在在的女人,而不只是望远镜里的影子。她近得可以触摸。近得可以闻到。

我和弗洛里斯吹起了牛，说我们会对她做什么。其实那些事我们不想真做，只是比谁讲得更下流。最终弗洛里斯赢了。他说："我会让她尿到我嘴里，只为闻一下她的下体。"

"谁不愿意呢？""老爹"说。

"你们这帮白痴。"韦斯特说。随后他忽然母性大发，告诉我他有多想念他的家人，还问我："你在家里有想约会的女孩吗？"

"算是没有吧。"我说。

"你知道，"他说，"有时候，一旦你成了战斗英雄，高中时那些不愿搭理你的女孩会改变主意。"

回到勒琼基地时，我并不觉得自己是个战斗英雄，尤其是在韦斯特、科维特和萨帕塔的葬礼之后。这一切让人难以接受。葬礼后每个人都喝醉了。弗洛里斯难掩悲伤，一个人回到营地独处。我想陪着他，但还是决定和"老爹"待在一起。他需要人照顾。"老爹"想去"粉红小猫"——那是一家脱衣舞夜总会，开在漆成粉红色的宽体拖车里。陆战队员禁止去"小猫"那种地方，但"老爹"说，那是此刻最适合我们的去处。这事没人比他更有经验。

"所以那儿有妓女啰？"在泥泞的草地上停车时我问他。我以为自己知道他的答案。妓女是我们来这里的唯一目的。

"她们并不觉得自己是妓女，"他说，"她们认为自己是偶尔跟顾客上床的舞女。"

我笑了起来，但他拦住我。

"我是说真的，"他说，"要是你说错话，就别指望有人陪你上床。她们不觉得自己是街头的妓女。"

"但是……"我指了指那辆拖车。

他笑了。"我敢打赌'漂流木'里也有女孩陪人睡觉。世界上最好的脱衣舞夜总会里同样有女孩陪人睡觉。但这里也有几个女孩不卖身。"

"好吧。"我说,"那我们为什么选这儿?"

他开始掰着手指历数理由。"这里的大多数女孩都卖身,"他说,"而且要价不高。这些女孩待你更好,因为她们不够火辣,也希望有回头客。咱们俩刚从战场回来,再火辣的女孩给我们也是浪费。况且没有着装要求。"他指着自己的裤裆说,"所以我才穿运动裤。"

听了"老爹"的话,我不由得打了个寒战,他见状又笑了。如果还有后悔的余地,我会转身离开。这个可怜的小停车场、粉红拖车前那几辆被损毁的别克和卡车,这种氛围与我的期待相去甚远。没错,我期待某个为了钱陪你上床的辣妹,或许还能碰到一个真心喜欢我的。"老爹"朝拖车的车门走去。车钥匙在他身上,我只得硬着头皮跟着。

我们上了车,她们就在眼前。一丝不挂的女人们。那地方很逼仄,充斥着啤酒味儿和汗味儿,背景乐是震耳欲聋的上世纪七〇年代摇滚。夜总会里仅七八个客人,除了其中两个,其他肯定不是军人。椅子和沙发看样子都是从路边捡的。我们先在后面站了一小会儿,然后来到前排,在舞台侧面一张斑马纹人造革情侣沙发上坐下。方形小舞台搭在拖车最深处,离地一尺。"老爹"为我要了瓶啤酒,我小口喝,一口紧接着一口,一面打量着那些女孩和客人,想搞清楚这地方的玩法。这时台上的舞女从我面前走下来,我目不转睛地盯着她两腿间那一小片遮羞布。她已上了年纪,不再拥有傲人的身材,但皮肤上不见任何伤疤,年轻时大概也漂亮过。我完全无法呼吸。她回到台上,我问"老爹"如何才能和女孩独处。

他看透我的心思，会心一笑，从钱包里抽出两张二十美元的钞票递给我。然后他又抽出一张一美元钞票，在那个舞女面前晃了晃，塞进她的丁字裤。

"放轻松，"他说，"我先给你买支大腿舞。然后你叫那个女孩带你去贵宾室。"

我往四周看了看。

"在另一节拖车里，"他说，"等你到了那儿，她会再为你跳支大腿舞，然后你问她有没有别的服务。你告诉她你非常喜欢她，她很迷人，你刚从伊拉克回来，有没有额外服务。"他指着我手里的两张二十美元的钞票，"别再多给她钱。而且要等到完事再给。别只是摸摸就了事。"

我低头看看手里的钞票。两小时前我在亚历山大餐馆花在威士忌上的钱都比这多。

"这儿不错。"他说。他指向房间一角，那里站着一个面带倦容的女人，正等着登台。"那是我的女孩。她非常温柔。我们俩就像一对老夫妇，每七个月做一次爱。"他顿了顿，说，"她人很好。完事之后，她还一直陪我到约定的时间。"

我点点头。他招来第一个走下舞台的女孩，帮我付了大腿舞钱。然后我照"老爹"教的做了。

贵宾室是距离主场地五十码的一节白色拖车。我们走出喧闹的音乐，呼吸到新鲜的空气。我兴奋地走在她前面。白色拖车里有条走廊和一排小隔间。车内也大声响着音乐，因此你几乎听不见身边的隔间里在发生什么。

那女人很客气。我们以四十美元成交——我不忍心再砍价。她拉下我的裤子。我还没硬起来，但她很专业地将它含在嘴里，随后给我戴上避孕套。我们做了爱，我把"老爹"给的钱付了她。

回到主场地时我不再紧张。她有点干,这不奇怪,不过和她做爱时我一直感觉不错。直到高潮来临,整个世界瞬间在眼前崩塌,回归现实。

"老爹"正在拖车里享受大腿舞,他把脸埋在脱衣舞女郎的双乳之间。那不是他称作他的女孩的那位,而是另一个女人。她看上去有点像我母亲,像她去世前的样子。她跳完之后,他对她耳语几句,他们站起身。他向我点点头,走了过来。

"南希怎么样?"他说。

"南希?"我说。

"那是她的真名,"他说,"她挺好的,但有时候很难对付。"

"挺好的。"我说。

他拍拍我的肩膀。"慢慢来,"他说,"和女孩们聊聊。"然后他回到座位上,向那个长得像我母亲的女人招招手。她又爬到他身上,我转开了头。

南希也回到车里,重新四处招揽生意。经过时她朝我笑笑,然后爬上了某个普通客人的膝盖。我再次转开了头。

车钥匙装在"老爹"运动裤的口袋里,无法轻易拿到,因此在他尽情享受的时刻,我只能在后排傻等。我喝了一杯威士忌,又灌下一瓶啤酒。到这个点儿,我喝得已经相当多了,却没法停下来。我等了又等,望着舞台上那些可悲的女人们。有些女人神情恍惚,一定在想着什么。"老爹"一点儿也不着急。等到他和女孩去了贵宾室,我数了数钱包里剩下的钱。钱还够。如果我再放纵自己一次,这一切或许会虚幻得像一场梦。

火窑中的祈祷①

罗德里格斯朝我走来时,并非想找随军教士说话。甚至在我站起身露出领口的十字架之前,他大概还没认出我。最初他只想要支烟。

他脸上的血痕或横或斜,他的双手和衣袖也沾着血迹。他不愿直视我,眼神狂野而空洞。脸上不时闪过转瞬即逝的暴戾神色,像是被激怒的狗面部痉挛般的扭曲。

我递给他一支烟,用我的烟点着了。罗德里格斯深吸了一口,呼出一团烟雾,然后回头看了一眼他的班,脸上重现出暴怒的表情。

二十年前,早在我成为神父以前,我曾是个次重量级拳击手。愤怒有利于在搏斗前激发你的斗志,但一旦搏斗开始有些东西便起

---

① 标题"Prayer in the Furnace"引自《圣经·丹尼尔书》的故事:巴比伦国王尼布甲尼撒造了一座巨大的金像,命令各族人随乐声俯伏敬拜,不从者将被投入烈火的窑中。只有三个犹太人哈拿尼雅(Hananiah)、米沙利(Mishael)和亚撒利雅(Azariah)不拜,坚信自己所侍奉的神能拯救自己。尼布甲尼撒将三人投入窑中,结果神现身其中,护佑三人毫发无损地走出。尼布甲尼撒说,神应当被称颂。因该篇中的牧师是天主教神父,对《旧约》章节的处理和新教《圣经》不同——比如《丹尼尔书》与新教译本的《但以理书》相比,另收录了几篇不是希伯来文的章节,故文中经文都引自中国天主教会通用的《圣经》思高本。《圣经》和合本中《丹尼尔书》译作《但以理书》。——编者注

了变化。内心涌起一种喜悦,一种服从感。那不是基督徒特有的感觉,却很有力量。身体的攻击性有它自身的逻辑和情绪。那正是我从罗德里格斯脸上看到的,愤怒转化为暴力前的短暂间隙。

那时我还不知道他的名字。我们正在派遣期的第四个月,两人站在查理连①医疗室外,外科大夫刚宣布了我们营的第十二例阵亡:登顿·查希亚·藤田。我当天才得知藤田的全名。

罗德里格斯身体精瘦、肌肉紧绷,似乎一触即发。我蜷缩在风里,紧紧攥着手里的烟,仿佛它能令我镇定下来。自从事儿童临终关怀工作以来,我就对医院心有余悸——一见到针头我就满脸苍白、倍感虚弱,仿佛血液同时从我的四肢抽离——而医疗室里正有一条腿被锯掉。那是罗德里格斯的另一个战友约翰·加勒特,他和藤田同时受伤。加勒特的全名我也是刚刚知晓。

罗德里格斯笑了笑,笑容里没有一丝暖意。

"神父。"他说。他回头看了看他的班,所有人都焦急等候着战友的消息。他们站在几码之外,听不见我们的对话。罗德里格斯忽然显得很紧张:"我想和你聊聊。"

遇袭后陆战队员有时想和牧师谈话,或者找战斗心理辅导。他们要么愤怒,要么悲痛,要么在两者间徘徊。但我从没见过罗德里格斯这样的,我不太想和他独处。

"我会告诉他们我是去忏悔。"他说,瞳孔缩成一个小点。我这才意识到他可能嗑了药。酒精、大麻、海洛因——这些都不难搞到,只要你找对了某个伊拉克人。

罗德里格斯又笑笑,依然抿着嘴角。"棒球比赛时他是个不错的游击手。"他说。最开始我没意识到他说的是谁。"算不上很棒,

---

①即C连。

但不错。"

"我得进去了,"我说,"看看大夫们处理得怎么样了。"

"好的,长官,"他说,"我会来找你的。"

在截肢手术后,罗德里格斯却不见了。

藤田的追悼会上,我选读了《弟茂德后书》中的一段:"这场好仗,我已打完;这场赛跑,我已跑到终点;这信仰,我已保持了。所信的道我已经守住。"①我尽力为追悼会定下一个合适的基调。

查理连的连长博登上尉在我之后发言,他告诉集合的陆战队员,他们会"让那帮狗娘养的血债血偿"。士兵们听了只是象征性应和一下。大家对博登的期望值仅限于此。他这人会一本正经地宣称自己对领导力的理解就是"带着我的陆战队员上战场,把敌人的屎扁出来"。这种带队方式只对那些没打过仗的十九岁毛头伙子管用。但在性命攸关时,陆战队员所需要的不只是纯粹的、不假思索的勇猛。不假思索的勇猛会送了他们的命。此次派遣因为这个原因牺牲的士兵已经够多了。

罗德里格斯作为藤田最好的朋友下一个发言。他比上次我见他时冷静一些,他说到藤田其实喜欢伊拉克人。大家都觉得最好直接用核弹轰炸这个国家直到沙漠变成一块平板玻璃,而藤田是班里唯一反对的人。罗德里格斯苦涩一笑,望着人群说:"有人逗他,说藤田在外面干过穆斯林,他们能闻得出。"感觉罗德里格斯在斥责在场的人。他班里的陆战队员面面相觑。那一刻我犹豫自己是否该插句话,但罗德里格斯继续讲了下去,后面的致词又回到更为传统的

---

① 《圣经》和合本中的对应经文是《提摩太后书》第4章第1节:"那美好的仗我已经打过。当跑的路我已经跑尽。所信的道我已经守住。"

火窑中的祈祷　113

赞颂的路子。

仪式余下的部分一如往常，令人心碎。军士长大声点名时，一些陆战队员掩面而泣，一些队员放声大哭。

藤田班的战友来到阵亡士兵十字架前，他们紧靠着彼此跪下，手臂搭在彼此的肩上，紧紧相拥，团在一起默默地哭泣。披上装备时，陆战队员是令人生畏的勇士。缅怀战友时，他们就像孩子。他们依次站起来，抚摸十字架上的头盔，然后走到后面。博登队长站在那里，厚实的方脸上写着他那冷酷而愚蠢的决心。

仪式结束后，豪珀特上士在小教堂后的吸烟坑前召集了一群人。豪珀特是二排的代理排长。原来的排长福特中尉在派遣首个月的一次爆炸袭击中牺牲了。

虽然从吸烟坑望不见远处的城市，我还是把目光从豪珀特身上移开，投向城市的方向。查理连每天都驻扎在拉马迪市。我也常去，但只是去前方哨所，从没参加过战斗。我只是一名牧师。我一直很忙，总得加班，但大多数日子仍可以在基地里自己的床上醒来，在相对安全的处所祷告，也只是远远地听着暴乱的声响。奥古斯丁所深爱的罗马城惨遭劫掠时，他在安全之处布道，只能无奈地重复他无法确认的讯息："可怕的消息传来：屠杀、焚烧、掠夺、蹂躏。诚然，我们耳闻的诸多事情，充斥着咆哮和哭泣。我们的悲伤无可劝慰，我也无法否认，是的，我无法否认人们在那座城市里犯下了许多、许多的罪行。"我也面临同样的问题。

我的目光回到豪珀特身上，他正以自己的方式布道，一种简单的、基于日常巡逻经验的布道。"我们该做些什么？"豪珀特对零散围过来的二排战士说，"我们来到这里，我们说：'如果你们和我们合作，我们会给你们电。如果你们和我们合作，我们会帮你们修好下水管道。如果你们和我们合作，我们会保障你们的安全。但是，最好的朋友也可以是最坏的敌人。如果你们他妈的跟我们作对，你们会活在屎里。'然后他们的反应是：好吧，那我们就活在屎里。"他指了指城市的方向，手重重拍下来，像在打飞虫。"操他妈的。"他说。

我回到教堂后不久，罗德里格斯就来找我了。我正在整理教堂一侧壁橱里的糖果——心怀感激的美国民众给部队寄来成堆的糖果、肉干和豆豆公仔，我会把那些爱心包裹分发给各个排。随军牧师会收到大量的寄给"任何陆战队员"的爱心包裹，多到不知如何处理。不过这种过剩也有好处，就是当陆战队员想和牧师交谈时，他们可以把来教堂取零食当作借口，而不必告诉战友自己出了心理问题。

罗德里格斯默默走进狭小的教堂。他的神经不再像我们首次交谈时一般紧绷，但那种紧张还在，在他的眼里、他的手上，和他局促不安、必须不断走动的举止中。他们说，在拉马迪巡逻时你不是在走，而是在跑。

"你知道当时我们在干什么吗？"他说，"藤田中弹的时候。"

"不知道。"

"没人知道。"他说。他狐疑地环顾四周，仿佛担心随时会有人闯入。"没人觉得我该和你谈话，"他说，"一个他妈的神父能说什么？无论是谁，又能说些什么？你知道没人把神父当回事儿，对吧？"

"那是他们的错。"

"我尊重神父，"他说，"大多数神父。那些恋童癖除外。你不是个恋童癖，对吧？"

罗德里格斯是在试探我。"为什么这么问？你自己呢？"我双臂交叉,故意盯着他,让他明白这话我并不受用。平常我会更严厉,甚至还会搬出军衔压他,但在一场追悼会后我不能这么做。

罗德里格斯举起一只手。"我尊重神父,"他重复道,"同性恋和恋童癖除外,而是,你知道,那些正常的神父。"

罗德里格斯四下看看,深吸了一口气。

"你知道我们差不多每天都他妈被袭击。"他说。

"我知道你们负责的街区很乱。"

"每一天。操,他们曾经一周之内三次在市政中心袭击我们。自杀式袭击。那些疯子。要让他们停手,就得对'灰色战舰'和'瑞士奶酪'①来次空袭。该死的真主等候室②。杀了那群混蛋。你到街上去参加一次突袭,只要多停留一分钟,你他妈就被炸飞了。"

他的脸一阵扭曲,我曾见过的充满愤怒的痉挛快速闪过。"你记得韦恩吗?"他说,"韦恩·贝利? 你记得他吗?"

"是的。"我轻声说。我特意要求自己记住所有阵亡士兵的全名。而贝利是生前和我有接触的死者中的一个。记住他的名字来得容易些。

"我们在检查一所操蛋的学校。他们让我们原地待命。我们用无线电告诉他们我们必须离开,他们还是说,不,留在那儿。我们说,我们停留太久了,肯定会出事的。但那些伊拉克人迟到了,我

---

①灰色战舰(Battleship Gray)和瑞士奶酪(Swiss Cheese)是驻守在拉马迪的美军陆战队员对拉马迪市政府中心周围被轰炸得面目全非的大型建筑的谑称,拉马迪市被美军视为守住安巴省的要塞。

②真主等候室(Allah's waiting room),驻伊美军的俚语,指伊拉克叛军约定好的在遭受空袭时藏身的某处建筑,往往架设了无线电设备,有时也称作 AWR 或者 Alpha Whiskey Romeo。

们必须服从命令。那儿有一群孩子，第一枚榴弹就在他们中间爆炸了。"

我依然记得那些战争照片。我曾见过病危的孩子，但那些照片仍令我震惊。奇怪的是，我们可以那么轻易地认出一只手是孩子的手，即使缺乏参照物或者脱离了它原本属于的那个更易辨识的身体。

"然后韦恩中弹了。大夫使劲按压他的胸，我捏着他的鼻子做人工呼吸。"

大家都说韦恩在排里人缘很好。

"我的上一次派遣，"罗德里格斯说，"炸弹炸弹炸弹。这里还是炸弹，但那些自杀式袭击每星期都有。我们每星期都遭到枪击，比我知道的任何部队的交火次数都多。还有博登上尉，他挂起一块黑板，把所有班都列在上面。交火排行榜。"

罗德里格斯紧握拳头举到面前，目光低垂，牙关紧咬。"交火排行榜，"他重复道，"一次交火划一道。遭受炸弹袭击不算。即便有人阵亡也不行。只有交火算数。他的意思是，交火次数最多的班最值得尊敬。因为他们有最他妈悲惨的经历。这一点你无法反驳。"

"确实如此。"痛苦，我想，总有它自己的神秘之处。

"四个月之后，自杀式袭击没有了。那帮伊拉克人学乖了。我们把他们教训得很惨。现在只有炸弹了。二班，"他拍拍胸脯，"我的班，我们排在榜首。不只是在排里，而是他妈的整个连。在营里也是。也许在他妈的整个陆战队都是。我们排第一。他妈的最多交火纪录。没人能接近我们。"

"然后……"他停顿了一秒，似乎在积聚勇气，"袭击减少了。我们班的统计数字也随之下滑。上士臭骂了我们一顿。"罗德里格斯皱起眉头,模仿豪珀特粗暴而自负的口气说:"你们这帮娘娘腔以前还能找到敌人。"他朝地上啐了一口,"管他呢。我操。操他妈的交火。交火真他妈的可怕。我对那玩意儿可不上瘾。"

我点点头,让自己看着他的眼睛,但他扭开了头。

"你当时在干什么?"我说,"藤田中弹的时候。"

罗德里格斯看了看身旁成堆的爱心包裹。我们的壁橱里摆了一排木架,架上塞满了 M&M 巧克力豆、士力架、单只装的布朗尼、恩滕曼蛋糕和其他甜食。罗德里格斯把手探进一袋锐滋花生酱巧克力杯,掏出一块,放在手心细细端详。"你知道这是蒂托罗中士的第一次派遣吗?"他说。

"不知道。"我说。我猜他说的是他的班长。我虽不能肯定,却也不愿打断他。

"使馆警卫。"罗德里格斯摇摇头,把巧克力杯扔回袋里。然后他飞快地抹了抹脸。我愣了一下才明白他是在抹眼泪。我不清楚他为何流泪。"你知道,如果我不是那次酒驾被抓,可能是我来带这个班。"

"到底发生什么了?"我再次问道,"藤田中弹的时候。"

"一个月前,"他说,"阿科斯塔下士服用了思诺思①,感觉正嗨。那玩意能让你身体轻飘飘的,像是有点醉。可能他还吃了点别的什么。"

"他从战斗心理辅导拿的思诺思?"

罗德里格斯笑了。"你觉得呢?"他从上衣外兜里掏出一只装满粉红色小药片的塑料袋,举到眼前,"你以为我们怎么睡着的?"

我点了点头。

---

① 一种安眠药。

"我们搭了个观察哨,"他说,"之后又将它毁了。你想,反正叛军喜欢破坏所有我们用作观察哨的地方,索性我们自己玩一把。蒂托罗,他干不了这个。但阿科斯塔,他没问题。"

"即使磕了药?"

罗德里格斯继续说道:"上次派遣,我见过他做的事。自杀式炸弹袭击,他忙着帮助伤员,那家伙身上都他妈着火了。他居然没有意识到。他身上冒着火苗还跑前跑后救助受伤的孩子。他可以申请因伤退伍的,百分之百残疾福利,但是在经过烧伤中心治疗后,他留下又参加了一次派遣。这样的人真他妈值得佩服。"

"当然。那是当然。"

"所以蒂托罗没敢跟阿科斯塔废话。阿科斯塔当时很嗨。我们一不留神,他就脱得只剩下内裤和头盔,就那么走到屋顶,做起跳跃运动,嘴里高喊着他知道的每一个当地人说的脏字。"

那还不是我听过的陆战队员最疯狂的举动。

罗德里格斯嘴角露出微笑,眼神黯淡。"五分钟后他们就朝我们开枪了。"

"他们是谁?"我说。

"什么?"

"谁朝你们开枪?"

他耸耸肩。"叛军,我猜。我不知道。老实说,神父,我不在乎。他们对我来说都一样。他们都是敌人。"他又耸耸肩,"我们把那帮混蛋都送上了天。我们回去后,你知道,又挣了一道杠。在交火排行榜上。我们主动外出寻找敌人,而不是坐等他们来炸我们。这样我们的成绩开始回升。"

"啊,"我说,"所以你们又干了一次。"

"蒂托罗中士会让新兵们用石头剪刀布决定谁上。"

火窑中的祈祷　119

我渐渐开始明白:"藤田是个新兵。"

"他刚来的时候,"他说,"蒂托罗总让他唱:'我是个新来的,我是他妈的基佬。'"罗德里格斯忍不住笑了,"实在太搞笑了。藤田脾气很好,甘心接受游戏规则。这是我们喜欢他的原因。但他不喜欢我们设饵吸引叛军。他说那简直是疯了。如果这事发生在他家的街区,他一定会朝屋顶的那个混蛋开一枪。尽管如此,我们还是按计划执行了。"

罗德里格斯顿了顿。"藤田接受了游戏规则,"他重复道,"你知道我们重回交火排行榜首吗?"

"藤田死的那天……"

"那儿有个狙击手。没有枪战,只是一发子弹。阿科斯塔为他止血的时候,我帮蒂托罗给藤田穿上裤子。"

"那加勒特……"

"我们把藤田送回来的路上遇到了炸弹袭击。"

罗德里格斯低头盯着地面,拳头握紧又松开。他苦笑了一下,然后用挑衅的目光盯着我。

"如果你杀了人,"他说,"那意味着你会下地狱。"

这个问题曾有陆战队员问过,因此我以为自己有现成的答案。"杀戮是件严重的事,"我说,"这毫无疑问。而且——"

"我想说的是,"罗德里格斯低头看着一旁的糖果,"杀了不该杀的人。"

他的话让我愣住了。一开始我没明白他的意思,尽管感觉那应该很明显。"藤田的死不是你的错——"

"我说的不是这个。"罗德里格斯打断我,双眼再次恼怒地盯着我,"我不是在说陆战队员。我说的是在这座城市里。"他深吸了一口气,"如果别人杀人,你在现场却没有阻止他们,你也会下地狱吗?"

随后是片刻的沉默。"你想告诉我什么,准下士?"我用军官而非牧师的语气说道。话一出口,我就知道是个错误。

"我不想告诉你什么,"他言语间有些退缩,"只是问问。"

"上帝总会宽恕,"我的语气和缓下来,"那些真心悔恨的人。但是悔恨不是一种情感,你明白。它是一种行动,一种弥补过错的决心。"

罗德里格斯依然盯着地面。我暗骂自己把对话搞砸了。

"一个准下士,"罗德里格斯说,"是没有能力弥补什么的。"

我尝试解释说关键不在于结果——因为你无法控制结果,而在于你的诚意。罗德里格斯打断了我。

"如果这算忏悔的话,"他说,"那么你就不能把我的话告诉别人,对吧?"

"是的。"

"那么这不是一场忏悔。我他妈没什么可忏悔的。我也没什么对不起的。你爱告诉谁就告诉谁。"

我整晚翻来覆去思考罗德里格斯的话,细细咀嚼每一个字,直到我不再确定他说的任何一句话。我不住地想,他们只有遇袭时才开枪还击。那似乎是他想表达的。或许他想说自己在某个检查站误杀了一个没能及时刹车的家庭。那种事总让陆战队员痛心疾首。

"不必对这事过伤心,"大卫提及约阿布的死[①]时说,"因为刀

[①]《圣经·撒慕尔记下》中大卫王军中的一名士兵。为抢夺他的妻子,大卫王命其他士兵从战场撤下,导致约阿布(Uriah)战死。《圣经》和合本《撒母耳记下》第11章第25节对应的经文是:"不要因这事愁闷,刀剑或吞灭这人或吞灭那人。"

火窑中的祈祷　　121

剑有时砍这人，也有时砍那人。"我揣测一种可能：罗德里格斯说的是一次错误的决断，而非蓄意违反交战规则。这个故事在我脑子里酝酿了很久，最终我意识到自己其实在回避问题。第二天早祷，我终于下定决心。我想，一个懦夫才会告诉自己一切正常。所以我必须找什么人谈谈，要么就当个懦夫。如果选择后者，我就不配再做牧师，也不配为人。

但是找谁谈呢？显而易见的选择是连长，他有权介入。但罗德里格斯的连长是博登上尉，一个疯子。而且，如果来自我助理的传言属实，他还是个酒鬼。或许那是创伤后压力症的自我治疗方式。博登二〇〇四年就来拉马迪了，他的部队保持着所在师的伤亡纪录。和他对话时，你首先会注意到他异乎寻常的眼神——先是咄咄逼人的直视，然后那迅速、多疑的目光投向房间各个角落。他的表情也异于常人，在短暂、平静而深沉的悲哀与难以抑制的愤怒间交替切换。他的脸上刻着几道触目惊心的伤疤，这些战斗中留下的印记让他在下属面前瞬间树立了威信。这个男人懂得战斗。

我不是唯一觉得博登不太正常的人。他曾让"莫哈韦毒蛇"训练计划的教练们十分恼火。"莫哈韦毒蛇"是海军陆战队士兵出征前在加州沙漠长达一个月的实战演练。"这是一个不懂得友善的民族，"他在介绍伊拉克文化时说，"他们将友善视作软弱，而且会利用你的友善。陆战队员会因此而丧命。"查理连的士兵把他的警告牢记在心，在训练中殴打了几名角色扮演者。他们是伊拉克裔美国人，穿上当地服装，在仿造的村庄里扮演平民或者叛军。如果你跟随查理连的封锁搜查演习，你会听到陆战队员冲着平民大喊"叫那婊子坐在椅子上！"或者"你他妈闭嘴！"其中一位扮演者告诉他们这种镇压叛乱的方式难以赢得民心，查理连的士兵却觉得他的抱怨很可笑。更让他们觉得可笑的是民政事务处的教练——他对全营集合的官兵说:"我非常担心这个营过度重视杀戮。"

你会发现讥笑声四起。"我猜那个不拿枪的家伙以为自己加入了他妈的和平队。"我听见博登对他的军士长耳语,声音大到周围的队员都能听见。"噢,不,"他继续用嘲弄的语气尖声说道,"有些真正的男人可能会杀死基地分子。可我只想做他们的朋友。"

当他的连被派往伊拉克最危险城市的最危险区域时,那就是他的态度。我不能去找博登上尉。他不会在乎,而且他也不会允许我——一个心怀众生的牧师——插手他连队的事。

还有谁? 营长也好不到哪儿去。费尔中校在参谋部的名声很坏,对谁都爱答不理。在派遣之前,我准备第一次与费尔中校见面,参谋长埃克隆少校觉得有必要给我打个预防针。

"他会这样和你握手,"少校说,"这叫统治者的握手。他对谁都用这一招。"

埃克隆是个皈依的天主教徒,因此常会告诉我一些不该说的事,不管是不是在忏悔室里。

"统治者的握手。"我笑着说。

"他就是这么叫的。他会把你的手放在掌心,非常用力地握紧,然后翻转手腕把你的手压在下面,这就是统治者的姿态。然后,他不会和你上下握手,而是把你拉过来,用空着的手拍你的肩膀,试试你的二头肌。这就是费尔在'你的自尊'那棵树上撒尿的小伎俩。"

"你认为他对我也会这样干吗? 我可是个随军教士。"

"他对谁都这样。我想他是无法克制自己。复活节时,营里玩彩蛋游戏,他连我九岁的儿子也不放过。"

不久我就和中校见了面,体验了他的统治者握手。在他礼节性的介绍寒暄中我意识到,教士在他眼中只是仪式上祷告的家伙,而非值得信赖的工作伙伴。费尔远比博登沉稳,但对于交战规则却有着相似的漠视。我们第一次见面后两个月,我看见他打断一名"莫哈韦毒蛇"教官关于武力升级规程的授课。

"如果一辆车向你快速驶来,"教官对集合的陆战队员说,"那可能是自杀袭击者,也可能是因为上班迟到而心烦意乱的伊拉克平民。如果武力升级规程的前两步无效,你可以向车前方开枪,尽量不要伤及——"

这时中校跳起来打断了授课。"我们开枪的时候,格杀勿论。"他高声喊道。陆战队员们咆哮着应和。"我不会容忍我的任何队员死于迟疑,"中校继续说道,"陆战队员从不鸣枪警告。"

那位上尉军衔的教官呆若木鸡。你不能反驳 O5 级[1]的军官,尤其不能在他自己人面前,所以他选择了沉默。但那一刻整支队伍都学会了漠视海军陆战队远征军的规定。士兵们领会了中校的意图。杀戮。

最终,我找到埃克隆少校。我想他至少有耐心听我讲完。

"我有点担心查理连。"

"嗯,我们都担心查理连。" 埃克隆少校耸耸肩,"领头的是个白痴。有什么办法?"

我向他简要叙述了罗德里格斯讲的光着身子开合跳吸引火力的故事,但没提及任何人名。

埃克隆少校笑起来:"听上去像哪个准下士的主意。"

"你觉得很好笑?"

"我会和博登上尉谈的。"

---

[1] 美军军官军衔,在海军陆战队中相当于中校。

那很难让我满意。"陆战队员似乎对平民与军人不加区分。有队员暗示还有比愚蠢的策略更糟糕的情况。"

埃克隆叹了口气。

"或许,"我说,"可以更深入调查一下交火的细节。确保我们的目标是真正的敌人。"

埃克隆面色凝重起来。"调查?"他摇摇头,"查什么?"

"那些有问题的——"

"只有指挥官才有权启动调查。"他摇摇头,"神父,我对你十分尊重,但这他妈已经远超你的职责范畴。"

"陆战队员找我谈话,"我说,"而且——"

"这不算什么,"他说,"上个月武器连①杀了两个穆斯林,我知道他们没有遵守交战规则。费尔中校认为没必要展开调查。你知道他怎么跟我讲的?'我不想让我的队员认为我不支持他们。我更不希望他们在应该开枪的时候犹豫。'这就是事情的结局,神父。"

他甚至没停下来考虑一下我的建议。"你是说我反映的问题没那么严重?"

"重点儿、轻点儿,都无关紧要。"他说,"你想想,假如费尔中校对上级说:'嘿,我们是不是犯了战争罪?'他将来能升为费尔上校吗?"

那不是一个我想回答的问题。最终我低头盯着自己的脚,感慨自己有多幼稚。我说:"我想不能。"

"他就是那个决定是否需要展开调查的人。听着,你知道我对这人的看法,但他把查理连调教得很好,不输任何人。他们来伊拉

---

① 武器连(Weapons Company),海军陆战队步兵营下属的一个连,负责为三个步枪连提供火力支持与补充。

克是为了杀人,他就为他们划出杀人区域。况且,在布拉沃连逐步增强辖区管控的情况下,他正在缩小查理连的作战区域。"

我一时没理解他的话。"布拉沃连?"我说。

"他们承担的责任不断增加,同时查理连的责任不断减少。这次派遣结束时,博登上尉会收到一份考核报告,确保他今后再也不会有指挥权了。满意了吗?"

他看得出我并不满意。

"你看,神父,"埃克隆说,"在这样一场战争中没有简单的答案。居民区有时候会受到暴力侵害。有时会有平民的意外伤亡。那不是我们的错。"

这话说得太过分了。"不是?"我说,"从不是我们的错?"

他靠近我,指着我的鼻子。"听着,神父,你完全不明白这些士兵面对的是什么。上次派遣我亲眼看见两个叛军躲在一群伊拉克孩子身后向我们射击。你知道挨打却不能还手的滋味吗? 我的陆战队员就是那么做的。他们宁可自己中弹也不愿冒击中孩子的风险。"

"那不同于现在的情况。"

"大多数陆战队员都是好小伙儿。非常不错的小伙儿。但就像他们说的,这是一个让你的良心饱受煎熬的战场。在我的第一次派遣期间,同一批陆战队员中的几个人向一辆超速驶向检查站的车开了枪。他们杀死了一家人,但他们完全遵守武力升级规程。那个司机不知是醉了还是疯了或是其他什么的,即使我们鸣枪警告他还闷头往前开。他们开枪是为了拯救战友的生命。那是件很高尚的事,哪怕你随后发现杀死的不是基地分子,而是一个九岁女孩和她的父母。"

"好吧,"我说,"如果布拉沃连干得还不错,那么查理连——"

"布拉沃连有很好的指挥官和一个平静的辖区。"他说,"士兵们训练有素。赛瑞斯连长很优秀。诺兰军士长是军中明星。他们连的枪炮军士是个弱智，但他们的排长都不错，或许其中一个除外，但他下面有个明星级的副排长。不是每个人都称职。对于查理连来说，想做任何的改变都太晚了，我们的屠杀连。但这是一场战争，一个屠杀连并不是你能拿到的最坏的牌。"

几天后，我把自己的担忧用稍显激烈的语气汇报给军法署，得到了同样的答复。罗德里格斯向我反映的问题只能和连长商量，由他酌情处理，除此以外别无他法。我觉得自己让罗德里格斯失望了，但我在军中没有丝毫权力。战争照常进行。

三周后，我们遭受了第十三起阵亡。杰拉尔德·马丁·沃伦坎普。炸弹袭击。又过了两周，第十四起阵亡。让-保罗·塞皮翁。尽管查理连在这段时间有几起重伤，两名死者都不是他们的。

塞皮翁死后的一天，日课中有一篇祷文是《圣咏集》第一百四十四节："上主，我的盘石，他应该常受颂赞！ 他教我的手能斗，教我的指能战。"①在备用的拖车小间里，我跪在行军床上，不禁语塞。我翻回上一篇祷文，它摘自《丹尼尔书》："目前我们没有元首，没有先知，没有领袖，没有全燔祭，没有祭祀，没有供物，没有馨香祭，没有地方可以给你荐新，好蒙受你的仁爱。"②

我停止诵读，尝试用自己的话来祷告。我祈求上帝护佑我们的

---

① 《圣经》和合本对应的是《诗篇》第144章第1节："耶和华——我的磐石是应当称颂的！ 他教导我的手争战，教导我的指头打仗。"
② 该处的经文为天主教使用的《旧约》较之新教《旧约》独有的章节，为亚撒利雅在窑中的祷告。引自《圣经》思高本《丹尼尔书》第3章第38节。

营免受更多伤害。我知道他不会。我祈求他让那些恶习曝光。我知道他不会。最终,我祈求他赐予我们内心的安宁。

继续日课时,我诵读的声音空洞漠然。

那天下午,我遇到罗德里格斯排里的另一名陆战队员,一名准下士。他没有丝毫缓解我的担忧。

"这他妈毫无意义。"他对我说。

这名准下士不是天主教徒,也不需要宗教性的心理辅导。他来找我是因为战斗心理辅导拒绝了他的要求———张离开伊拉克的机票。对此我也无能为力,但我做了尝试。

"什么毫无意义?"

"这他妈的整件事。我们在干什么? 我们穿过一条街,触发炸弹,第二天又穿过同一条街,而他们已经埋好了新的炸弹。就像是,你不断重复直到所有人都被炸死。"

他目不转睛地盯着我,这让我想起博登上尉。

我问他为什么会这么想,他给了一个很长的清单。自从六周前他的两个朋友牺牲之后,他一直情绪不稳,时常暴怒。他会握拳猛击墙面,晚上辗转难眠,除非服用四倍最大建议剂量的安眠药。即使睡着了,他也会梦见朋友的死,梦见自己的死,梦见暴力场景,那几乎是创伤后压力症的全部症状——高度紧张、沮丧、气短、心跳过速,以及最强烈的、那种压得他喘不过气的极端无助感。

"我知道我不会活着离开战场。"他说,"日复一日,我别无选择。他们把我派出去送死。这他妈毫无意义。"

我试着让他谈些积极的事,一些他喜欢的东西,以确定他还紧握着某个活下去的理由。任何能让他保持理智的理由。

"我唯一想做的就是杀伊拉克人,"他说,"就这个。其他所有事都只是，只是麻木自己，直到最后能做点什么。杀人是唯一让我觉得有意义的事。不只是浪费时间。"

"叛军——你的意思是。"我说。

"他们都是叛军。"他说。他能看出我并不赞同，情绪变得十分激动。"你，"他充满怨恨地说，"想看看这个吗？"

他掏出一台相机，开始翻看照片。当他找到想要的那张时，他把相机屏幕转向我。

我准备好目睹可怕的场景，可相框里只有一个伊拉克儿童，弯腰对着一只盒子。"那孩子正在装炸弹，"他说，"被抓个正着。他一走我们就把炸弹原地引爆了，因为即使是豪珀特上士也不愿和一个孩子过不去。"

"那孩子最多五六岁，"我说，"他不可能明白自己在干什么。"

"那对我有区别吗？"他说，"我从不明白自己在干什么。我们为什么要出去。到底有什么意义？这张照片是我早些时候拍的。换作现在，我早一枪崩了那小崽子。我真后悔当初没这么做。如果我今天抓住那小崽子，我他妈会把他吊在他父母房子外面的电话线上当练习靶，一根汗毛也不剩下。"

我不知该如何回答。

"而且，对有些人来说……"他顿了顿，"可以有很多理由判断某个人是基地分子。他车开得太慢，或者他车开得太快。我不喜欢这个混蛋的模样。"

和他见面后，我决定要做点什么。和罗德里格斯那次不同。我会尽力而为。

首先我找到他的排长，豪珀特上士。他告诉我，战斗心理诊室已经确诊那名准下士带有"战斗应激反应"。这在军中很普遍，不算是病，也不能作为把陆战队员撤下战场的理由。而且，他说，尽管那名准下士言语激烈,他仍能出色完成任务,因此我无需担心。

我去找博登和军士长谈话,得到相同的答复。我去找费尔中校,他问我是不是心理学专业的。我去战斗心理诊室,他们告诉我,如果他们把每一个有战斗应激反应的士兵都送回家,就没人留下来打仗了。"那是对待不正常事件的正常反应,"他们说,"拉马迪充斥着不正常事件。"

最后我找到团部的牧师,一位睿智的长老会教士。他告诉我,如果我真的不怕得罪人,不如写封电子邮件详述我的忧虑,发给所有责任方,这样一旦出了问题便有案可稽。

"如果只是个电子邮件,他们多半会玩推卸责任的游戏。"

我把邮件发给了中校、博登、豪珀特,甚至还有战斗心理诊室的医生。没人回信。

回想起来,那并不奇怪。那个准下士的崩溃——他同情心的丧失、他的愤怒、他的绝望——全是自然反应。他是个极端案例,但我在不少士兵身上都看到他的影子。我想起罗德里格斯。"他们对我来说都一样。他们都是敌人。"

在神学院里以及毕业后,我读了很多圣托马斯·阿奎那①的著作。"感性的欲望,尽管服从于理性,但在特定的情况下,它会因为对理性禁区的渴望而抗拒理性。"这当然会发生。这种观点显然并不新颖,像艾克隆和博登那样的老兵必定不会在乎。那种反应是人之常情,所以算不得问题。如果人们在重压之下不可避免有此反应,那还算一种罪过吗?

我在晚祷中未能寻得答案,于是我在随身带到伊拉克的书里苦

---

① 托马斯·阿奎那(St. Thomas Aquinas, 1225—1274),欧洲中世纪经院派哲学家和神学家。他是自然神学最早的提倡者之一,所撰写的最知名著作是《神学大全》。

苦寻求帮助。"如何坚持下去啊,生活!看不见你的住所,还要将心中爱人射来的箭亲手折断。"①

总有圣人为我们指路。当年圣十字若望②被囚禁在仅能容下身躯的逼仄囚室中,每星期被当众鞭挞,仍写下《心灵的赞歌》。但没人期待他会被封圣,哪怕只是提出这样的请求也会冒犯权威。

那段时间我在一篇日记里这样写道:

"我以为战争中至少会涌现高尚。我确信它的存在。那么多英雄故事,至少一部分是真的。但我看到的大多是平凡的人,想要行善,却无情地被现实击溃——因为恐惧,因为无力抑制自己的愤怒,因为刻意维持男子汉形象和所谓的'冷酷'。他们渴望变得比环境更强硬,因此也更为残忍。

"然而,我感觉这片土地比我们的家乡更为神圣。贪食、肥胖、纵欲、过度消费、享乐主义者的天堂,在那里我们对自己的缺点视而不见。而在这里,至少罗德里格斯会庄重地为下地狱而忧虑。

"今夜的月色美得无法言说,拉马迪却是另一个世界。人们居然会生活在这样一个地方。"

大约三周后,罗德里格斯又找到我。那时查理连的作战区域已经缩小到不及最初的一半。那里依然危险,但他们的事故报告已大为减少。罗德里格斯看上去平静些,这让我反而感觉异样。我不禁想起那只装思诺思的小塑料袋。

---

① 原文为西班牙文。
② 圣十字若望(St.John of the Cross, 1542—1591),西班牙16世纪公教改革的重要人物,下文引用的《心灵的赞歌》(Spiritual Canticle)是他最为著名的诗篇,1726年被封为圣人。

"我再也不相信这场战争了。"罗德里格斯告诉我,"人们想要杀死你,每个人都很愤怒,你身边每个人都疯了,全恨不得把别人揍个半死。"他停顿了一下,目光黯淡下来,"我不知道究竟是什么决定一个人会被杀,又是什么让他活着。有时候你搞得一团糟却安然无恙,有时候你做了正确的事却有人死去。"

"你认为你能控制发生的事,"我说,"你不能。你只能控制自己的行动。"

"不,"他说,"有时你甚至连这一点也做不到。"他顿了顿,垂下头,"我一直在努力做我认为藤田想做的事。"

"那很好。"我试图给他一些鼓励。

"这座城市是邪恶的,"他耸耸肩,"我也做着邪恶的事。我身边全是邪恶的事。"

"比如?"我说,"什么邪恶的事?"

"阿科斯塔已经疯了,"他说,"阿科斯塔已不再是阿科斯塔。他疯了。"他摇了摇头,"你怎么能说这地方不邪恶呢? 你到外面去过吗?"他对我冷冷一笑,"不,你没有。"

"我出过安全区,"我说,"我的车被炸过,有一次。但我不是步兵。"

罗德里格斯耸耸肩。"假如你是步兵,你会明白的。"

我字斟句酌地说:"这是你选择的生活。没人逼你入伍,当然也没人逼你加入海军陆战队的步兵部队。你以为在这里会见到什么?"

罗德里格斯似乎没听见我的话。"当阿科斯塔说,我要做这么件事……他得到了大家的信任。蒂托罗却得不到,他一句屁话也说不出,因为他是个娘娘腔——这谁都知道。但是我,我也能得到信任。我能让阿科斯塔慢下来。"他笑起来。

"我曾以为你能帮助我，"他脸上浮出怨恨的表情，"但你是个神父，你能做什么？你需要保持自己双手干净。"

我紧张起来。仿佛他刚打了我一拳。

"没有谁的手是干净的，除了上帝，"我说，"而且，除了祈祷他赐予我们履行义务的勇气，我不知道我们还能做什么。"

他笑了。我不确定自己是否相信对他讲的这些话，也不确定自己是否还相信任何话。在拉马迪，话语有何意义？

"我已经不再去想上帝了，"他说，"我想藤田。"

"那是恩典，"我说，"上帝的恩典，让你牵挂藤田。"

罗德里格斯叹了口气。"看看我的手。"他把双手摊在我面前，长满老茧的手掌朝上，然后他把手翻过来，伸直手指。"我看上去很平静，是吧？"

"是的。"

"我已经不睡觉了，"他说，"几乎一分钟也不睡。但你看我的手——看着我。看看我的手。好像我很平静。"

罗德里格斯走后很久，我还沉浸在我们的对话中。"你是个神父，"他说，"你能做什么？"我不知道。

当我还年轻的时候，我曾被一位父亲痛骂过。我当时在医院工作。他刚失去了儿子。我认为神父身份赋予自己说话的权利，因此医生刚一宣布死亡我就过去宽慰他，说他的孩子已在天堂。愚蠢。在所有人当中，我应该最能体会他的感受。十四岁那年，我失去了母亲，她罹患一种罕见的癌症，类似那位父亲的儿子的病症，她死后我得到的每一份空洞的同情只能加深年少的我胸中的悲愤。但这种陈词滥调总在最不适当的时候脱口而出。

这位父亲看着他健康的孩子一点一点失去生命。那一定让人发狂。几个月来无法预料的急诊。短暂的好转和不可避免的复发。疾病无法阻挡的进程。最后那晚，他的妻子在恐惧和悲痛中倒在医院地板上，一遍遍地尖叫"我的孩子"。医生反复询问那位父亲，是否要为延续他孩子的呼吸作最后一搏。可想而知，他同意了。于是他们用针头穿刺孩子的身体，施行急救手术。在他面前遵照他的要求折磨他的孩子——那是他绝望的努力，只为让那个注定逝去的幼小生命多活几分钟。最终留给他们的是一具小得可怜、饱受创伤的尸体。

然后我出现了，在化疗之后，在足以令他们破产的账单和夫妇两人职业生涯遭受的重创之后，在几个月来希望与绝望的缠斗之后，在每一种可能的医疗干预剥夺了他孩子死亡的尊严之后，我竟敢暗示某种善果从中而生？那是令人难以忍受的。令人作呕的。卑鄙的。

我想，有关来世的希望同样无法给罗德里格斯以慰藉。许多年轻人并不真正相信天堂，至少不是认真的相信。如果上帝真的存在，地球上也应存在一些慰藉。一些恩典。一些怜悯的证明。

那位父亲绝望过，但至少他能直面人生，不被幻象左右，不会奢望信仰、祈祷、善良、尊严抑或宇宙的神圣秩序能消除痛苦。在我心里，那是一切关于宗教严肃思考的前提。和圣奥古斯丁一样，我们在罗马城的陷落之后还能说些什么呢？唯有奥古斯丁的回答："上帝之城"只是悲剧之后的一种慰藉。罗德里格斯、那位准下士、查理连乃至整个营，他们的处境全然不同。对于仍在遭受攻击的人来说，你如何在精神上帮助他们？

我没有答案，因此决定向曾经的导师求助。康奈利神父是一位年长的耶稣会会士，高中时教我拉丁文，在职业选择的问题上和我有过长谈。他不用电子邮件，所以过了好几周我才等到他用打字机

写的回信:

亲爱的杰弗里,

每次收到你的来信我总是很欢喜,尽管今天得知你的困境我也不免伤感。你回国后一定要来看我。你甚至可以到我的课上来。一如往常,我让孩子们读凯撒和维吉尔,或许你能给他们讲讲战争。春天来吧,修道院庭院里的花比我记忆中任何时候都美,我们可以就困扰你的一切进行深谈。但在那之前,我已经仔细思考过你信中的问题,下面是我的一些想法。

首先请你原谅我——一个一生都相对安逸度过的老修士——指出你的问题并不新鲜。你注意到曾经善良的人在压力下丧失美德,变得怨毒、愤怒、远离上帝,我认为这不能视作"信仰的危机"。苦难的确会将人推向罪恶,但它同样可以使人向善(想想艾萨克·若格①,或者任何一位殉道士,任何一位被授秘义者,或者耶稣本人)。

你将违规行为向上反映的努力值得称道。但从你的宗教义务出发,要记住这些疑似违规案例,即使属实,也只是罪恶的爆发,而非罪恶本身。永远别忘记这一点,否则你可能失去对人性弱点的怜悯。罪恶是一件孤独的事,它是包裹着灵魂的虫,使灵魂无法触及爱、快乐,无法与他人或上帝沟通。那种深陷孤独、无人倾听、无人理解、无人回应其哭喊的感觉仿佛一种疾病,借用贝尔纳诺斯②的话来形容:"广阔的神圣之爱的潮水——那孕育

---

① 艾萨克·若格(Isaac Jogues, 1607—1646),17世纪法国耶稣会神父、传道士、殉道士,曾在美国旅行传道。
② 贝尔纳诺斯(Georges Bernanos, 1888—1948),法国作家,曾参加过一战,代表作有《一个乡村教士的日记》《在撒旦的阳光下》等。

万物的烈焰之海，只能徒劳地涌过。"在我看来，你的职责是找到一个缝隙，并通过它进行两个灵魂之间的某种沟通。

派遣期余下的时间里，我将这封信随身收藏——放在制服胸前的口袋里，用塑料袋包好以免被汗浸湿。那页纸透出人性的温暖。署名是："你的主内兄弟。"

"你们中有谁觉得，"我问参加星期日弥撒的一小群陆战队员，"当你回到美国时，普通民众无法理解你们的经历？"

几只手举了起来。

"我的教区有一位居民，他六岁的儿子罹患了脑瘤。他看着自己的孩子经历极度的痛苦、化疗，最后是残酷、惨不忍睹的死亡。谁更愿意有那样的经历，而不是来拉马迪？"

我看见陆战队员脸上现出一丝疑惑。很好。我不希望这次弥撒只是司空见惯的说教。

"有一天我和一个伊拉克男人交谈，"我说，"一个平民，就住在外面那座城市里。我听见陆战队员说，那座城市应该被夷为平地。应该被焚毁，城中的每一个人都被火焰吞噬。"

我引起了他们的注意。

"这个伊拉克男人的小女儿受了伤，一次厨房事故。热油从炉灶上洒下来，浇了女孩一身。然后那个男人做了什么？他抱起女儿，奔跑呼救。他找到陆战队的一个班。开始他们以为他抱着一枚炸弹。他面对那些瞄准他头部的步枪，将奄奄一息的女儿、这个弱小的女孩，交给一名满脸惊讶、身材魁梧的下士。那名下士将他带到查理连医疗站，医生救了女孩的命。

"我就是在那里遇到的这个伊拉克人。这个拉马迪人。这个父亲。我和他交谈，我问他是否因为美国人对他的帮助而心存感激。你们猜他说什么？"

我让这个问题在他们的脑海里停留了片刻。

"'不。'那是他的回答，'不。'他找美国人是因为他们有最好的医生，唯一值得信赖的医生，而不是因为他喜欢我们。他已经失去了一个儿子，他告诉我，全因为美国入侵造成的动乱。他认定是我们的错。现在他上街时提心吊胆，害怕无缘无故丧命，他认为这也是我们的错。他在巴格达的亲戚被折磨致死，他同样认为是我们的错。最让他记恨我们的是，有一天他和妻子看电视时，一群美国人踢开他的门，抓着他妻子的头发将她拖出去，在他自己的客厅里殴打他。他们用步枪戳他的脸，踢他的肋部，用他无法理解的语言向他大吼。他无法回答他们的问题，他们便打他。现在，陆战队员们，我要问你们的问题是：谁愿意用在拉马迪七个月的派遣来交换这个人的人生，在这里生活？"

没人举手。有些陆战队员表情很不自然，有些带着怒气，有些怒不可遏。

"现在，如果这个人支持叛军，我不会感到惊讶。翻译说这人是个坏人。一个'阿里巴巴'。但很显然，这个人受了苦。而且，如果这个人，这个父亲，真的支持叛军，那是因为他认为他的苦难赋予他让你们受苦的理由。如果他被殴打的事属实，那意味着打他的陆战队员认为他们的苦难赋予他们让他受苦的理由。但就像保罗提醒我们的：'没有义人，连一个也没有。'①我们所有人都在受苦。我们要么感到被孤立、形单影只而迁怒于他人，要么意识到我们是

---

① 和合本《圣经·罗马书》第3章第10节对应经文也是："没有义人，连一个也没有。"

一个大家庭的成员。一个教会。我教区里的那位父亲觉得没人理解他,也不值得给他人机会去尝试。或许你们觉得不值得去理解那个伊拉克父亲的痛苦。但是基督徒的身份意味着我们永远不能看着另一个人类说:'他不是我的兄弟。'

"我不知道你们是否有人听说过威尔弗雷德·欧文①。他是一名死于一战的士兵。那场战争杀死的士兵数以万计。欧文是个异类。一个诗人。一个斗士。一个同性恋者。他的血性堪比我见过的任何陆战队员。一战中欧文被毒气所伤。他被炮弹炸到半空却存活下来。在炮火之下,在一位军官战友零落的残骸旁,他保持同一姿势长达数日。因为使用缴获的敌军机关枪歼敌,并在指挥官阵亡后率领连队战斗,他被授予军功十字勋章。这是他关于训练即将奔赴前线的士兵的记述。那些,顺便提一下,全是新兵。他们从未见过战斗。和他不同。

"欧文写道:'昨天我工作了十四个小时——教耶稣如何一次次举起他的十字架,如何调整他的冠冕,在最终止步前不感到口渴。我参加他的最后的晚餐,确保无人抱怨;我检视他的双脚,确保配得上那长钉。我确保他一言不发,在控诉者面前站定。每天我用一枚银币买下他,捧着地图让他熟悉各各他山②的地形。'"

我从布道中抬起头,望着听众,他们也望着我。

"我们是悠久的受难传统的一部分。如果我们心甘情愿,我们可以任由它孤立我们,但我们必须明白这种孤立是个谎言。想想欧

---

① 威尔弗雷德·欧文(Wilfred Owen, 1893—1918),是一名英国诗人和军人,被视为第一次世界大战最重要的诗人,他在诸多震撼人心及极具现实感的战争诗篇中,描写出战壕和毒气的可惧,在"一战"停战前一周阵亡于法国。
② 耶路撒冷城郊的山,《圣经》记载耶稣受难之地。

文。想想那个伊拉克父亲和那个美国父亲。想想他们的孩子。不要独自受难。把你的受难献给上帝,尊重你的同胞,也许这个人间地狱会变得稍微能够忍受。"

我感到热血上涌,成功感油然而生,但我布道的效果并不理想。不少陆战队员没有参加圣餐仪式。之后,当我在收拾剩下的圣餐时,我的助理转身对我说:"哇噻,神父。你动真格的了。"

我们的第十五起阵亡来自查理连。尼古拉·莱文。陆战队员们都被激怒了,不仅因为他的死,还因为军士长告诉他们那是莱文自己的错。

"我来这里不是为了交朋友,我来这里是要保证陆战队员好好活着。"莱文死后不过几天,军士长就在他的战友面前高谈阔论,"事实是,一个陆战队员被抬回来,中弹时没穿防弹衣。原因是天太热了,在观察哨里他不想穿。我必须站出来,说出大家都说不出口的话。"

莱文是颈部中弹,防弹衣也救不了他。但我猜军士长和大多数人一样,都需要给死亡找个原因。每一起死亡都需要一个原因。我在普通人的葬礼上也看到同样无力的神正论逻辑。如果是肺病,死者应该是个烟鬼。如果是心脏病,死者必嗜食红肉。总需要某种因果关系——无论它多么微弱——来为死亡正名。仿佛从生到死的过程是一场规则严谨的游戏。宇宙遵从理性,上帝俯瞰众生,每个人皆为他手中棋子,他的手指深深插入世界的每个侧面。

派遣结束时,我们营有超过一百人受伤,共有十六人死亡。乔治·达贾勒是第一个。接着是罗杰·弗朗西斯·福特。约翰尼·安斯沃思。韦恩·华莱士·贝利。埃德加多·拉莫斯。威廉·詹姆斯·休伊特。海沃德·图姆斯。爱德华·维克托·韦茨。弗雷迪·巴卡。塞缪尔·威利斯·斯特迪。舍曼·迪安·雷诺兹。登顿·查希亚·藤田。杰拉尔德·马丁·沃伦坎普。让-保罗·塞皮翁。尼古拉·莱文。然后是我们当时认为的最后一个，杰弗里·史蒂文·洛平托。

在回国的航班上我一遍遍默念他们的名字，这是为死者的一种祷告。我们落地、通关。我望着陆战队员们拥抱父母，亲吻妻子或女友，抱起他们的孩子。我不知道他们会告诉家人什么。不知他们能说多少，又有多少无法说出口。

我在国内最主要的任务是准备十六位亡者的追悼会。我苦苦构思令人满意的悼词。但我如何才能表达出那些死亡的涵义？我不知道。最终，我精疲力竭，只得写了一篇不会冒犯任何人的短文，满纸的陈词滥调。事实上，那倒是这种场合的完美演讲。追悼会的焦点不在我。最好是中规中矩，不引人注目。

追悼会后两个月，贾森·彼得斯伤重不治，死亡名单增加到十七人。探望过彼得斯的人都觉得那是件好事。他失去了双手和一条腿。炸弹烧掉了他的眼皮，因此他得戴着护目镜，每几秒钟眼前便会起雾。他的身体裹在一张网里，双侧的肾都已坏死。他无法自己呼吸，而且持续发着高烧。鲜有迹象表明彼得斯对所处的环境有清晰的意识，那些见过他的人一提起这事都愤怒不已。他的家人撤下了全部生命维持系统，请医生给他打上点滴，让他多少带些尊严死去。

随后的几个月乃至几年间，陆续有人死去。一场车祸。一名陆战队员休假时与人斗殴被捅死。

还有犯罪和涉毒的。来自阿尔法连①的詹姆斯·卡特与斯坦利·菲利普斯谋杀了卡特的妻子,将她肢解并试图藏尸,但他们挖的洞太小了。另一名陆战队员在吸食大量可卡因后在夜店扣响了他的 AR-15 步枪,重伤了一个女人。可卡因让你感觉刀枪不入,我猜那些过度警觉的老兵一定喜欢这种感觉。然而,他们不会喜欢将面临的后果:被赶出陆战队,失去退伍军人事务部提供的针对创伤后压力综合症的健康服务。类似的事也发生在营里五六名陆战队员身上。有此前车之鉴,其他人开始改用尿检无法轻易查出的药物。

艾登·拉索是第一起自杀案例。他是休假时动的手,用的私人手枪。拉索死后,新到任的随军教士布鲁克斯向全营作了预防自杀的演讲。在演讲中,他声称美国的高自杀率全是罗诉韦德案②的结果。很显然,堕胎降低了我们的社会对于生命神圣性的尊重。布鲁克斯是众多信仰重生的牧师中的一员,他们来自松散独立的浸礼派教会,而非历史悠久的教会系统。助理告诉我,布鲁克斯讲完后陆战队员们开玩笑说,他们觉得我会在演讲当中给他一拳。

五个月后,艾伯特·贝林服药自尽。他和拉索均来自查理连。

一年后,第三次重返伊拉克的何塞·雷向自己的头部开了枪。

两年后,前查理连成员亚历山大·纽伯里出现在一场名为"冬日战士"的活动中,组织者是一个叫"反战伊拉克退伍军人"的抗议团体。该活动意在证明伊战的非法性。由于有我的旧营的陆战队员参加,我在 Youtube 视频网站上观看了大部分录像。作为嘉宾的老兵素质参差不齐。很多人语焉不详,缺乏说服力。而他们所抱怨

---

① 即 A 连。
② 罗诉韦德案(Roevs Wade),是美国联邦最高法院于 1973 年对妇女堕胎权及隐私权的重要案例。

的更像是战争普遍的恐怖，而非任何的不当行为模式。但纽伯里带了相机去伊拉克，他用照片和视频佐证他的讲述。他宣称虐待过伊拉克人，并且只是为了宣泄自己的杀气枪杀了其中一些人。他说博登上尉会在每名陆战队员首次杀人后祝贺他们，并告诉他们：如果哪个陆战队员首次杀人用的是刀，他回国时便能获得连续四天假期。听上去像是真的。

纽伯里翻过一系列的幻灯片，它们依次投影在他身后，然后他挑出几张照片，上面是两个被他杀死的人。他声称两人都是无辜的。他又展示了一段陆战队员向清真寺开枪的视频，谈起了执行"火力侦察"——他说他们会向居民区开枪，以挑起枪战。

录像下方的评论区满是反战者和人权支持者的留言。有人祝贺纽伯里敢于挺身而出，也有人骂他是败类。还有几条留言看上去来自陆战队员，甚至是同营的队员。"我就在那儿亚历克斯没把整件事讲出来。""这家伙是有史以来最大的混蛋。""呜呜他们被迫要杀人他入伍时以为会发生什么他可是**海军陆战队步兵的机枪手**。""是指挥官的错别难过亚历克斯。""没人叫他杀害无辜的人他是自己下的手却说是陆战队的错他犯了战争罪这混蛋这样的事不是经常发生我知道我是个陆战队员。"

那时我仍在勒琼基地做神父。我已在基地待了一段时间，随后被调去一个新的营。在那里我偶尔会遇见豪珀特上士，他也被调到同一个营。显然在拉马迪的那些日子在他心里挥之不去。他右臂上纹了连里所有死去士兵的名字。无论是阵亡还是自杀。他在部队里广受尊敬。

有一次我们谈起"冬日战士"，豪珀特难掩对纽伯里的强烈憎恶。"问题不在于是否发生了那样的事。有些操蛋的事你就不该讲出来。我们那时生存的环境跟美国完全不同，观众中的那些嬉皮士根本无法理解。那群混蛋自我感觉很好，那是因为他们不必走到拉马迪的街上，顶着来自对面建筑的火力，在自己的生命和楼中居民的生命之间权衡。你无法向一个不曾身临其境的人描述。那一切疯狂至极，连你自己也记不清。要是谁装模作样地说一个人能在那种屎一样的地方生活战斗几个月而不发疯，那才是真的疯了。然后亚历克斯站出来，一副大英雄的模样，告诉每个人我们有多坏。我们并不坏。我想向每一个见到的伊拉克人开枪，每一天。但我从没那么做。操他妈的。"

下一个自杀的是罗德里格斯的老班长，蒂托罗中士。就在他自杀前后，费尔中校升任团长。不久以后，罗德里格斯出现在基地教堂。最初我没有认出他。他在通往教堂的通道上踱来踱去，当我走出去和他说话时，他惊恐地抬起头，仿佛迷途的孩子。他与之前的模样截然不同。

豪珀特已经向我透露了蒂托罗的事。派遣期最后一个月，一枚炸弹炸飞了蒂托罗的一条手臂。尽管他希望在海军陆战队终老，但在受伤勇士团待了一年之后，他决定退伍，去新泽西生活了几年，在那里他用左手向头部开了枪。

我不知道的是，就在他自杀前，他通过电邮给罗德里格斯写了一封遗书。那天夜里在教堂外的通道上，罗德里格斯就握着它——蒂托罗最后的遗言，打印在纸上，满是折痕。我走向他时，他未作解释就将纸递给我，而我看都没看就开口了。

"拉米罗，对吧？"我说，"拉米罗·罗德里格斯。我很久没见过你了。"

他耸耸肩。他的神色比我印象中更柔和，更顺从。我能闻到他身上的酒气。"我不知道我做的那些事有没有用。"罗德里格斯说。

他用双手搓了搓脸,"他们说拉马迪现在平静了。你可以大摇大摆地走在街上。"

我点点头。"那座城市的暴力事件降低了百分之九十几。"我说,"那是觉醒运动①开始的地方。"

"你觉得我们也有一份功劳吗?"他说,"你认为我们做的事有意义吗?"

"也许。我不是研究战术的,我只是个神父。"

"我们杀了很多穆斯林。"他说。

"是的。"

我们沉默地站了一会儿。他低头看了一眼我手里的电邮,于是我飞快地扫了一遍。

  我反复回想起我失去手臂时自己身在何处。我希望迅速死去,因为我在拉马迪,拉马迪是世上最悲惨的地方,我是那么疼。你看见亚历克斯说他们杀害平民吗?他的排和我们排一样倒霉,但平心而论,那地方到处是战争。还记得那个装炸弹的小孩吗?我一点不后悔开枪,永远不后悔,我狠狠揍了萨米,她走了,如果她愿意她可以让我进监狱。我很后悔,但最让我后悔的还是藤田。你说那是我的错,你是对的。我是他的班长,是我命令他上去,我不认为我能做任何事来弥补,即使我在营救谁的过程中丧命。况且还有你说过的骑车人的事。记得他吗?记得莱文死后阿科斯塔干的事吗?我相信上帝,我也相信地狱。我想告诉藤田的家人,那个让他们的儿子丧命的家伙正面临审判,他怕得要死同

---

① 觉醒运动(the Awakening),由美军资助建立的伊拉克团体,通过联合部落酋长来维护地区安全。

时也很欣喜。最终审判不再悬在他头顶,现在地狱里会有他应得的报应,也许还有宽恕。也许你能告诉他们。你是个很棒的机枪手,你干得不错。我很高兴你在我的班里。

读完之后我抬头看着罗德里格斯。我双手颤抖,他却异常镇定。
"你责怪自己吗?"我说。
他望着远处的圣弗朗西斯·泽维尔教堂,那是树木环绕的一座小屋。
"有点,"他说,斜眼看着我,"我也有点怪你,因为你什么也没做。但更多的还是怪我自己。"
他揉了揉眼睛。
"我们在那边的时候你不祈求宽恕,"我说,"现在你希望得到吗?"
"从你这里?"
我无奈地笑笑。"不。"我说,"谁都知道我一文不值。上帝的宽恕或许不同。"
他皱起眉头。我期待他的忏悔,既为了他,也为了我自己。他是否认为自己还持有信仰,这对我并不重要。信仰可以在过程里产生。
我握住领口的小十字架。"你知道这曾是一件刑具,对吧?"
他笑了。我并不介意。我知道罗德里格斯来这里并不只是为了笑话我。
"二十个世纪的基督教历史,"我说,"你觉得我们已经领悟了。"我摩挲着小小的十字架,"在这个世界上,他只应许我们不会独自受难。"
罗德里格斯转过身,往草地上吐了口唾沫。"棒极了。"他说。

心 理 战

我从地球上各种语言中习得词藻
在夜晚诱惑异邦的女子
以俘获她们的眼泪!
——艾哈迈德·阿卜杜勒·穆蒂·赫加齐①

  有关扎拉·戴维斯的一切都迫使你在好恶之间作出选择。她的态度,她的想法,甚至她的长相。严格来说,她不算漂亮,但那只是因为"漂亮"是个错误的词。在阿默斯特②有不少漂亮的年轻人,他们与风景融为一体。扎拉坚持自己的风格。她积极、好斗、可爱。

  我第一次见她是在克拉克学院的《刑罚、政治与文化》课上。课程简介写道:"除战争以外,刑罚是国家权力最戏剧性的体现。"在伊拉克十三个月的经历已让我熟悉战争,因此我想自己该学学刑罚。除了我和扎拉,班里清一色都是白人。

  第一天她坐在教授的正对面,身穿紧身牛仔裤,搭配宽大的黄

---

① 艾哈迈德·阿卜杜勒·穆蒂·赫加齐(Ahmed Abdel Mu'ti Hijazi, 1935—),当代埃及诗人。
② 阿默斯特(Amherst),此处指位于美国马萨诸塞州阿默斯特的一所私立大学。

铜皮带扣，上身一件轻薄的黄色T恤，脚下是棕色麂皮靴。她拥有深焦糖色的皮肤，头发未经烫染，前面扎着辫子，后面留着非洲式的蓬松头。尽管只是个大一新生，她第一天就积极投入讨论，为整个学期定下了基调。她时常言语犀利，甚至不留情面，尤其当她的同学——那些穿卡其裤和马球衫的男生，穿运动衫或是为了彰显品位而身着昂贵又乏味的服饰的女生——说出她认为很蠢的话时。

当时我习惯于扮演厌世的老兵角色——自己历尽世间沧桑，只能带着一种略带惆怅的伤感打量同学们的理想主义，就像家长看着自己不再相信圣诞老人的半大孩子。令我惊讶的是，"神秘的老兵"这招在阿默斯特这样的学府也能玩得转，我原以为这里的聪明孩子不吃这一套。有个老笑话："拧下一只灯泡需要几个越战老兵？""你不知道，因为你不在那儿。"这就是游戏的精髓。每个人都默认我在与"真实世界"的碰撞中留下了内心的伤痕。那个"真实世界"还原了人间残酷、粗粝、暴力的本来面貌，它远离美国和学术界的肥皂泡；一次前往"黑暗中心"的旅程要么摧毁你，要么把你变得多愁善感又充满智慧。

当然，那都是放屁。海外经历教给我的主要是——是的，即使硬汉在极度恐惧的情况下也会尿裤子；以及：不，中弹不是件愉快的事，谢谢。除此之外，我觉得自己相比这些孩子的优势只在于见识了人类有多么肮脏可怕。也许不能说这点智慧微不足道，但它并不能赋予我额外的洞察力，比如将阿尔都塞的质询运用到葛兰西对意识形态结构的批判上。在讨论猖獗的暴力犯罪的社会影响时，连教授也会让出权威，似乎我会告诉他们我"在那儿"亲眼目睹过。扎拉是唯一看透我的人。

她有自己的游戏规则。身为来自巴尔的摩的黑人女孩，她十足的时髦新潮。虽然她是约翰·霍普金斯大学物理教授与房地产律师的女儿,家境比我在军中遇到的百分之九十的白人都强一百万倍,但这也无关紧要。每一个看过电视剧《火线》①的人都能告诉你,巴尔的摩不是一座容易生存的城市。

我的态度是,她配得上她的那份自信。那些你真正配得上的东西,没人会白给你,所以要把握你能得到的一切。而且我也愿意有个对手。

有一次她给我来了个釜底抽薪。当时我正愉快地对另一个学生发表一场自以为是的演讲,起因是他随口评论说美国是为了石油才入侵伊拉克。

"我就是入侵伊拉克的那些人中的一员,"我说,"而我他妈对石油不屑一顾。我认识的士兵也没有一个在乎。老实说,这有点——"

"喂,拜托,"扎拉打断我,"谁在乎士兵们相信什么? 根本没人在乎棋盘上的卒子认为某步棋下得怎么样或是为什么要那么下。"

"卒子?"我气愤地说,"你觉得我是个卒子?"

"哦,对不起。"扎拉笑笑,"我相信你至少是个车。同样的结论。"

她不怕得罪人,我喜欢这一点。

然而,课程结束时我们的联系也随之终止。我们的社交圈没有交集,只是偶尔在校园里遇见。几个月后,她却主动找到我。

我正独自在瓦尔餐厅吃饭,她坐到了我对面。最初我没能认出她。她那件我曾喜欢的黄色T恤——那件紧贴她上身、别致地包裹她胸部的T恤——已经很久不穿了。不再有短裙,不再有包裹着健

---

①美国一部犯罪主题的电视剧,剧中故事发生在马里兰州的巴尔的摩市。

壮大腿的紧身牛仔裤。她身着一条褐色长裙，裙摆一直垂到脚面，露出一双让人略感失望的平底拖鞋。她的头发包在头巾里。所有的一切都显得庄重，但此时正值暮春时节，校园里其他女孩都酥胸半露，扎拉在人群中反而比从前更引人注目。至少对于我是这样。

她现在是穆斯林了，我猜。我刚认识她时，她刚经历了信仰的幻灭。然后是寻找。最终，不知为何，伊斯兰教。我从未想象过她会皈依一种关于顺从的宗教，即使这种顺从是在神的面前。

她解释说，皈依以来她越来越多地想到伊拉克。尤其是关于美国帝国主义、关于乌玛①的命运，还有令人难以置信的伊拉克死亡人数——多得难以想象，而且似乎无人关心。她找我是想获得第一手资料。事实的真相。准确地说，是几年前我在那儿时的事实真相。

"对我说实话。"她说。

这事不会有好结果。我心底有一种逆反情绪，与保守派谈话时，我倾向于谴责战争，而与自由派谈话时，我却为战争辩护。我经历了布什政府把世界搞得乱七八糟那几年，但我也清楚地看到扎卡维②想要建立一个怎样的政权。每次和那种自以为洞悉伊拉克局势的人聊天，都气得我想把屎揉进他们的眼睛里。

而且，她并没有小心回避敏感话题："你怎么能杀自己人？"我相信这是她问我的原话。

"什么？"我几乎忍不住笑起来。

---

① 乌玛（Ummah），阿拉伯语，意为"民族"，引申为"社群"。现代泛伊斯兰主义者口中的"乌玛"，指"共信者的联邦"。
② 扎卡维（Zarqawi），本·拉登的副手，基地组织内的三号人物；生于约旦，伊斯兰激进分子，伊斯兰游击组织网络统一圣战组织领导人。2006年6月7日于巴格达附近被美军空袭炸死。

"你怎么能杀自己人?"

"他们不是自己人。"我说。

"我们都是一个民族。"她说。

我知道事实并非如此。逊尼派—什叶派的战争很清楚地说明乌玛不是一个幸福的大家庭。我哼了一声,略作沉默。我看着她的平底拖鞋,感觉曾经熟悉的那种老兵面对平民时的愤怒从心底逐渐升起。

"我不是穆斯林。"我说。

扎拉脸上的忧虑多于惊讶,似乎她正眼睁睁看着我失去理智。她双唇微微翘起,唇形完美而迷人,如同她脸的其他部分。我看不出她是否化了妆。

"我是科普特人①。"我说,见她无动于衷,我只好解释道,"科普特东正教会。埃及基督教。"

"哦,"她说,"就像布特罗斯·布特罗斯-加利②。" 现在她表现出兴趣,侧着头,椭圆形的脸正对着我。

"穆斯林恨我们,"我说,"有时会有暴动。就像沙俄对犹太人的种族迫害。"我父亲常这么说。他曾目睹他的表兄在一次暴动中丧生,那个久远的事件成为我的家族历史中一个最根本的迷思。至少对我父亲是这样。科普特人的身份对我的生活并不重要。当然我

---

① 科普特基督徒,指埃及的基督徒,是当代埃及的少数民族之一,他们是在公元1世纪时信奉基督教的古埃及人的后裔。从被穆斯林征服到10世纪中叶以后,基督教是埃及少数族裔的信仰。目前,在埃及的科普特人是中东地区最大的基督教族群。近年来,埃及伊斯兰原教旨主义教派兴起并发动多次袭击,大量科普特人处境危险,开始移居国外。

② 布特罗斯·布特罗斯-加利(Boutros Boutros-Ghali, 1922—2016), 1992年至1996年间担任联合国第六任秘书长,是普遍受良好教育的科普特人最知名的代表。

也无法左右。

"所以你不祈祷，"她说，"因为……"

我笑起来。"我祈祷，"我说，"但不是向安拉。"

她眉头微微一皱，那表情告诉我，我永远别想和她睡觉。

尽管扎拉语气顿时生硬起来，匆匆结束了谈话，我没觉得她特别在意。但两天后我不得不面对学校"多元化与包容"部门主管的特别助理。一个矮胖的男人，肥厚的肩膀上顶着一颗土豆形状的脑袋。我曾和他见过面。作为一个老兵和科普特人，我是阿默斯特最体现多元化的家伙。

那时我还不清楚自己到底做了什么。电子邮件里说我可能违反了阿默斯特学生行为规范中关于"尊重他人权利、尊严与诚信"的条款，尤其是由于各种原因引发的骚扰："包含但不限于种族、肤色、宗教、籍贯、族群、年龄、政治背景或信仰、性取向、性别、经济状况、生理或心理残疾。"这并没能帮我理出任何头绪。

那封邮件叫我次日上午到特别助理办公室报到，之前的这段时间足以让我把自己搞疯。我上学的费用是多方拼凑而来：退伍军人助学津贴、"黄丝带计划"①，以及各种助学基金。如果我被开除或停学，我不知道那些钱是否还能保得住。所有的资助都要求我"在学校表现良好"。我尝试给退伍军人事务部拨电话，却一直在线等待，最终我忍不住将电话摔到墙上。收拾碎片的时候我依稀看见父亲的脸。他疲惫的眼睛和浓密的胡须，脸上满是失望，比那更糟的是他眼神中对我命运的黯然接受——命中注定我会糟蹋每一个

---

① 黄丝带计划（Yellow Ribbon Program）是"9・11"事件之后美国推出的一项针对退伍军人的助学计划。

机会。

  第二天早晨我走进特别助理办公室。他坐在书桌前，胖脑袋慵懒地栖在肩膀上，双手交叉，身后墙上挂着他的基督救世军"送玩具，赠快乐"的海报和安塞尔·亚当斯的风景照。这些都在预料之中，甚至还有点好笑。不过他对面坐了个人，身体前倾，对我进屋充耳不闻，那人正是扎拉。我感觉有点受伤。我俩虽算不上朋友，但我一直觉得彼此有种相互的尊重。而且我从没把她看作那种娇生惯养的千金小姐，走在校园里仿佛《鹅妈妈童谣》里的矮胖子走在钢丝上，只等一个冒犯的词来打破她的平衡，粉碎她娇贵的身份。更糟糕的是，我记得对她说的那些话，也清楚她能就此做什么文章。

  特别助理解释道，因为扎拉没有提交"正式投诉"，所以这不算"正式调解"。他舒缓的语调仿佛一位母亲在抚慰受惊的孩子，不过他接下来的话将这种气氛破坏殆尽。他说，尽管目前暂无处罚，如果我们的争执"需要惊动学生品行教务长"，后果可能很严重。他戏剧化地蹙起眉头，让我明白他所言不虚。

  我在空着的椅子上坐下，面对特别助理，身旁是扎拉。假如她被停学，我想，那对她也不是什么大问题。她会回到教授妈妈和绅士爸爸身边待一个学期，静心思过，然后在他们资助下重返学校。假如我被停学，我父亲会把我再次踢出家门。

  "好吧，瓦吉赫，"特别助理说，"我发音正确吗？瓦古？瓦吉？"

  "没问题。"我说。

  特别助理告诉我阿默斯特对威胁性的言论有多么重视，尤其是针对一个近年来饱受歧视的群体。

  "你指的是穆斯林？"我说。

"是的。"

"她变成穆斯林也就三天吧,"我说,"我遭受那种歧视已经很多年了。"

他面带忧虑地看了我一眼,然后挥手让我继续。我感觉像在接受心理治疗。

"我是阿拉伯裔,在北卡罗来纳州生活了四年,"我说,"至少她还能选择是否要当恐怖分子。"

"穆斯林不等于恐怖分子。"她说。

我转向她,心中无名火起。"这不是我的原话。专心听我的话。"

"我们在听,"特别助理说,"但你这些话对你可没帮助。"

我低头看着自己的手,深吸了一口气。我在陆军中的工种是37F,专业心理战军士。如果我不能通过心理战脱困,我就一文不值。

我权衡自己的选择:伏地认错或者反咬一口。我总是倾向于后者。在伊拉克,有一次我们在广播里喊道:"勇敢的恐怖分子,我在这里等着勇敢的恐怖分子。来杀我们吧。"这种玩法总比躺在地上露出肚皮强。

"在军队里我们有个说法,"我说,"感知即现实。战争中,有时不在于发生了什么,而在于人们认为发生了什么。南方佬以为格兰特将赢下希洛战役①,于是当他进攻时他们溃不成军,结果他真的赢了。你的真实情况并不重要。"9·11"之后我的家人被当作潜在的恐怖分子。人们总是以貌取人。感知即现实。"

"我的感知,"扎拉说,"是你威胁了我。我跟光明社的朋友们谈过,他们也有同样的感觉。"

---

① 美国南北战争中西部战区的一场重要战役。

"他们自然觉得受到了威胁,"我对特别助理说,"我是个发疯的老兵,对吗? 但唯一涉及暴力的话是她说的。在她指责我谋杀穆斯林的时候。"

特别助理的目光移向扎拉。她盯着我。在某种意义上,我撒了谎。她从没使用"谋杀"这个词。我不想给她时间辩解。

"有人朝我开枪,"我说,"很多次。我看见人们,是的,中弹倒下。有人被炸飞。男人的碎片。女人的。孩子的。"我顺势渲染道,"我尽我所能。我做了正确的事。至少对美国而言是正确的。但那些不是愉快的回忆。现在有人指着你的鼻子……"我声调渐低,一脸痛苦地望着天花板。

"我没有——"她开口道。

"指责我谋杀?"我说。

"我问了个合乎情理的问题,"她说,"成千上万的人死去,而……"

特别助理试图让我们冷静下来。我向他挤出一个微笑。

"我理解她为什么那么说,"我说,"但……有些夜晚我无法入睡。"

那不是真的。大多数晚上我都睡得像个喝醉的婴儿。我注意到特别助理脸上闪过一丝恐慌,决意趁热打铁,从他们的包围中一举脱困。

"我看见死人,"我用颤抖的嗓音说,"我听到爆炸声。"

"没人对你的经历表示不敬,"特别助理忙说道,满脸恐慌,"我相信扎拉对你没有不敬的意思。"

片刻前,扎拉还是一副忿忿不平的样子,此时却现出惊讶和悲戚的神色。最初我以为是她对我的花招感到失望。我没意识到她或许只是同情我。如果当时知道这一点,我一定会被激怒。

"我没想威胁她,"我说,自认为十分机智,"但伤害已经造成了。"

特别助理久久凝视着我。他似乎在判断我是个多大的骗子,但最终还是决定息事宁人。"好吧,"他说,双手做出庞提乌斯·彼拉多①洗手的动作,"所以——理性的旁观者会认为双方均有充分的理由觉得被冒犯。"

"我想这是公平的。"我说,表面上镇定自若。我们正处在控诉与反诉的战场。我觉得底气十足。

然后扎拉用略显挫败的语气解释了她的顾虑。她的穆斯林同胞那些"可以理解的忧虑",以及他们团结一心、"积极反抗歧视"的必要性。与其说她在表明自己的立场,不如说她在为自己的过激反应道歉。我所谓的彻夜难眠竟然牵动了她的恻隐之心,这着实令我惊讶。她在课堂讨论中的灵光此时不见了踪影。她说完后,我大度地接受了她感觉受到威胁的理由,并同意未来会注意我的措辞——如果她也同样自律的话。特别助理不住赞许地点头。他告诉我们,"你们有很多共同点",然后我们耐着性子听他的训诫——此件事有何教育意义;如果能消除怨恨,我们可以从彼此身上学到很多。我们答应会从对方身上学到很多。然后他强烈建议我就失眠问题咨询学校的健康服务。我说我会的,然后整件事结束了。我成功脱困。

我们一块儿出了办公室,走出康维斯楼,步入阳光里。扎拉茫然环顾四周。我们身边满是去上课或吃早餐的学生。因为是在阿默斯特,还有些混蛋在玩飞盘,或者用他们自己的话说,"扔盘子"。这个早晨的气氛健康而充满活力,同刚发生的事格格不入。

---

① 罗马帝国犹太行省的第五任行政长官,在仇视耶稣的犹太宗派势力的压力下,判处耶稣死刑,将他钉死在十字架上,并用洗手来表明自己的清白无辜。

我们在原地站了片刻,扎拉率先打破沉默。

"我先前不知道。"她说。

"不知道什么?"

"你经历的那些事。对不起。"

话音落下,她默默离开,两腿在长裙下窸窸窣窣,背影渐渐融入东方如缕的晨光里。

随着她逐渐远去的背影,我心中逃脱惩罚的窃喜也渐渐消失,刚才自己的所作所为却历历在目。尽管略嫌冒失,她或许问了个真诚的问题。我没有给她答案,除了谎言。现在她却因我的责难而内疚。如果再袖手旁观的话,我想,我就是个懦夫。

我斜穿过草坪朝她跑去,拨开挡路的学生,径直站在她身前。

"你他妈什么意思?"我说。

这显然出乎她的意料。整个早晨或许都是如此,令人不安。

"什么?"她摇摇头,"什么什么意思?"

"你为什么向我道歉?"

我能听出自己声音里的愤怒。她惊奇地望着我,也许还略带恐惧。但她一句话也没说。

"你觉得那场糟糕的战争毁了我,"我说,"把我变成了一个混蛋。你觉得那是我说出那些话的原因。但假如我本来就是个混蛋呢?"

我的呼吸依然急促——这是奔跑的结果——而且浑身上下充满能量。我双拳紧握,想要来回走动。但她一动不动地打量着我,目光愈发冷漠。然后她开口了。

"叫你杀人犯确实过分了,"她对我说,"即使你是个混蛋。"

我笑了笑。

"你惹毛了我,"我说,"挺好的。否则你会很无趣。"

"你是否觉得我无趣,"她说,"难道我会在乎吗?"

"你相信我在那儿讲的故事吗?"我说,"可怜的我和我那一小段艰苦战争?"

她给我一个漠然的眼神。"也许吧,"她说,"我不知道。我也不在乎。你身上到底发生了什么,我不在乎。"

"你当然在乎,"我说,"是你问我的。"

"我现在不想问了。"她说。

我们一动不动地对视着。

"要是我想告诉你呢?"我说。

她耸耸肩:"为什么?"

我深吸一口气。"因为我喜欢你,"我说,"因为你他妈从不尊重我。因为我想对你说实话。"我指着康维斯楼里那个土豆脑袋的办公室,"但不是那种瞎扯淡的话。"

"这不是和人讲话的方式,"她说,"你怎么能这样和人讲话呢?"

"我知道如何和人讲话,"我说,"如果你愿意,我可以编些瞎话哄你。这我在行。可我不想撒谎。至少不想对你撒谎。"

"我不是你的朋友。"她说。

我抬手打断她。

"我从没杀过人。"我说,然后故作停顿,待她点头后接着说,"但我目睹人死去。慢慢死去。"

这让她变得凝重。然后我说:"我想讲给你听。"

我并没有使用心理战战术,因此不知道她会作何反应。假如我真的在进行心理战,我已把人为操控降至最低——即便你毫不设防地暴露自己,你其实也在施加某种压力。

一段很长的沉默。"为什么,"她说,"你觉得我想听?"

"我不知道。"我说。但我的表情告诉她,这对我很重要。当你显得真心实意的时候,心理战效果最佳。

又一段很长的沉默。"好吧,"她摊开双手说,"当时发生了什么?"

我看了看阳光和周围的大学生。卡其裤,马球衫。短裤,拖鞋。"不是在这儿,"我说,"需要坐下来聊。这些事我不是对谁都讲的。"

"我得去吃早饭,"她说,"然后有课。"

我思忖片刻。"你抽过水烟吗?"我问,"你知道,水烟。穆斯林喜欢那玩意儿,对吧?"

她白了我一眼,短促地笑了一声。"没抽过。"她说。我知道她会来的。

课后我回到公寓,把水烟摆到阳台上。我在破旧的沙发上坐下,望着外面的街道,等待。

她迟到了十分钟,那时我已经点燃了火炭。经过一整天的揣度,她看上去焦躁不安又带些疑虑。她僵直地坐到椅子上,似乎不愿久留。

我问她喜欢玫瑰还是苹果口味的烟草,当她说"玫瑰"时,我告诉她苹果更好。她白了我一眼,但默许了我的建议。我向她说明抽水烟的规矩——不能将烟嘴对着别人,不能用左手。我取出烟丝时说:"好吧。你想告诉我一个故事。"

我说:"是的。你想听这个故事。"

她笑了笑。"私藏水烟是违反学生行为规范的,"她说,"那算'吸毒用具'。"

"很显然,"我说,"我不遵守学生行为规范。"

水烟点好了。我连抽几口，把烟在肺里憋了一会儿才吐出来。一种清甜、柔和的味道和质感，让人松弛。

我告诉她："你知道，严格来讲我没看见他死去。我只是感觉到了。"她一言不发，只是看着我。于是我把烟管递过去，她抽了一口。

"甜的。"她说，烟和她的话一同飘过来。她又抽了一口，一缕烟雾悠悠在她唇间漾开。然后她把烟管背向我们放下。

我不知道如何开头，这很少见。我曾讲过这个故事。大多是在酒吧里，重点都放在最关键的那一刻，死亡。但那不过是数十万起死亡中的一例。它只对于极少数人有意义。我。那孩子的家人。或许，我想，还有扎拉。

我需要从头讲起。按照军中的习惯，我从地理方位开始。我向她介绍了"东曼哈顿"——费卢杰市内位于10号高速以北的区域。几周前，4团3营已经搜遍了整个街区，从一个屋顶跳到另一个屋顶，对房屋逐一排查。与此同时，数千平民逃离城市，零散的抵抗组织试图策划一些行动。复活节星期日爆发了大规模冲突。每个人都认为那个复活节是个大日子，甚至也包括我。二〇〇四年，自我记事以来是美国复活节与科普特复活节第三次落在同一天，而在这天我看着一座城市被炸毁。

但随后战斗被叫停，4团3营转而固守民房，集中狙击叛军。每四栋房子里就有一支狙击队。在围城初期，他们每天都杀死十多个人。

我试图把城市的气氛也传递给扎拉——不仅仅是尘土、热浪和恐怖，还有兴奋。每个人都明白大战将至，问题只是何时开始、死伤几何。

"每天晚上，"我说，"那些人都会在喇叭里广播。'美国把以色列的犹太人带来窃取伊拉克的财富和石油。帮助勇士们吧。不要畏惧死亡。'"

作为心理战特种兵,我告诉她,我们的部分职责是反击那些口号。至少扰乱叛军使其感到畏惧。号召和平多半是徒劳的,但宣称"逆我者亡"却可能让一些人冷静下来。

我告诉她我们在悍马军用车上绑了扩音器,以便扩大我方的宣传范围。我们散布威胁和承诺,还公布了一个电话号码让当地人报告叛军动向。总有人向我们开枪。我没告诉她那种感觉——躲在车里,遭到枪击时只能用声音还击;愤怒、无助,生命全掌握在护卫的步兵手里。我只是告诉她我讨厌那些行动。

我目睹有人死亡的那天早晨,我们再次携扩音器出行,在4团3营占领的一栋楼后待命。抵达时我们才发现扩音器坏了。我的长官埃尔南德斯中士想尽办法调试它们。

枪声响起时——那是陆战队机枪分队240G的低沉开火声——我正站在楼内的一条走廊里。我循声望去,看见走廊对面开枪的陆战队员。他们散在我面前的房间里,藏在靠里的阴影中,枪口隐蔽地穿过破碎的窗户。他们看上去那么镇定。被枪杀的人大概永远不会知道陆战队在这里。我没听到任何还击的AK步枪声。

"枪声是日常生活的一部分。"我开口道——不过听上去过于硬汉。我想表现得真诚些,于是说:"事实上,我被吓坏了,枪声近在耳边,却什么也看不见,除了那些士兵。"

我记得听见那个房间的另一侧走廊传来一个声音说"撤吧",接着一名瘦削的黑人军士作出回应。他佩下士肩章,嘴里的一大团烟草让他的脸变了形。

"好的,"他说,"他铁定没救了。"

实际端着机枪的是一名矮小敦实的士兵,他不住地说:"我打中他了,我打中他了。"似乎他自己也不敢相信。

那名瘦削的黑人军士吐了口唾沫,说:"告诉戈麦斯我们分队现在也百分百了。"他的意思是分队里每个人都杀过人了。这意味着那名矮小敦实的士兵刚刚第一次杀人。

"陆战队员觉得那是一件好事。"扎拉说。

"当然。"我说,尽管我意识到这个回答过于简化了。那名下士似乎觉得不值得大惊小怪,甚至有些反感,但房间远处角落里的一名瘦高的士兵不住点头,朝矮个士兵投去赞许的微笑。

我从阳台上抬头看向外面。天色渐渐柔和。在日落前的最后一小时里,每个人看上去都是最好的自己。

"然后那名矮个士兵看到我,"我说,"他注意到我的陆军迷彩服。他喊了声:'嘿! 那个心理战的!'那家伙的肾上腺素仍在峰值。你能看出来。他的脸涨得通红。他是在叫我。但我其实不该在那里偷看这些士兵和他们的,我说不好……隐私。"

"隐私?"扎拉好奇地说。

"他们中最后一人终于干了那事。"我说。

"终于干了那事,"她模仿我的语气说,"什么? 你想说他终于破了处,成了真的杀手?"

"即使你自己也不认为那是谋杀,"我说,"你不至于那么糊涂。"

她叹了口气,没有反驳。于是我告诉她那名矮小敦实的士兵两眼放光,表情中混杂着恐惧与兴奋。他指着瞄准镜,像是在说:"快来看。"那动作介于邀请与恳求之间。

这个班使用的是红外瞄准镜,因为透过热成像很容易区分出狗的单薄影像和人类明亮的白色热迹。我告诉扎拉我如何走进那个房间,那个不属于我的地方。我告诉她那名下士如何瞪着我,似乎不愿我出现在那里,而我不为所动,在破窗前向外眺望。清晨时分窗外还漆黑一片。除了横亘在大地上的一两团紫色云影,费卢杰只是一团黑暗而模糊的存在。

我在那名矮个士兵身旁跪下,从瞄准镜里望出去,费卢杰四四方方的天际线呈现出由灰至黑的热辐射层次。有些屋顶装了水箱或燃料罐,液体表面在金属外壳上划出一道浅灰色线,因此我能看出容器内有多少液体。几天前陆战队员在排查房屋时遭遇顽固抵抗,那栋房子的屋顶就装有同样的燃料罐。他们在上面打出几个洞,等到燃料渗进整栋房子,再点上火,将困在里面的叛军一并付之一炬。我不知道那场景在红外镜头里会是什么模样。一大片白色,我猜。

在我面前是一片开阔的道路和田野,一堆明亮的肢体躺在最近一处房屋二十英尺外。他身边那条黑线一定是支步枪,而且我能明显看出那个可怜的家伙还一枪未开。子弹出膛会加热枪筒,可我看到的只是人体的白色热源旁边冰冷的黑色。

"你为什么要看?"扎拉问。

"谁不想看?"我说。

"是你想看,"她严厉的语气中夹着责难,"你为什么要看?"

"你为什么在这儿,听这个故事?"

"你叫我来的,"她说,"你想让我听。"

很难向她解释我如何既想看又不愿看,而那名矮个士兵有多么明显不愿看。我走过去凑到瞄准镜前,一方面受窥视欲驱使,另一方面也算帮他一个忙。当我的眼睛贴上镜头时,那名瘦削的黑人下士提醒我,那团热迹会逐渐黯淡——意味着身体温度降至环境温度。他告诉我:"那时我们就可以正式宣布死亡。"

几个踩滑板的孩子从扎拉和我面前的街上滑过。他们看上去很年轻。也许是高中生。但肯定是城里人。你会忘记不是每个在阿默斯特的人都是大学生。我不知道这些孩子要去哪儿。我们等他们滑过，直至滑轮声消失。然后我继续讲述。

"死亡来得很慢，"我说，"我会抬一下头再重新看一眼，试图觉察出变化。下士不时瞟一眼走廊，似乎担心某位上司会发现我在那里而痛斥我们。矮个士兵不停地说：'他死了。他肯定会暗下去。'可我看不出来，于是我把手指伸到瞄准镜前。它们在画面中形成炽热的斑点，在灰色背景前放射出白光。视野里没有色彩，但也不同于黑白电影。红外瞄准镜捕捉热辐射，而不是光，因此所有的一切——灰度、明暗——都有一种怪异的错位。里面没有影子。一切都轮廓鲜明却不合常理。我在镜头前挥动我这些明亮的白色手指，我的手指——它们看上去如此古怪而疏离。我在那个身体前挥动手指，试图进行比较。"

"然后呢？"扎拉说。

"然后我觉得自己看到他抽搐，"我说，"我忍不住跳起来。这让所有的士兵警觉，下士大喊着让我告诉他们我看到了什么。我说那具尸体抽搐了一下，他们不信。矮个士兵凑到镜头前，说'他没动，他没动'，一遍又一遍地重复着。瘦高个士兵问是否需要出去处理那个叛军的伤口。但下士说可能只是尸体的正常变化。气体逸出什么的。"我低头看着双手，"矮个士兵很生气，他们都很生气，生我的气。"

"他还活着吗？"扎拉问。

"那具尸体？"我说，"即使活着，也撑不了多久。矮个士兵把我拉回镜头前，它看上去的确更暗了。我对他们是那么说的。下士告诉矮个士兵他干得很棒，与此同时，我紧盯着镜头，想要确认生命迹象的消失。或说是热度，我想。那个过程如此缓慢。有时我问矮个士兵他是否想看一眼,但他始终不看。他和普通陆战队员不一样。肾上腺素渐渐消退,他要面对的只是自己的行为。他不想看。"

我们的思绪短暂地回到这个黄昏。

"所以它现在是你的了。"她说。

"你什么意思?"

"你看着他死去。"

"只是热迹。"我说。

"它现在是你的了,"她重复道,"你从他手里接过来,他就不用看了。"

我默不作声。我们俩都许久没动水烟了,于是我拿起烟管,深吸一口。

"然后你现在又讲给我听。"她说。

我把烟呼出来。

"你为什么要讲给我听?"她说。

"你问我我怎么能杀自己人。"我说。

"所以呢?"

我放下烟管,她接了过去。我没有一个真正的答案,而且当我给她讲完这个故事,我感觉实际上什么也没说。我想她也明白,只是这个故事还不够,有种东西缺失了,但我们都不知如何找到它。

"你觉得他是谁?"她说。

"什么意思?"

"陆战队员打死的那个人。"她说。

我耸耸肩。"某个孩子,"我说,"愚蠢地送死。那正是我们想要预防的。"

她以一种缓慢、性感的方式呼出烟雾,脸上却挂着忧虑。还有几分不悦。"'预防',什么意思?"

"我是心理战特种兵,"我说,"我的任务是劝说伊拉克人不要送死。事实上我会讲他们的语言,所以扩音器里是我的声音,而不是翻译的。"

"好吧,"她说,"你从小就讲阿拉伯语。"

我摇摇头。"埃及阿拉伯语,"我说,"许多肥皂剧和电影都用这种语言,所以不少埃及以外的人也能听懂,但终究是有区别的。"

她点点头:"我明白。"

"但军队不明白,"我说,"我的部队以为他们中了头彩。他们甚至没送我去语言学校。我试图说服他们,但科尔特斯中士正好从蒙特雷学完归来,操着一口标准现代阿拉伯语,我这才意识到美国军队的智力缺陷是个普遍问题。"

"所以,你自学的伊拉克语?"

"是的,我向我父亲的一个同事借的书。"我说,"到了伊拉克我就外出向当地人喊话,跟他们讲道理。你面对的是一大群未经军事训练但看过太多美国动作大片的孩子,个个都想当兰博,誓与美军为敌。简直是疯了。一个未经训练的孩子对阵位置隐蔽、火力范围明确的一个海军陆战队班。"

"但那种事必然会发生,"她说,"当你派一支军队穿过一座城市的时候。"

"我们尽力减少伤害。将军们与阿訇和酋长开了一连串的会,告诉他们:'别再派你们那些孩子来打我们,我们只会杀了他们。'但什么也没有改变。"

"在他们眼里问题不在孩子。"她说。

"当时的情况疯狂极了。我们把那座城市搞得天翻地覆。"

"我曾读到有几百,或是几千平民被杀。"

"双方各有宣传。但我要做的是避免人们被杀。并非每个人都是孩子。"

"但很多是孩子。"

"有些是,"我说,"那个我看着死去的,他的身材很瘦小。难以分辨。但我总在想,他是我本该挽救的人。"

"挽救?"她说,"通过说服他放弃抵抗侵略家园的士兵么?"

我笑了。"没错,"我说,"就是那种瞎话。陆战队员会静静等待,希望某个蠢货展开自杀式袭击。没人想当班里唯一没杀过人的菜鸟,而且没人加入海军陆战队是为了避免开枪。"

她点点头。

"那不是我参军的原因。"我说。

"那你为什么参军?"

我笑了。"'成就你能成就的一切'?"我说,"我不知道。这个口号伴着我长大。然后是'众志成城',这我一直理解不了;之后是'军队强大',这简直跟'火是热的'或'士力架美味'或'疱疹糟糕'不相上下。一个更好的口号会是:'不参军你就上不起大学'。"

她打量着我,似乎在思考对我的故事作何反应。我静坐着抽烟,一言不发。最终她往椅背上一靠,用她在课堂上准备击垮对手时的冷酷眼神盯着我。

"所以这就是你的故事,"她说,"你想告诉我的故事。然后呢?"

我耸了耸肩。

"你把这个故事也讲给别的女孩听吗?"

"我对你很诚实,"我说,"我对别的女孩没这么诚实。那会影响我的机会。"

她摇了摇头。"你说是为了上大学才参军的？我不相信。"然后她模仿我的声音说，"没有人加入海军陆战队是为了避免开枪。"

"你完全不懂人们为什么参军，"我说，语气比我预想的更严厉，"你他妈没有一点概念。"

她微笑着前倾上身，看样子很享受我的愤怒。这才像她，曾经的扎拉。

"我知道你在想什么，"我说，"我知道你是哪种人。"

"我是哪种人？"她说，"你是说穆斯林？"

"你为什么总往穆斯林上扯？"

"我知道你不喜欢我们。"

"那不是真的。"

她摇了摇头。"我们说话是有根据的。"她说。

我叹了口气。"我一直被当成穆斯林，受人憎恶。上次我父亲打我，起因就是学校里一个小子叫我'沙漠黑鬼'。"

"什么？"扎拉说，"你父亲打你？"

"他是不满意我回应的方式。那场争吵……"我停顿了片刻，思考该如何向她解释。"是这样的：我上的是北弗吉尼亚一所很好的高中，那座城市生活成本很高，我们根本住不起。我初中毕业时父亲带我们搬到那里。他希望我能受到最好的教育。那很棒，我猜，但我实在无法融入那个环境。

"那场争吵造成了很大影响，因为有位老师碰巧听到那个孩子说了那个词。那个 N 开头的词①。那是在 9·11 以后，而且不是在那种城市，你明白吧？他们并不那样看待自己。事情闹得很大，我

---

① 此处是指黑鬼（negro）。

得到很多同情,因为我是阿拉伯裔,因为9·11,因为他说的话。我恨那一切。我不喜欢怜悯。"

"你对那个孩子做了什么?"

"骂了几个名字。"

"那还不够,对吗?"

"我父亲是这么想的。这就是他打我的原因。因为我没揍那个小子,他侮辱了我,也间接侮辱了我的全部家人。校长似乎也以为我们是穆斯林,没准我父亲只是为这事恼火。"

扎拉低头摆弄她的头巾。"我父亲反对我信仰伊斯兰教。"

"这就是你信教的原因吗?"我说,"为了气你爸?"

她叹了口气,摇摇头。

"要不是为什么?"我说。

"我正在寻找原因,"她说,"我在参与中领悟。"

"那么这些衣服呢?"我说,"这一整套……"我朝她摊开双手。

她摸了一下头巾。"这是一种承诺,"她轻声说,"你对特别助理说什么来着? 感知即现实。"

"没错。"

"戴上了这个,人们会相信我对生活作出了改变。事实也如此。"她微笑道,"这很重要。"

"在军队里,"我说,"这正是他们给你制服的一个原因。"

她点点头,我们又陷入沉默。我能感到她有些恍惚。也许她的心思已经移到别的事上。我明白自己的沟通很失败。明显很失败。我不知道自己还想告诉她什么,但无论什么,只要能让她倾听就行。

沉默渐显尴尬,进而痛苦难耐。她看着我,身体放松但眼神犀利。说句话,我想,什么话都行。如果我是在勾引她,一定知道该说什么。

她首先打破沉默。"你告诉特别助理,9·11之后情况变得很糟,"她说,"对于你和你的家人。是真的么?"

"是的,"我说,庆幸终于又说上了话,"如果你见到我的母亲,你会以为她是白人,但我父亲不同。他肤色比我更黑,而且留着阿拉伯独裁者式的小胡子。他看上去和萨达姆·侯赛因一模一样。"

"一模一样?"她说,"就像替身?"她朝我倚过来。这个简单的动作,这个透出好奇的肢体语言,令我兴奋。"我的意思是,如果你们住在埃及,你会这么猜测吗?"

我笑了。"他们看上去很像,尤其是留胡子的时候。他不愿意刮掉。这关系到他的男子气概。"

"这也会带来麻烦。"她说。

"一些麻烦。"我说,"他非常固执。后来他变成了超级美国先生。他在房上挂了好几面国旗,在汽车保险杠上贴满了'支持我们的军队'的磁贴。不过这些丝毫不能改变人们对于他长相的偏见。或者说是我们家族的长相,再加上我们带着阿拉伯韵味的名字。尤其在机场安检的时候。"

"可以想象。"

"不,你想象不出。因为当他们把他拉到一旁从上到下搜身时他对他们说:'我知道你们对我有很多偏见,但是我想让你们知道我支持你们正在做的事。你们在保卫我们美国人的自由。'声音大得每个人都听得见。"

扎拉难过地摇摇头。

"说到我的母亲,上帝啊。她来自一个和我父亲完全不同的世界。科普特人,没错,但不是那种会在垃圾城市里结婚生子的人。她青少年时代的朋友都是穆斯林,甚至有个犹太人。那些家境富裕的孩子读法农①的书,讨论激进的政治,长大后则面对现实生活,不少人结为夫妇。而我母亲比其他所有人更激进。甚至比我的外祖母还要激进——要知道她在六月战争②前就是个彻底的共产主义者。我母亲和我父亲结了婚。然后他上演了'美国人的自由'那一幕。他第一次那么干的时候我以为母亲会杀了他。那事差点让他们离婚。"

"为什么没离?"

"因为她信教。"我说。

扎拉笑了笑:"你当时怎么想?"

"当时我十七岁,"我说,"你要知道,我父亲的表兄死的时候他就在现场。他自己也被打成重伤。我从小到大,父亲不厌其烦地告诉我那些人是坏人,后来他们终于惹怒了我的国家。于是父亲讲过的那些故事不再是瞎话了。我的父亲,我想说的是,他从来不把我放在眼里。他不是那种和蔼可亲的人。"

"参军能让他为你骄傲?"

我不由得眉头一皱。这话从她嘴里出来听着很别扭。"让我自己骄傲。但他多少会看在眼里。"

"我猜身为阿拉伯裔这事在军队里带给你更多麻烦?"

"不,"我说,"完全没有。只不过更直接。"我笑了,"一位教官在巡视中问我,我有没有兄弟加入了基地组织。我是否会朝他的

---

① 弗兰茨·法农(Frantz Fanon, 1925—1961),法国当代作家,心理分析学家,革命家,他的作品启发了诸多反帝国主义解放运动。
② 1967 年 6 月发生在以色列与其阿拉伯邻国埃及、约旦、叙利亚之间的战争。

脸开枪？我的亲兄弟？"

"那太可怕了。"

"我是独子，"我说，"我告诉他我会。基础训练营不是计较细枝末节的地方。"

"其他新兵呢？"

"有一个家伙，特拉维斯。他有个叔叔是搞建筑的，特拉维斯参军后他开始拒绝和一户家里都是电工的穆斯林人家合作。作为对特拉维斯的支持。"

"我听过类似的事，"扎拉说，"其实我还听过糟得多的。"

"特拉维斯告诉了我，然后说：'你能怎么着，基佬？'"

"你什么反应？"

"我告诉他我不是穆斯林。也不是同性恋。口袋里揣着这张牌很好，尤其当你遇到这种事情的时候。"

"要是一个团体这样待我，我不知道是否能为它效命。"

"你想错了，"我说，"那些只是个人偏见，但不存在疏远。这"——我朝学校挥了挥手——"这才是疏远。所有这些出类拔萃的孩子和他们的光明前程。听着，如果特拉维斯会为他的兄弟去死——他应该是那种人——我想他也会为我去死，就像为任何一个身穿美军迷彩服的人。他恨我，我恨他的无知，但有些境遇能让你把个人感情抛在一边。"

"那种境遇，"她说，"叫做战争。战争中军队要杀死的，正是那些别人错以为你也是其中一员的穆斯林。你还得在一旁看着。"

我翻了翻眼珠，强压心中怒火。我拾起烟管默默抽了一会儿。水烟的好处在于，类似这样的时刻不会成为死寂。你可以呼出烟圈。你可以表达，却不必开口。你可以思考。

她似乎没意识到此刻的对话与课堂讨论有何区别。课堂上我们胡扯些政治理论，现在却是认真的。每当她搬出自以为是的假设——我是哪种人，我的行为动机——来反驳我，都让我无比厌烦。我只想闭上嘴，恨她。她错误时恨她的无知，她正确时恨她的傲慢。但如果你想让别人理解你，你必须保持交谈。这就是我的目标。让她理解我。

"从基础训练营毕业时，"我说，"我父亲空前地为我骄傲。那时他已经发展到不停地听林博、奥莱利和汉尼迪①的节目，我母亲规定他在家里不许谈论政治。那时阿富汗战争看上去仍像一场彻底的胜利，布什期望能在伊拉克再下一城。"

扎拉说："我记得。"我放下烟管，她接了过去。

"我在本宁堡受训，"我说，"吃尽各种苦头。天很热，环境很差，教官们冲我大喊大叫，体能训练把我折磨得半死。我几个月没见我父亲。但到处都是萨达姆的图像。电视。报纸。"我深吸一口气，"然后我看见他。一样的脸。一样的身材。甚至走起路来也一样趾高气扬。再加上一样的小胡子。"

"所以你看见他了。"她说。

"我也看见了萨达姆，"我深吸一口气，"我是说，同时看见我父亲。但每个人，我排里的战友和教官们，他们都知道了他长什么样。"

扎拉呼出一口烟。"你从他们眼中看到了他。"

"是从我自己眼中。"

"但他们看他的方式，"她说，"或许多少也是看你的方式？"

"我不确定他是否知道，"我说，"我们不怎么交流，但我猜他

---

① 此处林博（Linbaugh）、奥莱利（O'Reilly）和汉尼迪（Hannity）三人皆为美国保守派的政治评论员。

或许明白。我想说的是，这人就是个混蛋。他就是那种人。我猜或许在他内心深处，在政治以外，那两撇胡子就像一句大写的'操你妈'。或许不是针对美国，而是针对美国人，你懂吗？那些惧怕上帝的混蛋——整天把上帝挂在嘴边却不知道真正的基督教是科普特教会。"

"我父亲是教会执事，"她说，"但他不是个很好的人。我花了很久才意识到这一点……"

"我……我在那儿全因为他。当他拥抱我、告诉我他多么为我自豪时，我非常激动，要知道在我的高中毕业典礼上他都没这么做。基础训练营毕业典礼是件大事。隆重的场面。满眼的制服与旗帜。人们交口称赞我们多么勇敢、多么爱国，是多棒的美国人。你无法抗拒上百人为你骄傲。你做不到。然后我父亲貌似不经意地问了句：'所以，你参军时为什么没选步兵？'我的兴奋之情顿时烟消云散。"

"你什么反应？"

"没有反应。我已经入伍了。我去参加集训。母亲寄给我日用品，父亲寄给我爱国主题的电子邮件。他发给我展示有士兵图片的幻灯片，或者是关于'部队'的笑话和演讲——里面把军队吹嘘得仿佛他们拉的是金子。我刚十八岁，对此毫无免疫力。但我在军队课堂上学的就是如何开展宣传，感觉很奇怪。"

"我们有位教官，"我说，"他花了一堂课的时间分析那些吸引我们参军的广告，告诉我们多蠢的人才会信以为真。他说：'我热爱军队。但那些广告根本就是扯淡。'他把授课重心放在教会我们辨识日常生活中的政府宣传上，以便我们能将同样的手段用于战争。他说：'真实的生活无法贴在汽车保险杠上，所以记住：如果你说了太多真相，没人会相信你。'"

"那种说法不太合适。"

"是的,但他是对的。在伊拉克,我们告诉人们很多真相,也说了不少瞎话。有些瞎话的效果出奇的好。"

"很难想象有人以此为生。"她说,"当你听到'宣传'这个词,它让你联想起那些'二战'海报,或是斯大林时期的俄国。它只存在于另一个时代,在我们的社会进化得高级之前。"

"宣传是有深度的,"我说,"它不只是传单和海报。作为一名心理战特种兵,如同军中一切,你也是整个武器系统的一部分。语言是一门技术。他们训练我们以增强部队的杀伤力。军队毕竟是一个为杀人而建立的组织。但你不同于步兵。你的目光不能仅限于敌人的血肉之躯。"

谈话间暮色渐浓,一轮满月垂在天际。街道很安静。她在倾听,这让我感觉亲近。我一切都如实相告,尽量不夸大或掩饰。我希望再深入一步,但那需要更小心的铺垫。

"你知道吗,"我说,"我之前对你撒了谎。一个小谎。"

"什么谎?"

"我杀过人。"

她僵住了。

"我没有开枪杀人,但我绝对需要对此负责。"

我们都沉默了,那句话依然回荡在耳边。

"上一个我告诉的人是我父亲,"我说,"结果我被踢出了家门。"

扎拉低头看了看叠放在腿上的手,然后抬头看着我。她微微一笑:"即使我想把你从这儿踢出去,我也做不到。"

"你已经试过了。"我说。

她摇摇头。"那不是正式投诉,"她说,"我的朋友们建议我提交正式投诉,但我只想让你耐心听听我的感受。这方面你并不擅长。"

"对不起,"我说,"真的。"

她耸了耸肩。"还是讲你的故事吧。"

"那时我在费卢杰战役中,"我说,"我们干了许多疯狂的事。我们播放各种乱七八糟的东西来扰乱叛军。震耳欲聋的阿姆、AC/DC和金属乐队的歌。尤其是当他们试图用扩音器发布指令的时候。我们用音浪把他们淹没,让他们难以指挥。有时我们开上高地,播放《铁血战士》①里的狞笑。你看过那部电影吗?"

"没有。"

"是那种低沉、诡异、邪恶的笑。连陆战队员都受不了。我们的喇叭永远响着。叛军也会放些什么还击。祈祷和歌曲。"

"很有诗意。"她说。

"那里的情形很可怕。四处充斥着枪声和爆炸声,清真寺播放着刺耳的口号和阿拉伯音乐,我们以'毙命水池乐队'和阿姆来回应。陆战队员称之为'啦啦费卢杰'。来自地狱的音乐节。"

"在一座住满居民的城市里。"她说。

"不只是音乐,"我说,"陆战队士兵会比赛看谁能想出最具侮辱性的脏话。然后我们用扩音器朝他们高喊,不断羞辱那些躲藏的叛军。直到他们忍无可忍,冲出躲藏的地方,我们再把他们轻松消灭。"

"冲出躲藏的地方?"她说。

"你置身这座疯狂的城市,四处是死亡。"

"真的? 冲出躲藏的地方?"她重复道。

---

① 美国科幻动作电影,拍摄于1987年。

"没错。"我说。

"什么？你在开玩笑么？"她摇摇头。"那你是怎么杀人的？"她说。

"言语的侮辱，"我说，"是我们所有的战术中效果最好的。我的意思是，叛军冲过来时，我们能听见陆战队将他们放倒。埃纳德斯中士称之为'绝地大师的催眠魔音'。"

"好吧。"她说。

"那是个天才的主意。"我说。

"如果这也算天才的话，"她说，"那么欺负你的那些普通孩子更像天才。但我理解那一招为什么奏效。"

"实在是过于奏效了。接下来的几个月我们一直在劝说那些被我们激怒的家伙停止攻击，因为他们大多是十几岁的孩子。陆战队不喜欢杀孩子。那会带来沉重的负罪感。"

"这对你有什么影响？"她说。

"我对自己的工作很满意。"我说。

"不，你不会，"她说，"否则你为什么要讲这些故事？"

"你是谁？"我冷笑道，"我的心理医生？"

"也许，"她说，"感觉的确如此。"

"搅乱叛军减少了我们在费卢杰的伤亡。后来当我如实告诉伊拉克人和我们作对有什么下场的时候，我大概也救了他们的命。"

"那你为什么被你父亲赶出家门？因为拯救生命？"

"不。不是因为拯救生命。"我停顿了一下，接着说，"是关于莱斯·陶希德。如果说有人真是我杀的，那就是他。"

扎拉沉默不语。我拿起烟管吸了一口，里面空空如也。炭已经冷了。我感到紧张，尽管她并未为难我。保持耐心。但如果我继续讲下去，告诉她整个故事，不知她是否能理解。确切地说，我不知她是否能用我的方式那样理解,那才是我真正期望的。不为分享经历,只求卸下包袱。

"我归来时,"我说,"没有盛大的仪式。如果你不在某个营的编制内,你会和其他阿猫阿狗乘一架飞机回来——都是各种专业部门的士兵。我办好下次派遣的手续之后就回了家。"

我低头看看我的手,又看看扎拉。我不知道如何向她解释回家的意义。身为老兵的一个奇妙之处是你总觉得自己高人一头——至少对我而言。你冒着生命危险投身超越自身的使命。有多少人能做到这一点？你选择了参军。也许你搞不清美国的外交政策,也不明白为什么要打仗。也许你永远也不会明白。但这不重要。你曾举起手说:"我愿为这些无用的平民去死。"

但你同时也感到莫名的失落。发生的那些事,那些我所参与的,或许真的是正确的。我们与穷凶极恶的对手作战。但战争毕竟是件丑陋的事。

"我入伍时,"我说,"客厅的墙上只有三幅画——两幅圣像,一幅印刷版的马蒂斯油画——鱼缸里的鱼。都是我母亲的。现在它们旁边添了一面镶了框的美国国旗,还有一枚'9·11'纪念章,据说里面含有世贸中心的钢材,但后来被证实是个骗局。家还是家,但……"

"你不再属于那里了？"扎拉说。

"也许是的,"我说,"我不知道。我父亲穿着西装站在那儿。我母亲的脖子上挂着一枚小十字架。我去伊拉克后她变得更虔诚了。她日日祈祷。她问我是否想吃她做的库夏里,一道我喜欢的用小扁豆和番茄做的菜。然后她把手放在我背上,抚摸我的肩膀。我如果不做点什么的话就会哭出来。"

向她讲述时,我低头盯着自己的手。看着她会让我难以承受,尽管那样能让她读出我的情绪。也许她会可怜我。那也算不上演戏。我感到悲伤和迷茫。不知为何,这正是我回家那天的感受——母亲抚摸着我的肩膀,我回想着自己经历的一切,想着其中有多少永远无法向她讲起,因为那只会令她心碎。

"但我父亲,"我说,"他不是那种情绪化的人。'孩子刚从战场回来,'他对母亲说,'我们应该带他去吃一顿真正的美国餐。澳拜客牛排!'他觉得那是个很棒的笑话。我不知如何回答。虔诚的科普特人一年中应有两百天吃素,不沾附有灵魂的食物,况且那天已临近圣诞。但我母亲什么也没说,于是我们去了澳拜客。父亲点了牛排,像在以身作则。母亲和我点了沙拉。"

"晚餐时我们聊了些无关紧要的话题,回家后母亲出门上夜班——她是个护士,把我和父亲单独留在家里。他让我在客厅里坐下,说要给我煮咖啡。然后他递给我几页用橡皮筋扎着的纸。他说:'我给办公室的人发了电子邮件,他们都想感谢你。'他看上去那么开心,那么自豪。感觉和基础训练营结业那天全然不同。现在的我不再令他失望。我经受过战争洗礼。我很想念他。"

我抬头看扎拉,两人目光相接。夜色中她的面容比白天更显温柔。

"那些纸,"我说,"是打印出来的电子邮件,是他办公室里的穆斯林朋友写的。"

"他有穆斯林朋友?"她说。

"都是同事,"我说,"有些是朋友。勉强算得上吧。他说他会暗中监视他们。那是他的笑话。他就职于一家翻译公司,客户大多是民间组织和政府代理机构。他在阿拉伯语部门,因此那儿有很多穆斯林。邮件是他们写给我的,大多很简短,比如'干得不错,感谢你的付出',或者'无论战争对错,你做的事都值得尊敬'。而有些信写得更加投入。一个人谈到这场战争多么可怕,但希望我这样一个'敏感的年轻人'能减少战地的苦难。"

"一个敏感的年轻人?"她说。我觉察到她嘴角的一丝讥笑。

"战争改变了我,"我说,"另一封信来自一个参加过也门内战的人。他对我说:'无论你经历了什么,责任都在那些送你上战场的人身上。'还有不少邮件来自坚定的主战派。"

"我猜美国穆斯林对萨达姆非常愤恨。"

"有一封信的主战情绪尤为强烈,连我父亲都写不出来。那人说我会在历史里写下新的篇章。我父亲在那句话下面画了道线。"

"当你看到那句话的时候,"她说,"你怎么想?"

"我很生气。"我说。

对着扎拉说话时,我语气很温和。仿佛讲着情话。

"我对他说的和对你说的并不完全一样,"我说,"我想伤害他。我很生气。我已经遇到太多'感谢你的付出'式的握手,但没人真正懂得那种付出的背后是什么,你明白吗?"

"你生你父亲的气是因为人们感谢你的付出?"她说,"还是你因为他而生那些人的气?"

"部分是因为他,"我说,"因为那种情绪。"

"所以我是该感谢参战军人的付出,"她说,"还是该朝他们吐口水,像越战时那样?"

我想了片刻,朝她狡黠一笑:"无论你做什么,我保留对你发火的权利。"

"为什么?"

"人人都是墙头草,"我说,"战争开始时,三百名众议员几乎全票支持。还有七十七名参议员。而现在,每个人都急于划清界限。"

心理战

"那是因为情报有误,"扎拉说,"你知道,'布什撒了谎,人们送了命'。"

"噢,我的上帝!"我双手拍拍脸颊,作出震惊状,"一个政客撒了谎!所以那就不是你的错了!"

"你用小混混的脏话来杀人,"扎拉说,"却觉得总统的话无关紧要?也许我这么问更好。你自己相信吗?你支持这场战争吗?"

"我仍然支持这场战争,"我说,"只是不支持指挥战争的人。"

"这就是你激怒你父亲的话吗?"

"不。"我俯下身子,胳膊肘撑着膝盖,"不。他知道仗打得一团糟。他是个明白人。"

我在考虑如何向她讲述接下来发生的事。

"那些话你不会愿意听的,"我说,"连我父亲都接受不了。"

"我没那么脆弱。"她说。

"你要明白,"我说,"在家里我连脏话都不许讲。"

我有些迟疑。一秒钟之后,扎拉凑过来握住我的手,我没有拒绝。她不该这么做。这让我想停下来,让我想说些残忍的话,让她明白战争把我磨砺得更强悍,而不是更脆弱。街道深处传来一阵笑声,大概是 Psi U 兄弟会①的那些家伙。可能是喝醉了,也可能只是去布鲁诺超市买烤乳酪馅饼。

"我猜你父亲不会在意你用脏话诱杀恐怖分子。"扎拉说。

她握紧我的手。"我父亲觉得骂脏话这招很搞笑,"我说,"他觉得那主意棒极了。部族文化就是关乎荣耀与耻辱。像在南方乡

---

① 全称是 Psi Upsilon Fraternity,1833 年在美国东部的斯克内克塔迪成立的一个兄弟会。

村。或是大都市的城中村。但最终我们玩得过头了。我们喊了太多脏话,射杀了所有笨得会上钩的叛军。在弗吉尼亚我父母的客厅里,我把这些告诉了父亲。那不是我小时候的房子。我高中毕业后他们搬到了便宜些的街区。那间客厅很小,墙上挂着黑人圣摩西①的画像——他是个小偷和奴隶,然后是埃及的圣玛丽②——她是个妓女,还有马蒂斯愚蠢的鱼和那面混蛋国旗和伪造的9·11钢制硬币。他身子前倾,专注地听着。那是我们间第一次男人和男人的对话。"

"而且是关于战争,"她说,"所以他会耐心听你讲。"

"我告诉他有这么个区域,情报部门知道敌军的身份。那是一小股名为'陶希德烈士旅'的敌军。我父亲说:'哦,基地组织。'我对他说:'不。只是些看不惯美国人在自己国家横行的蠢货。'那是我第一次在我父亲面前用脏字。"

"他什么反应?"

"没反应。他只是说:'好吧。和基地组织差不多。'我真想揍他。"我深吸一口气,"反正我们得知了他们首领的名字。莱斯·陶希德。情报部门把他列入通缉名单,所以我知道他的名字。"

我紧握着扎拉的手。"我知道他的名字,"我说,"在混乱的局面中,我可以直呼其名。我可以向他喊话,他会知道。他的所有手下也知道。"

"这样你就占了上风。"

"是的,"我说,"而且我有个计划。这种事一般需要陆军专业军士在场,但他们信任我。他们相信我拥有破敌的魔力,因为,你

---

① 黑人圣摩西(Saint Moses the Black),公元4世纪埃及的一位苦行僧和牧师。
② 埃及的圣玛丽(Saint Mary of Egypt),公元4世纪埃及的一位苦行者,被尊为忏悔者的守护神。

知道,我是阿拉伯穆斯林。"

扎拉身体前倾,姿势和我父亲一样。双眼凝视着我。

"莱斯·陶希德也不傻。他是个原教旨主义者,但不傻。他不会因为我喊他的名字就冲出来。但我知道怎么让他就范。女人。"

"女人?"

"他的女人都在家里,"我说,"在费卢杰城外。像莱斯·陶希德那种守旧派,他们把女人当作狗来对待。如果她们违背男人的意志或是表现出丝毫的个性,他们会觉得整个家族的荣誉都毁于一旦。"

她点点头。

"有个陆战队连占据了莱斯据点前方的一幢办公楼,"我说,"我告诉士兵们我们想做什么,他们都很赞成。"

"你说什么了?"

"莱斯·陶希德,你的女人在我们手里,"我说,"你的妻子和女儿。"

她皱起眉头。"所以他必须出来和你们战斗。"她说。

"我告诉他我们发现她们在向美国士兵卖淫,而且我们把她们带到了这幢办公楼。"

她点点头。"你把这些告诉你父亲了?"

"我把一切都告诉他。我如何大喊,用我业余时间自学的伊拉克阿拉伯语大喊,说我们会在屋顶上干他的女儿,并把她们的嘴对着扩音器,这样他就能听到她们的叫声。"

扎拉抽回她的手,正如我预期的那样。"所以你就是这样战斗的。"她说。她语气中带着蔑视。我笑了。我不知道为什么,其实我并不开心。

"我不确定能否奏效。但整个排都很喜欢这个主意。我在扩音器后喊了一个小时。我告诉他，他的女儿弯腰祈祷时我们会把鞋放在她们头上。"

"真恶心。"她说。

"我们想好要对他们说什么时，所有人都笑了。陆战队员都踊跃建议，但被我尽数否定。美国人认为最具侮辱性的词是'婊子'和'阴道'，但在阿拉伯语里是'鞋'和'包皮'等。"

"不用解释，我明白了。"她说。

"结果很奏效，"我说，"他们没有像疯子似的冲出来，但他们还是发动了袭击，然后被一网打尽。"

"我不关心是否奏效。"

"我想说的是，那人的手下听着他遭受侮辱。颜面扫地。整整一个小时。那段时间暴力肆虐。有上百支小股叛军组织，有上百个地方小头目争权夺利。而我当着所有人的面羞辱他。我告诉他：'你觉得和我们作战会带来荣耀，但你的女儿落到我们手里。你和我们过不去，就是和你的孩子过不去。你得不到一丝荣耀。'他没有选择。我没有见他死去。我甚至从没见过他。我只是听到陆战队开枪将他射倒。他们告诉我，在那次短暂的自杀式冲锋中，他冲在最前面。"

"我已经明白了。"她说。

"但你无法接受，"我说，"我父亲也不能。他宁可我瞄准他们的脸开枪。在他看来，那要好得多。也更具荣誉感。如果我那么做了，他会为我骄傲。你也会更喜欢我。"

"我希望你什么也没做。"她说。

"我把一切都告诉了父亲。一句接一句的脏话。我说出的脏话。所有我在美国学到的，所有我从他那里学到的，所有他曾对我说过的，所有我能想到的。我能想到很多。"

心理战　183

"我已经明白了。"她重复道。这一次她的语气和父亲那天一样。当时他说:"够了。"但我并没有停下来,而是继续说出每一句秽语,每一个脏字。我替他诅咒也诅咒他,用英语、伊拉克语、现代标准阿拉伯语、古兰经阿拉伯语、贝都因俚语。他说:"够了,够了。"颤抖的声音中充满愤怒与恐惧。因为我站在他身前,冲他大声辱骂。他看不见他的儿子,而我——站在他身前宣泄自己的愤怒——也看不见我的父亲。

"你以为我会感到羞愧吗?"我对扎拉说。这时我又看见父亲,听见他在极度震惊下无法说出口的话。他双手颤抖,眼神黯淡。他的胡子已经花白。他看上去老了,饱经沧桑。我从没见过他这副模样。

扎拉问:"他的女儿们后来怎么样了?"

我不知道。

"每当我想起那个男人的死,"我说,"我就会想到那个热迹逐渐消失的孩子。"

我瘫倒在沙发上。我们再次陷入沉默。我想再添点炭,却觉得浑身无力。那晚骂过父亲之后,我去了 Motel 6 旅馆。母亲找到我并把我带回家。余下的假期里,父亲再没和我说一句话。

"好吧。"扎拉说。她顿了一下,看了看外面的街道。"所以……你想让我做什么呢? 我该原谅你吗?"

"原谅我?"我说,"怎么原谅? 为什么要原谅?"

"即使我原谅你,"她说,"这有意义吗? 因为我是穆斯林?你觉得对于那个死在你眼皮下面的孩子有意义吗?"

我冲她笑笑。那孩子的死,我想,和我要说的根本沾不上边。那最多是别人的故事,我猜扎拉也心知肚明。

"我给老兵讲瞄准镜的故事时,"我说,"他们几乎都会笑。"

扎拉缓慢站起身，一脸愠色。我坐在椅子上没动。我仰头望着她，等待她的回应。尽管她从头到脚包裹得严严实实，她身体的曲线依旧动人。我脸上挂着微笑，愉快地看着她站在我面前，期待她的爆发，以及我心中随之而生的胜利感。一个人在生气的时候无法真正伤害你。愤怒会蒙住他的眼。不如像我在费卢杰那样，口吐谎言，高喊秽语，内心却冷静缜密，精挑细选每个词，以造成最大的伤害。

扎拉的爆发却迟迟不来。她只是站在那儿。某种我无法感知的情绪在她心里升起，她看上去不再愤怒。她退后一步看着我，若有所思。然后她抬起手整理了一下头巾。

"没关系，"她终于说，"没关系的。"

自从早晨在特别助理办公室里看到她，这是第一次我成为不安的那个人。她这一步棋完全出乎我的意料。

"你什么意思？"我说。

她走近我，把手放在我的肩膀上，她的触摸轻柔而温暖。虽然她神色平静，我的心却一阵狂跳。我抬头望着她，似乎她正向我传递一句神谕。那一刻的她散发出天堂的光芒。

"别担心，"她说，"你能讲出来我很高兴。"然后她走下露台的台阶，在尽头止步。她身前是一片榆树，还有南惠特尼街的劣质板房，里面住着校外兄弟会成员和少数不住宿舍的阿默斯特学生。她并不属于这里，我想。我也一样。

扎拉站在院子里，一动不动。过了片刻，她转身回望露台，我仍静静地坐在水烟旁。

"也许我们可以找个时间再聊。"她说。然后她轻轻地挥手，转身朝校园走去。

战争故事

"我已经厌倦了讲战争故事。"我的话仿佛不是说给詹克斯,而是说给他身后空无一人的吧台听的。我们坐在角落里的桌前,能看见酒吧的入口。

詹克斯耸耸肩,做了个鬼脸。很难猜出他什么意思。他的脸上密布疤痕与皱褶,我永远不知道他是高兴、难过、生气或是别的什么。他没有头发,也没有耳朵,因此,即使他受伤已经三年了,我还是无法直视他的头。不过,当你和人讲话时应该看着他的眼睛,所以我强迫自己与他目光相交。

"我从不讲战争故事。"他说,然后端起玻璃杯喝了口水。

"等杰茜和萨拉到了,你就得讲了。"

他紧张地笑笑,指了指自己的脸。"我能讲些什么呢?"

我喝了口啤酒,上下打量着他。"不必讲太多。"

詹克斯的故事不言自明。那是另一件让我感觉不自然的事,因为过去的詹克斯基本上就是我。我们俩一般高,在同样差劲的郊区长大,同时加入海军陆战队,都计划退伍后搬到纽约。所有人都说我们形如兄弟。如今看着他,就仿佛看着我可能的模样——如果当时是我的车触发了炸弹压板的话。他就是我,只是欠些运气。

詹克斯叹了口气,往椅背上一靠。"至少对你来说,那能让姑娘和你睡觉。"他说。

"什么能让姑娘和我睡觉?"

"讲战争故事。"

"没错,"我喝了口啤酒,"我不知道。看情况吧。"

"什么情况?"

"当时的环境。"

詹克斯点了点头。"记得我们和工程支持营的那次小聚吗?"

"当然,"我说,"听我们说话的口气,别人还以为我们是三角洲部队或是绝地武士那种屌人。"

"姑娘们全信以为真。"

"我们干得不错,"我说,"没想到一群陆战队的白痴也能泡上城里姑娘。"

詹克斯看了我一眼。他的眼眶是他唯一接近正常的皮肤,而他的眼睛是很淡的浅蓝色。在他遇袭前我从未留意过他的眼睛,但现在他锐利的眼神与肉粉色移植皮肤的光滑感形成鲜明的对比。"确实不错,但多亏我在那儿,你们才能得手。"他说。

我笑起来,一秒钟后詹克斯也笑了。"那当然,"我说,"你坐在那儿一副《猛鬼街》的造型,谁敢揭穿我们?"

他呵呵一笑。"很荣幸能帮上忙。"他说。

"你功不可没。我是说,你告诉一个妞:'我上过战场但从没开过一枪……'"

"或者是,'嗨,派遣期的大部分时间里我都在铺路。专业工兵。负责填补坑洞。'"

"没错,"我说,"即使是那些反战的妞儿——在这个城市那就等于所有的妞儿——她们也想听发生在你身上的悲剧。"

詹克斯指着自己的脸。"悲剧。"

"对。什么也不用说。她们就会开始想象各种剧情。"

战争故事　187

"《黑鹰计划》。"

"《拆弹部队》。"

他又笑起来。"或者像你说的,《猛鬼街》。"

我身体前倾,胳膊肘支在桌上。"你还记得穿着蓝色制服去酒吧的样子吗?"

詹克斯沉思了片刻。"操,哥们。当然记得。姑娘争着往你身上扑。"

"不管你有多丑。"

他嘟囔着。"那也有个限度。"

我们沉默了一会儿,然后我叹了口气。"姑娘们总把那当回事儿,我他妈真是烦透了。"

"把什么当回事儿?战争?"

"我不知道,"我说,"有次我给一个姑娘胡乱讲了几句,她居然哭了。"

"讲的什么?"

"我不知道。一些废话。"

"关于我的?"

"对,就是关于你,混蛋。"他现在绝对是在笑。他的左脸向上扭曲,面颊上的皱纹挤作一团,嘴角拽着两片薄嘴唇向曾应该属于他耳朵的位置拉伸。他的右脸纹丝未动——由于神经损伤,这是他的标准表情。

"挺好的。"他说。

"我真想掐死她。"

"为什么?"

我没有确切的答案。当我试图寻找合适的解释时,门开了。两个女孩走进来,但不是我们等的人。詹克斯转身望过去。我也不假思索地上下打量她们——一个漂亮女孩,或许能打到七分或八分,而她那个缺乏魅力的朋友实在不值得打分。詹克斯转过身,重新看着我。

"我不知道,"我继续说,"我只是在玩她。你知道。'噢,宝贝,我内心很痛苦,我需要女人温柔的抚慰。'"

"你在玩她,"他说,"她很配合。然后你想掐死她?"

"是的。"我笑道,"有点变态。"

"至少你还能泡到姑娘。"

"我宁可去内华达,操一个妓女。"我差点相信了自己的话。花钱的话感觉会好些。但我多半还是会把詹克斯的故事告诉那个妓女。

詹克斯低下头,出神地盯着玻璃杯。

"你考虑过叫个妓女吗?"我问,"我们可以翻一下《格林尼治之声》背面的广告,看看有没有你瞧得上眼的。怎么样?"

詹克斯喝了口水。"你觉得我自己找不到妞?"他的语气像在开玩笑,但我不能肯定。

"找不到。"我说。

"连出于同情的一夜情也找不到?"

"那不是你想要的。"

"嗯,不是。"

我看了看坐在吧台另一端的两个女孩。漂亮女孩的深色长发从脸的一侧披下来,唇上穿了一只唇环。她的朋友披了件亮绿色的外套。

"想想其他那些烧伤者,"我回头看着詹克斯,咧嘴一笑,"还有那些胖妞。"

"还有得了艾滋病的妞。"他说。

战争故事 189

"哈,那可不够。或许得艾滋病加疱疹。"

"嗯,听上去棒极了,"他说,"我去克莱格列表网站①上登条广告。"

现在他百分之百是在笑。即使在遇袭前,事情变得糟糕时他就会笑起来。我努力保持微笑,但不知为何,那种情绪忽然涌上心头——那种我向别人讲起詹克斯时的情绪——令我一时难以自已。有时当我酒醉时遇上一个看上去善解人意的女孩,我会对她倾诉。问题是,讲完后我再也无法和她上床。或者说我不该再么么做,因为之后我的心情会坏到极点。我满城乱转,恨不得杀个人。

"有不少像我这样的,"詹克斯说,"我知道一个,他结了婚,快有孩子了。"

"一切皆有可能。"我说。

"反正没有意义了。"他声音里带着一丝冷酷。

"什么没有意义了?"

"找姑娘。"

我不确定他是否是认真的。

"以前这方面我还算在行,"他说,"加上一身蓝色制服,我他妈简直如虎添翼。现在,即使和女孩搭讪对我也是一种耻辱。"

"像是说:'嗨,我觉得你丑到会愿意和我上床。'"我挤出一脸傻笑,他却毫无反应。

"没人想要这个,"他说,"甚至没人愿意看我一眼。没人能接受。"

随后是片刻的沉默,我努力想要说些什么,但詹克斯按住我的胳膊。

---

① 克莱格列表(Craigslist),美国一个大型免费分类广告网站。

"没关系,"他说,"我已经放弃了。"

"放弃了?真的么?"

"你看见那边那个女孩了吗?"

詹克斯指着那两个女孩,虽没明说,他显然指的是火辣的那个。

"之前如果看见她,我会强迫自己想个办法和她搭讪。但现在,我知道杰茜和萨拉在路上,"他看了看表,"等她们一到,我会和她们聊天。"他飞快地瞥了两个女孩一眼,"过去我不可能和一个女人坐在酒吧里却无动于衷。"他看了我一眼,目光又回到女孩身上,"现在,我明白自己没有机会,反倒放松了。我不必再挖空心思。即使泡不到姑娘,也没人会瞧不起我。我只跟自己真正在乎的人说话。"

他举起杯子,我和他碰了杯。有人告诉我用水杯碰杯会带来厄运,但对于詹克斯这样的人必有例外。

"至于孩子,"詹克斯说,"我会把我的种留给精子银行。"

"说真的?"

"当然。詹克斯这条线不会断在我这儿。我的精子可没被毁容。"

我不知说什么好。

"外面会有我的孩子,"詹克斯接着说,"几个小詹克斯到处乱跑。他们不会姓詹克斯,但我不能把什么好处都占了,对吧?"

"是的,"我说,"你不能。"

"你去吧,"他说,一边把头往女孩的方向一扬,"去讲你的战争故事。等杰茜和萨拉到了,我会告诉她们我的故事。"

"去你的。"我说。

"说真的,我不介意。"

"说真的，去你的。"

詹克斯耸耸肩，而我狠狠地盯着他。然后门又开了，是杰茜和萨拉。萨拉是杰茜的演员朋友。我抬起头，詹克斯也抬起头。

她们和进来的第一对一样，也是美女配路人，不过她俩的对比更为明显。萨拉是漂亮的那个，俨然一个尤物。詹克斯举起变形的手招呼她们，杰茜——那个算不上漂亮的——挥了挥她那只只有四个指头的手。

"嗨，杰茜。"我说，然后转向那个漂亮女孩，"你一定是萨拉。"

萨拉苗条、高挑，一副没精打采的样子。杰茜却笑容满面。她拥抱了詹克斯，然后打量了我一番，笑了。

"你穿了战靴，"她说，"想在萨拉面前为你加分？"

我低头看着自己的脚，活像个傻瓜。"穿着舒服。"我嘟囔道。

"一定的。"她冲我眨眨眼。

杰茜是个有趣的案例。除了少根手指外，我看不出她还有什么毛病，但我知道部队认定她为百分百残疾。而且，少了根手指暗示着更多部位的伤残。她并不难看。我不是说她漂亮——我是说她属于丑人当中不引人反感的。她长了张肉乎乎的圆脸，身体却瘦削紧凑。垒球运动员的身材。她是那种你见了会说"凑合着就你吧"的那种女孩。那种你会在酒吧关门前最后一小时搭上的女孩。但她也是那种你永远不愿约会的女孩，因为带她出去时你不愿朋友们在心里嘀咕：为什么找她？

詹克斯是个例外——当他在某个残疾退伍军人活动上第一次遇到她时，他被她迷住了。当然他矢口否认，但若非如此他又怎会在这里，仅凭我的支持就向一个素不相识的人谈起伊拉克？向这个萨拉，这个美丽动人的女孩。

"我请你们喝一杯。"杰茜说。

杰茜总会请第一轮酒。她说,在遭遇自杀式汽车炸弹袭击前两天,工兵加固了她的前方基地入口,所以她欠工兵一个大大的人情。虽然我俩大部分时间只是在填坑,她也不在乎。在请喝酒这事上她很坚持,我认识的女人中唯有她如此。

我指着我的酒杯:"我喝布鲁克林。"

"水。"詹克斯说。

"真的?"杰茜微笑着说,"跟你约会可真省钱。"

"嗨,杰茜,"萨拉打断她,"能给我要杯健怡金汤力吗? 加青柠。"

杰茜翻了下眼珠,走向吧台。詹克斯的眼里全是她的背影。我不知道她他妈的到底想干什么。我也不知詹克斯会怎么想。

詹克斯回过头面向萨拉。"所以你是个演员。"他说。

"嗯,"她说,"我也做酒吧招待,为了房租。"

萨拉的表情控制得还不错。除了她间或从眼角飞快地瞥詹克斯一眼,你会以为桌上的每个人都有一张正常的脸。

"酒吧招待,"我说,"在哪儿? 我们喝酒能免费吗?"

"你们现在不就有免费酒喝吗?"她指着吧台前的杰茜说。

我给了她一个"我操"的微笑。这位萨拉实在漂亮得招人恨。褐色的直发,鲜明的五官,若有若无的淡妆,俊美的长脸,修长的双腿,以及饥荒地区才能见到的身材。她的穿戴皆为经典款式,脸上刻意摆出漫不经心的神色——布鲁克林半数的白人脸上都是这副表情。如果你在酒吧里搭上她,其他男人会对你另眼相看。要能把她带回家,你就是个赢家。我已经看出她十分精明,绝不会给我这种人一点机会。

"所以你想聊聊战场那些事儿。"我说。

"差不多，"她假装无所谓地说，"项目组有几个人在做退伍军人访谈。"

"你有杰茜了，"我说，"她在'雌狮战队'时经历过真正的战争场面。她和步兵混在一起，与当地女性沟通，参加战斗。她的战争鸡巴有这么大——"我往后一仰，展开双臂，"我们的都很小。"

"你自己的。"詹克斯说。

"总比没有战争鸡巴强。"我说。

"杰茜介绍过这个项目了吗？"萨拉问。

"你想让我讲讲那次炸弹袭击，"詹克斯说，"用来写剧本。"

"我们和'伊战老兵反战同盟'的作家合作，"她说，"他们开办工作坊，就是通过写作来治疗创伤那种东西。"

詹克斯和我交换了一下眼色。

"但这不一样，"萨拉忙说道，"这个不带政治色彩。"

"你在写一个剧本。"我说。

"是和纽约老兵团体的合作。"

我想问问她"老兵团体"到底有几成贡献，这时杰茜回来了。她小心地端着两品脱的啤酒，一杯健怡金汤力，还有一杯水。她左手在下，右手在上，每个杯里插着一根手指。她放下杯子，朝詹克斯莞尔一笑。能看出他明显放松下来了。

萨拉解释道，这件事的目的不在于支持或反对战争，而在于让人们更好地理解"到底在发生什么"。

"不管这句话到底代表什么。"杰茜笑道。

"所以你加入伊战老兵反战同盟了？"我说。

"哦，没有，"杰茜说，"我和萨拉在幼儿园就认识了。"

那就不奇怪了。我一直觉得她是那种流着军绿色血液的人。我愿意用左边的睾丸赌她在大选中投了麦凯恩①,同时我愿意用右边的睾丸赌这位萨拉投了奥巴马。而我自己压根没去投票。

"简易炸弹造成了这场战争标志性的创伤。"萨拉说。

"所有战争。"我说。

"所有战争。"萨拉说。

"你是说烧伤和创伤性脑损伤?"詹克斯说,"我可没有脑损伤。"

"还有创伤后压力症,"我说,"如果你相信《纽约时报》的话。"

"我们有一些患创伤后压力症的老兵。"萨拉说。那口气好像她把他们存在某处的罐子里。

"没有严重烧伤?"我问。

"没詹克斯这样的,"她对我说,然后迅速转向詹克斯,"无意冒犯。"

詹克斯露出似笑非笑的表情,点了点头。

她身体前倾。"我只是想听你讲当时的情形,用你自己的话。"

"那次袭击?"詹克斯说,"还是之后?"

"都讲。"

大多数人尝试让詹克斯敞开心扉时都会用"猫咪,猫咪,来这儿"的口吻,而萨拉的态度却很职业——直截了当,彬彬有礼。

"按你自己的节奏讲吧,"她说,"取决于你想要人们知道什么。"她脸上浮现出关切的神情。我在酒吧里袒露心声时曾在女人脸上见过这种表情。我清醒时,它令我恼火。我酒醉时,它却是我

---

① 约翰·麦凯恩(John Sidney McCain III, 1936—),2008 年美国总统大选共和党候选人,曾为越战老兵。

心中所求。

"感觉像是很长很长时间的疼痛，"詹克斯说。萨拉抬起一只手，一只精致、白皙、手指修长的手，另一只手伸进手提包掏出手机，摆弄起某个录音应用。

詹克斯再次紧张起来，这正是他需要我在场的原因。提供某种支持，或是保护。杰茜给了他一个微笑，把她残疾的手放在他残疾的手上。他把空着的手伸进口袋，掏出一沓叠好的笔记本纸张。我把头扭开，朝向另一桌的那两个女孩。她们在喝啤酒。我在什么地方见过一篇研究文章，说喝啤酒的人更容易第一次约会就和人上床。

"那次炸弹袭击他记得比我清楚。"詹克斯看着我说。我看着萨拉，心里清楚地知道自己绝不会告诉她任何事。"我甚至无法告诉你很多后来发生的事，"他继续说，"最多是些零散的片段。我花了很长时间才把它们拼到一起。"他敲了敲那沓纸，但没有打开。我知道里面写了什么。我读过。我也读过前一稿，以及再之前的一稿。

"我知道自己经历了很多痛苦，"詹克斯说，"你无法想象的痛苦。但那些痛苦现在我自己也无法想象，因为"——他抬起一只手挠了挠凹凸不平的头皮——"很多记忆都消失了。什么也不剩。就像，系统崩溃了。这倒没什么。我不需要那些记忆。而且，他们给我用了一个疗程的吗啡，一次硬脑膜外输液，四氢吗啡酮，咪达唑仑。"

"你记起的第一件事是什么？"萨拉问。她问的是那次袭击，可詹克斯的思绪已经飘远了。

"我的家人。"詹克斯说。他停下来，展开笔记，翻过前面几页。这些纸正是萨拉来这儿的目的。"他们装作我身上什么也没发生过。我不能和他们讲话。我喉咙里插着管。"他低头照着笔记念起来,"那对于我的家人比起对于我自己肯定更是一种煎熬——"

"或许你想让我先看一遍?"她指着纸说道,"然后我再问你问题? 我的意思是,既然你已经全写下来了……"

詹克斯把纸从她面前抽走。他望着我。

"好吧,"她说,"你来念。这样最好。"

詹克斯深吸一口气。他喝了口水,我喝了口啤酒。杰茜瞪了她的朋友一眼,同时握紧詹克斯的手。过了一会儿,詹克斯清清嗓子,再次拿出那沓纸。

"那对于我的家人比起对于我自己肯定更是一种煎熬,"他从头念起,"人们现在看着我会想,上帝啊,太可怕了。但当时的情况还要糟得多。他们不知道我能否活下来,而且我已不再是原来的模样。当一个人身体失血像我那么严重时,奇怪的事情就会发生。那时我体内装了四十多磅额外的液体,我的脖子和脸都鼓起来,像条肿胀的死鱼。我浑身缠满绷带,烧伤的部位涂着油膏,而且——"

"你还记得爆炸当时的情景吗?"萨拉打断他。詹克斯漠然看了她一眼。前一天他叫我陪他赴约时,我对他说,一旦他把自己的故事告诉这个女孩,那就不再是他的故事了。就好像给别人拍照窃取他们的灵魂一样,只不过这比拍照还严重。你的故事就是你。詹克斯不同意。他从不与我争辩,只是自行其道。我告诉他无论他选择怎么做,我都会陪着他。

"我费了很大力气才想起来。"他告诉萨拉。他的手将笔记一页页往回翻,目光却没落在纸上。"问题是我不确定哪些是真实的记忆,哪些是我的想象,就像一个心跳停止的人以为自己看见了一道亮光。我唯一能确定的是我眼前的亮光。当时绝对有一道闪光。还有硫磺的气味,像七月四日国庆节,但离得很近。"

我不记得硫磺的气味。我记得肉味。烤肉的味道。所以没错,七月四号。烧烤。那正是我现在吃素的原因——比利伯格①的嬉皮女孩们有时以为我和她们一样,其实我们截然不同。

"然后黑色来得如此猛烈。"詹克斯说。

"黑色?"

"一切都是黑色,飞快扑过来,我瞬间陷入昏迷。你被人打昏过吗?"

"是的,我被打昏过。"

我忍不住大声哼了一声。萨拉绝不可能被打昏过。我打赌她父母把她小心翼翼地捧在手心,一路护送到常青藤名校门口。

"好吧。黑色击中你的整个身体,就像击中头部的一记重拳。没戴手套,却更猛烈。它的指节有你身体那么大,瞬间击中你全身,力大无穷。它杀死了车里的另外两人,查克·拉韦尔和维克多·罗伊彻。他们都是很棒的陆战队士兵,也是我有生以来最好的朋友,但当时我并不知道他们死了。之后是些支离破碎的记忆,然后我在另一个国家醒来,不知战友生死,同时却隐约知道他们死了。但我无法开口询问,因为我既不能动也不能说话,喉咙里插着管。"

查克和维克多也是我的朋友,他们是詹克斯的好朋友,却不是最好的。他最好的朋友一直是我。

"关于那些记忆片段。"萨拉说。

"我记得尖叫声,"詹克斯说,"我不知道——是爆炸当时,还是晚些时候在医院里,尖叫声。虽然我不可能在医院里尖叫。"

"因为插了管。"

---

① 纽约布鲁克林的一个街区。

"我觉得自己尖叫过几次,也可能是我几次梦到当时的情形。"

"你还记得什么?"萨拉转而问我。杰茜也看着我。"你记得尖叫声吗?"

詹克斯低头看着自己的手。他喝了口水。

"也许吧,"我说,"谁在乎? 我的副驾什么也没听到。一点声音都没有。这种事情,如果有十个人在场,你就能得到十个不同的故事。而且它们相互矛盾。"

我不相信自己的记忆。我相信那辆车,相信它的扭曲、焦痕与裂隙。就像詹克斯。没有故事。只有一堆物体。只有躯体。人们会撒谎。记忆会撒谎。

"理清事情的顺序会有些帮助。"詹克斯说。他一只手掌轻按在纸上。

"对什么有帮助?"萨拉说。

詹克斯耸了耸肩。这已成了他的习惯动作。"噩梦,"他说,"当你听到某种声音,闻到某种气味时会有奇怪的反应。"

"创伤后压力症。"她说。

"不,"詹克斯一本正经地说,"爆炸声吓不到我。我对烟火没反应,它的亮光和声音都没问题。所有人都认为七月四日那天我会发狂,但我没事儿,除非有太多气味。而且我也不会丧失理智什么的。只是……奇怪的反应。"

"所以你努力回忆——"

"这样一来,就是我主动回忆起发生的事,"詹克斯说,"我宁可这样也不愿走在街上闻到什么,然后那天的记忆自己涌上来。"

"创伤后压力症。"她说。

"不,"他的声音尖锐起来,"我很好。谁没有几个奇怪的反应呢? 那不会影响我的生活。"

他敲了敲笔记。"我已经写了二十遍,"他说,"我总是从爆炸和气味写起。"

我想抽支烟。我口袋里揣着一包——去卡罗莱纳访友时我买了一条烟,这是最后一包。在这座城市,香烟在毁掉你的肺之前会先让你破产。

"所以你被击昏了……"萨拉再次回到这个话题。

"不,"我说,"他是醒着的。"

"我僵住了,"詹克斯说,"我的耳膜破了。什么也听不见。"

"但你听见了尖叫声?"

詹克斯又耸了耸肩。

"对不起。"萨拉说。杰茜盯着她,一脸不悦。

詹克斯重新念起笔记。"我不停地想,我动不了,为什么我动不了?而且我也看不见。我今天还能看见的唯一原因是我当时戴了护目镜。弹片钻进了我的头、脸、脖子、肩膀、手臂、身体两侧、腿。我看不见,但我的双眼还是完好的。我眼前一片漆黑。我醒过来时还在路上。依然是同样的气味。"

那是你鼻子出问题了,我想。

"我的身体里面也着了火。皮肤和器官里的弹片还是火热的,我体表着火的时候它们就从里面烧我。车内的弹药在高温下都被引爆了,一发子弹射入我的腿,但那时我还没意识到。老实说,我完全没回过神来。我只觉得对不起那些冲进来救我的人,而没来得及想自己。"

这是詹克斯的标准说法。全是胡扯。

他转向我。女孩们也看过来。"事实如此,"我说,"不是最好的一天。"

杰茜笑起来。萨拉用难以置信的眼神望着她。

"那之后的记忆变得很凌乱,"詹克斯说,"有种药叫咪达唑仑,它能毁掉你的记忆。我猜这是好事。接下来全是他们事后告诉我的。"他低头翻找笔记,我们都等着。我喝了口啤酒。然后他念了起来:"他们用电动输液器把血注入我体内。我一度没了脉搏,进入 PEA,也就是无脉性电活动。我的心脏能产生电活动但是无序的,因此不能形成有效的心室收缩。我的心电图并非一条直线,但也不乐观。他们用最快的速度把血液和肾上腺素注入我的身体。我戴上了呼吸机。早些时候桑普森大夫给我的双臂绑了止血带,后来所有人都清楚地告诉我:那些止血带救了我的命。"

"所以——"

詹克斯抬手让她安静。"他们不清楚的是,我心里非常明白救我命的并不只有桑普森大夫。还有最先冲进我车里的兄弟,"他抬头看着我,"那些呼叫医疗救援的陆战队员。飞行员。飞机上维持我生命的护士。塔卡德姆基地为我稳定伤势的大夫。兰施图尔的大夫。国内所有我到过的医院的大夫。"

詹克斯有些哽咽,低头看着笔记,但我知道他其实不需要稿子。这一段从第一稿开始就没有改动。我从没听他大声念出来。

"如果没有那么多人的帮助,我不可能活下来。我的生命不只被挽救了一次,而是一次又一次被挽救,有些恩人和我也许一生都无法谋面。他们说我拼命挣扎、踢腿、尖叫,直到他们给我注射了麻药。有些挽救我的技术在伊战前还不存在,比如同时给病人输新鲜血浆和红细胞以促进凝血。我需要凝血,但我自身的血液无法做到。我需要那些素不相识、却排队为我献血的士兵和飞行员的血液,我也需要那些懂得如何输血的大夫。所以我的生命得益于那位找到重伤员最佳输血方式的大夫,也得益于研究过程中在他眼前死去的陆战队员们。"

战争故事

詹克斯停了下来，杰茜点着头说："没错，没错。"

只剩一小段没读了，詹克斯却缓缓将那页笔记推到我面前。萨拉翘着眉毛看着杰茜，杰茜没理会她。

"可以吗？"我对詹克斯说，他一声不吭。我从他脸上看不出一丝表情。我低头看着笔记，虽然我已经差不多背下来了。

"无论我是一个贫穷、被毁容的老兵，一个为自己的参军志愿付出应有代价的人，"我念道，"还是地球上最幸运的人，在他生命中最黑暗的时刻被爱包围，这都取决于看问题的角度。怨恨没有任何帮助，所以为什么要怨恨呢？也许我为国家作出的牺牲比大多数人都多，但比起有些人，我的牺牲微不足道。我拥有很好的朋友。我拥有四肢。我拥有我的大脑、我的灵魂，和对未来的希望。如果不怀着喜悦来拥抱这些恩赐，我该有多愚蠢？"

萨拉频频点头。"嗯，很好，"她说，甚至没花一秒钟来回味詹克斯关于康复与希望的小小感悟，"所以你回来了，家人都在身边。你说不出话。你很高兴能活下来。但前面还有五十四次手术等着你，对吧？能给我讲讲吗？"

詹克斯深呼吸了一下——他总习惯把之前抢救的痛苦与之后复健的痛苦区分开。萨拉仍带着关心的神色，却毫不退让。我想，詹克斯太早耗尽了他带有胜利色彩的故事。尤其是当你知道他最终放弃了——他告诉他们，自己宁可在余生中以这副模样示人，也不愿经历更多的手术。

"他们得重造一个我。"詹克斯开口了。

萨拉看了眼手机，确保它还在录音。

"有些部分，"他说，"他们采用的方法，外科整形术，就像搭一张桌子。而其他部分……"

他喝了口水。酒吧另一端有人站起来，是那两个女孩中丑的那个。她去店外抽烟,她的漂亮朋友开始看手机。

"他们必须移动我的肌肉,把它们缝在一起以覆盖裸露的骨骼,然后清除坏死的组织,最后用移植的皮肤封好。他们使用,嗯,基本上就是一块奶酪擦板,从健康的皮肤上取皮,贴到需要它们的地方,从单层组织开始生长新的皮肤。"他又喝了一小口水,"那种疼和别的疼痛不一样。药物无法缓解。而且还会感染。我就是因此失去了耳朵。还有物理治疗。治疗一直持续到现在。有时候实在疼痛难忍,我会在心里从一数到三十,然后再从头开始。我对自己说,我能做到。我能坚持到三十。如果我能挺到三十,那就足够了。"

"很好,"萨拉说,"但咱们能不能慢一点。最开始发生了什么?"

她的心一定是冰做的,我想。我低头看着酒杯。已经空了。我不记得自己喝了这么多。我想再喝一杯。我想抽支烟。我想出去和那个丑女孩一块儿抽烟,然后要她的电话。我需要这么做。

"最初的感觉,"詹克斯说,"是每次换绷带的疼痛。每天都换,每次几个小时。"

我站起来,自己也不知是为什么。他们都望着我。"抽烟。"我说。

"我也去。"杰茜说。

"我们暂停一会儿,"我说,"我们所有人。我回来之前什么也别说。"

萨拉被逗乐了。"你是他的律师吗?"她说。

"我得喘口气。"我说。

于是我和杰茜出了门,丑女孩远远地站在一旁。我点燃一支烟。此时萨拉大概在继续盘问,逼迫詹克斯讲述那些不堪回首的痛苦。这种局面令我抓狂——一支该死的香烟完全不能让我平静,而且有杰茜在身边,我搞到丑女孩的机会接近于零。无法转移注意力,也没有希望觅得一丝新意来打破这傍晚的沉闷。

"你会和詹克斯上床吗?"我问。

杰茜微笑着看着我。在伊拉克时她曾是一群步兵里唯一的女性,所以几乎没什么话能令她惊讶。"你呢?"她反问道。

"这是你对国家的义务。"我说。她咧嘴笑了笑,像个被淘气的孩子逗乐的母亲。她冲我竖起中指,那根指头立在她残缺的手上显得很诡异。但我没有退却,紧盯着她的双眼。

"别为她生气,"杰茜说,"她高中就这样了。"

"像个贱货?"

"她人比看上去要好。"

"萨拉会和詹克斯上床吗?"我说,"因为那也是可以接受的。"

"她会听他倾诉。"

"没错,然后她会写她的剧本。棒极了。"

丑女孩抽完烟回到店里——机会就这么溜走了。我把烟扔到地上踩灭。杰茜用喜忧参半的眼神看着我。我掏出烟盒,递给她一根,自己也点上。杰茜接过烟,看了眼烟头,轻轻吹了口气,那点绛红短暂地燃至亮橙色。

"你不必替詹克斯操那么多心,"杰茜说,"会好起来的。他会走出去,做些什么。和其他人接触,而不只是坐在你我中间,听我们问:'嘿,还记得那天吗?'"

"所以就把他送到一群老兵反战同盟的婊子面前么?"

"那群婊子里有个狙击手。请问你在伊拉克干什么来着?"

"老兵反战同盟和艺术家,棒极了。为了一个他妈的舞台剧揭他的伤疤,像一群蛆一样啃他。"

"他们在我身上用过蛆，"她说，"蛆能清理死皮。"

这对于我是全新的知识。不是我需要的画面。我透过酒吧的橱窗望着交谈中的詹克斯和萨拉。如果炸弹击中的是我的车，也许会是我坐在那儿，告诉萨拉我在康复中得到的支持如何让我收获一份全新的对生命、爱和友情的珍视。萨拉会觉得索然无味，会追问我花了多久才能自己拉屎。

"艺术家，"我把所有的轻蔑都放在这三个字上面，"我打赌他们会觉得他的遭遇很有意思。噢，太有意思了。真有趣。"

"不是为了有趣，"她说，"有趣的是电子游戏。或者是电影和电视。"

"或者是口交和脱衣舞俱乐部。八分之一盎司的可卡因——这我能肯定，还有一针海洛因。我说不好。"

我们抽了一阵烟，她用那双浅棕色眼睛看着我。

"编一部舞台剧有什么意义？"我说。

"你什么意思？"

"既然不是为了有趣，那为什么要编呢？"

杰茜弹了下香烟，一团灰雾飘落地面。

"我父亲参加了越战，"她说，"我的祖父参加了朝鲜战争。但当我父亲出征时，他并没有想起那些参加长津湖战役①的家伙——只因为麦克阿瑟想撒野、拿棍子捅捅中国，他们就不得不受困于朝鲜的冰天雪地。我父亲满脑子都是硫磺岛升起的美国国旗。诺曼底登陆和奥迪·墨菲②。到了我出征的时候——"

---

① 朝鲜战争东线的一次战役。
② 奥迪·墨菲（Audie Leon Murphy, 1925—1971），美国著名的"二战"英雄。在退役后，他成为电影演员，共演出过44部电影。

"《野战排》和《金甲部队》①。"

"没错。我脑海里绝对不是我父亲坐在副官室里的样子。"

"我敢打赌多数人是因为《金甲部队》才加入海军陆战队的,而不是他妈的征兵广告。"

"但那是部反战电影。"

"没有反战电影,"我说,"那玩意儿根本不存在。"

"从小到大,"杰茜说,"萨拉有很多时间在我家度过,现在她还常来我家过节。她的家庭简直是一团糟。上个感恩节我们和我祖父聊天,提起人们如何淡忘朝鲜战争。祖父说唯一能让人们铭记战争的办法不是拍一部关于战争的电影,而是拍一部关于一个孩子的电影,讲述他的成长经历。讲述那个让他堕入情网又让他心碎的女孩,讲述他如何在'二战'后选择参军。然后他组建了一个家庭,第一个孩子诞生,这让他明白了如何衡量人生的价值,如何找寻活着的意义,如何关爱他人。然后朝鲜战争爆发,他被派往前线。他既兴奋又恐惧,不知道自己是否有足够的勇气,同时从心底感到自豪。电影的最后六十秒,他们把他送上去仁川的小船,他在水里中弹,淹死在海滩三英尺深的海浪里,电影甚至不会给他一个特写镜头,就这样结束。这才叫战争电影。"

"所以,你是说,这就是詹克斯的故事? 一出场就被炸飞?"

"然后是五十四次手术。让战争成为最不值一提的事。"

"詹克斯不会告诉萨拉他的成长故事,也不会谈起那个让他心碎的女孩,"我说,"即使他说了,她他妈的也不会在乎。"

杰茜摁灭烟头。我的烟已经燃到过滤嘴,但我依然把它紧紧捏在指尖。

---

①均为1980年代美国关于越战的影片。

"想给人们上一堂战争课吗?"我说,一边把烧到指尖的烟头扔掉,"找些混蛋,向他们开枪。在街上埋些炸弹。找些智障的小子,让他们走进人群,把身上的炸弹引爆。或者狙击纽约警察。"

"我不想给人们上课。"她说。

"或许可以让他们花七个月时间填坑。那会让他们明白。操!你舞台剧的名字有了——'威尔逊和詹克斯伴你填坑'。会有他妈上千人排队报名。"

杰茜透过酒吧橱窗往里看。"我想那对他有好处,"她说,"把他的故事告诉一个懂得聆听的平民。"

我想再点一支烟,但我已经离开詹克斯太久了。

"你觉得我们应该从阿富汗撤军吗?"我说。

杰茜笑了。"你了解我,"她说,"我想来一次全国征兵。动真格的。"

我们相视大笑。然后我们往回走。詹克斯看上去状态不错,我进门时他朝我挥了挥手。

"嗨,"落座前萨拉告诉我,"詹克斯刚对我说,你和他就像是同一个人。"

"我可没有詹克斯的腔调。"我说。但那还略显不够,于是我补充道:"他是我应该成为的人。"

萨拉礼貌地笑笑。"你第一次遇见他的时候,他是什么样子?"

他就像另一个我,我想。但我没这么说。"他有点儿混蛋。"我说,然后朝詹克斯笑笑,他用一种我无法读懂的眼神盯着我。"坦白跟你讲,他就是个一无是处的废物。不配作舞台剧的题材,这毋庸置疑。"我微笑着说道,"所以他踩上炸弹也算件好事,对吧?"

战争故事

除非伤在该死的胸口

来电铃声将我吵醒,我看见"凯文·博伊兰"这个名字在手机屏幕中央闪烁。我不想接。我仍在半梦半醒间,如果接通电话,感觉那一端的不是博伊兰,而是沃克勒——事实上那是不可能的,因为沃克勒已经死了。等电话最终接通,博伊兰的声音告诉我他要来纽约,这令我更加惶恐。要知道,打来电话的可是凯文·博伊兰,美国海军陆战队上尉。这不同于老友的问候。他是我过去的神。

"我要去纽约了,喝他妈个痛快,"他在电话里口齿不清地说,"你做好准备。"

需要说明的是,博伊兰得过一枚铜星勋章,并加授了代表勇气的 V 字配饰。我过去的神皆有过人之处。

"什么时候?"我说。

"我只知道我要去纽约,"博伊兰大声说,"我刚回来。"

他指的是从阿富汗回来。

"我刚找到一份工作。"我说。

"不错嘛!"他说,"他们给你多少钱?"

这不是我期待的问题,但因为是博伊兰,我如实回答。"十六万美元,"我说,"再加奖金。"他来电前我一直对这份工作很沮丧。可这个数字一出口,我立刻感觉兴奋异常,但同时意识到自己有多蠢,因为任何会上网的人都能查到博伊兰——O3 级士兵,无配偶子女，六年军龄——每年挣多少。提示：少。

"伙计！"他说。我笑了，因为这对他而言是件了不起的事，但对于我的法学院同学简直不值一提。他们中大多数人都会进这种律所，差不多每个人都明白自己会多么厌恶这份工作——他们在暑期实习中早有体会。

他顿了一下，说："十六万……哇噻。我猜你退伍退对了，是吧？"正像这样——一个真正的陆战队员看似不经意的赞许，令我倍感自豪。尽管我还没搞清他是否真的赞成我退伍。德国动物学家雅各布·冯·于克斯屈尔曾经说过，扁虱会吸吮所有和哺乳动物身体里的血温度相同的液体。法学院让我一贫如洗，我对工作机会来者不拒。

我问博伊兰最近怎么样，他说："阿富汗不是伊拉克，伙计。"这是事实，但或许的确应该说出来，因为我心里正想起伊拉克——他的声音勾起我的愁绪，仿佛我在思念那里。其实我对伊拉克没有一丝留恋。我想念的是抽象的伊拉克，是我所有平民朋友提起这个词时心中的幻想，一个充满恐惧和暴力的伊拉克，一个我本该体验却由于自己的愚蠢失误而没能体验的伊拉克，因为我选择了一个不会将自己置于危险境地的工种。我的伊拉克是一堆文件。微软的电子表格。廉价书桌后填满沙袋的一扇窗。

"他们不断更换我们的任务，"他对我说，"战争结束前夕是一段非常、非常奇怪的日子。"

我们又聊了几句，挂断电话后我在床边静坐了一会儿。房间里一片漆黑，布帘将纽约隔在窗外。空气里弥漫着旧日光辉岁月的气息，那味道就像在训练中我第一次被一巴掌扇在脸上，没有低头，任凭下嘴唇的血渗入牙床。那段时光。我起身来到电脑前——里面存着注解我一生的照片和文件。我打开蒂姆的表彰辞。"鉴于其担任K连步枪班班长期间的非凡英雄行为……"我眼眶湿润了，每次读起都如此。记得第一次为此落泪时，我知道自己的这段文字终于不负所托。

看，我们的连队出了个不折不扣的英雄。一个如你在书中读到、电影里看到的英雄。那个英雄就是中士朱利恩·蒂姆。那个中士很棒，那个中士很英勇，那个中士死了。最重要的是，那个中士是博伊兰的手下。他是我和博伊兰交好的全部原因，也是他在凌晨两点酩酊大醉时拨我电话的原因。虽然烂醉如泥，他依然满脑子期待下一次宿醉，花光他的派遣津贴，驱散他心中的梦魇。

那是博伊兰打来电话的动机。我从没见过蒂姆，因此他不是我接听电话的原因。詹姆斯·沃克勒是我接听的原因。

我曾在6团3营任副官，在第二个派遣期驻费卢杰。部队所有的排长当中，博伊兰是我最喜欢的一个。那不是因为他最擅长写军官评估报告或表彰辞，或是因工作需要常来我的办公室——从纯职业的角度来讲，他是我的眼中钉。不过，他很可爱。就像性情温和的巨人有时给人的印象。博伊兰长着宽大的耳朵，一张表情丰富的圆脸，背略微有点驼，看上去总像在为自己的雄伟身躯道歉——他胳膊比我的腿粗，腿比我的腰粗，脖子比我的头粗。而且，也比他自己的头粗。那时博伊兰引以为傲的是他做起"快六"比营里其他军官都快，喝起啤酒比我喝水还快。他更适合兄弟会，而不是战场。他是那种理想的大哥，那种给女孩安全感的人，因为他总会好好教训那种下流的小子。军官当中他是唯一真正平等待我的人，不会因为他带兵打仗而我只是文官就觉得自己的鸡巴比我长出几寸。

因此蒂姆死后，博伊兰找到我，手捧着他那份烂到令人绝望的表彰辞，恳求我的帮助。蒂姆是在营救遇伏战友时中弹的，如果他能活下来，这一事迹足以为他赢得银星勋章。但鉴于他牺牲了，整个营获颁荣誉勋章。更重要的是，营长也在受励之列。

"我知道自己写得很烂。"博伊兰告诉我，手里攥着草稿。我们俩单独坐在我设在蓝钻营的办公室里。营地虽位于费卢杰郊区，但比起博伊兰每天出生入死的暴力街区，这里俨然另一个世界。"我不擅长干这个。"

事情刚过去几天。我还没问清始末，博伊兰就已神情恍惚、濒临崩溃，而我手下的年轻士兵只和我们隔着一层薄薄的胶合板。不能让他们听见一个军官在我怀里哭泣。后来在美国这事还是发生了，那可不是令人愉快的经历。

"你比大多数人都强，"我说，目光飞快地扫过他可怜的文字，"你在乎士兵。"

心理辅导不属于副官的职责。我的职责是处理营内的文书：伤亡报告、通信、授奖、个人评估报告、法律问题等等。这份工作并不轻松，况且大部分人参军不是为了处理文件，因此都是潦草应付。但心理问题——愧疚、恐惧、无助的焦虑、失眠、自杀倾向——都是战斗心理辅导部门的事。

"大多数排长，"我说，"首次交火后，他们会第一时间为自己打报告申请战斗行动勋章。炸弹扬起的灰尘还没落地，报告已经到我手里了。"

博伊兰点了点他硕大的头，闪着两只孩子似的大眼睛。

"他们的手下，"我说，"得排在后面。等到他们腾出手来再说。但在我两次的派遣期里，你是唯一一个只关心手下却忘了自己的人。"

"蒂姆有两个孩子，"博伊兰说，他顿了顿，"他们太小了，还记不得他。"

除非伤在该死的胸口　211

我们离题太远了。"这份表彰辞……"我说，一面又浏览了一遍，"很多你写到的……与主题无关。"

博伊兰把头沉在双手间。

"听着，凯文，"我说，"我改过一百万份表彰辞。有些是为了申报勇气勋章。关键不在于蒂姆是个多好的人。我相信你的排里有很多不错的小伙子。我相信你也是个很好的人。但应该给你们每个人都颁发荣誉勋章吗？"

博伊兰摇了摇头。

我转向电脑，点开层层文件夹。我随手打开上次派遣时写的一份表彰辞。获得表彰的是一名医护兵，他在自己负伤的情况下率先抢救在爆炸中受伤的陆战队员。当时，一条圆珠笔大小的弹片嵌入了他腹股沟下方一厘米处，险些击中他的睾丸，与股动脉也仅是毫厘之差。"表现出无与伦比的勇气……"我读道，"……全然将自己的伤势置之度外。"我关上这篇文档，点开另一篇。"决断的领导力，"我读道，"令他无畏地冲入敌军火力之中……对个人的巨大风险……全然不顾自身安危。"我点开另一篇。"表现出无与伦比的勇气……大胆的领导才能……准确的判断……得益于他的英勇行为。"我抬起头，"你明白了吧？"

博伊兰的表情告诉我他没有。

"我们不会因为谁是个好人就给他授奖。"我说。

"他是个很好的人。"博伊兰说。

"那是当然。这他妈很清楚了。但你不能用表彰辞来描述他丰富的人格魅力，或诸如此类的废话。他得能媲美那些英勇到令人难以置信的士兵。真的。令人无法置信。所以这不在于蒂姆本人。换句话说，这在于他是个多么出色的海军陆战队队员，而不在于他是个多么出色的人。你必须证明他符合每一项要求。"

博伊兰似乎没在听。

"嘿。"我说,他抬起头来,"告诉你个好消息。决断的领导力,打勾。迅速组织部队展开火力压制,打勾。全然不顾自身安危,打勾。无与伦比的勇气,打勾。我还可以继续。我虽不知道事情的细节,但这些信息已经是很好的素材。"

博伊兰露出微笑。"很高兴和你谈话,"他说,"这里没有姑娘。但我可以和你谈话。"

我叹了口气。"很好,"我说,"我来写这该死的东西,怎么样?"

博伊兰高兴得直点头。他肩上诸多的重负轻了一分。

上校命我查清细节,最终我用访谈中获得的零散片段拼凑出事件的梗概。受访的士兵往往陷入极度悲伤的自言自语中,因此我不仅得知蒂姆当日的所作所为,还了解到:他和妻子救助斗牛犬;他写过几支糟糕的说唱歌曲,吟唱时独有的节拍给人奇异的舒缓效果;他妻子"出奇的热辣——你愿像舔冰激凌甜筒一样舔她屁股那种热辣";他的一双女儿"他妈的可爱到让你脑残"。但我也了解到,"当时头顶有一张火力网",以及"我看见沃克勒的头猛地往后一倒,就像一个他妈的折断的娃娃",还有詹姆斯·沃克勒本人用单调空洞的语气告诉我的"死的应该是我,不是他"。需要的信息都齐了,我将他们的原话改写为海军陆战队授勋所要求的平淡八股文。

这里是你从沃克勒口中听不到的细节(事后不久他在军中就被叫作"蒂姆用命换来的家伙")。要点如下:

当(身份未知的)敌军在一条窄巷里向他的班开火时,蒂姆中士冲到队伍最前面,发现已有三人受伤等待援救。他组织起压制性火

除非伤在该死的胸口　213

力，冲入火力杀伤区域展开营救。我没有战斗经历，也自然没有组织压制性火力、冲入火力杀伤区或是展开救援的经历，但拥有实战经验的陆战队员明确无误地告诉我，这他妈需要极大的勇气。

子弹从各个方向呼啸而来，从小巷的窄墙上弹飞，就像一台倾斜的死亡弹子球机。蒂姆中士冲上前抓住昏迷的沃克勒的防弹背心，将他拖离危险区域。然后他冲回小巷，几乎同时脸部中弹。因此，更准确的说法是，蒂姆中士在营救另两名战士时阵亡，而非死于营救沃克勒。

更讽刺的是，即使蒂姆中士扔下他不管，沃克勒也不见得会死。和其他两名战士不同，沃克勒没有暴露在外也没在流血，因此没有眼见的危险，也不急需医疗救护。没错，一颗AK步枪子弹打进了他头盔的左上部，但没有射穿。子弹的冲击力将沃克勒击昏，他向后倒在一个相对安全的位置。小巷里满是垃圾，为他提供了掩体。所以蒂姆本可以把沃克勒留在原地的。

没人把这事告诉沃克勒。他所知道的是：他经历了一秒钟的交火与恐惧，头部中弹（某种程度上），醒来时同班战友告诉他，他尊敬的蒂姆中士一劳永逸地证明了他是个多他妈优秀的陆战队员。他以最英勇的方式牺牲——为了营救你这个愚蠢、没用，甚至没伤到需要医疗救援的混蛋。

这丝毫无损蒂姆的英雄主义，不过如果沃克勒得知真相，他的负罪感会更甚于现在。与普通的美国民众不同，沃克勒清楚地知道为他捐躯的是哪个具体的人。这个人是他熟悉的、以军人的方式热爱着的优秀战斗领袖。甚至大多的婚姻都无法与这种热爱相比，因为婚姻中的多数伴侣不会时常意识到：如果自己的伴侣不是那么了不起的话，他们每天被杀死的几率会大大增加。考虑到这一点，如果告诉沃克勒：嘿，也许蒂姆不该管你，而该在牺牲前挽救另一位战友的命……这不会有任何帮助。

即使由他人转述,蒂姆的事迹也着实令人动容。我在各类授奖申请中写过无数赞美的话,它们在我和蒂姆的队员交谈中全变得鲜活起来。这不是普通的报告。这可是申请他妈的荣誉勋章。我心里多少明白最终不会获批,但我没有泄气。蒂姆会获得某个奖章,甚至是海军十字勋章,而且他至少会进入最高荣誉的考虑范围。只是写出这些文字就让人激动。

荣誉勋章的获得者是海军陆战队的圣人。有贝洛森林战役①中的丹·戴利,香蕉战争②中的斯梅德利·巴特勒,以及从南北战争至今美国参与的战争中的近三百位英雄。

撰写表彰辞的过程中,我所有的沮丧都在置身其间的兴奋心情中消散。仿佛我的指尖透过电脑键盘触摸到了一位神。我感到自己的工作被赋予了意义。

派遣期过半,在我提交法学院申请材料时,我甚至把蒂姆的事写进了个人陈述。

"即使最好的副官也不能像蒂姆中士那样挽救生命,也不能像普通步兵那样每日冒着生命危险巡逻。但我们中最尽职的人确保他们的付出得到应有的尊重——我们为他们提供所需的行政支持,无论是帮他们领取缺席选票还是帮他们起草遗嘱。这种工作没有任何荣耀。副官的工作往往只在出错时才会被注意到。我的两段派遣都在写字台前度过,我在那里为陆战队员减轻他们预料不到的重负。这于我已足够。这于我的意义还不仅限于此。这也是我希望投身法律公益事业的原因。"

---

① 第一次世界大战中发生在法国的一场战役。
② 1898 年至 1934 年间美国在中美洲及加勒比地区采取的一系列干预行动。

我没提到的是，派遣结束时我所在的营总共阵亡五人，也就是说那条小巷里的阵亡人数占了总数的一大半。我也没提到，前任指挥官曾警告我们不要在那条小巷所在的区域开展激进的巡逻。"在和本地民众建立更好的关系之前，我们在这里见不到胜利的影子。"他曾这样说。

部队的反应是一致的："那些家伙全是白痴！我们是陆战队步兵！我们不躲避敌人，我们逼近他们把他们干掉！"营长莫茨中校的风格很激进，全营到也了后期才开始采用军事与民政并行的战略。

博伊兰从未忘记是自己把队伍带进死亡区域的。他无时无刻不在反思自己的每个决定，相信更好的领导可能会挽救那些逝去士兵的生命。他的直觉或许是对的。回到美国时博伊兰比离开时轻了三十磅，瘦成皮包骨，眼窝带着发紫的淤青，眼睛仿佛深陷海底。我和那五名阵亡士兵没有个人交往，因此我往往怀着神圣的爱国情怀看待他们的死，而博伊兰的心里满是对自己的憎恶和怀疑——这令他心如刀割。

我们从伊拉克回国后，他就一蹶不振，在海军陆战队舞会上大出洋相，每个周末都喝得酩酊大醉——工作日大概也一样。我记得有一天早晨八点他走进行政办公室，依然宿醉未醒，唇间含着一大块湿烟草，问道："谁有吐渣的杯子？"没人愿意让他吐在自己那里，于是他耸耸肩，说了句"啊，我操"，然后拽起自己的衣领，吐在了衬衣里面。这事在陆战队里被议论了好几个星期。

这是一种方式。沃克勒的是另一种。差不多我们一回国他就开始想尽办法被派往阿富汗。伊拉克战争已近尾声，这在我们的派遣结束前就很清楚了。他追着9团1营的一位连长软磨硬泡，直到他们为他预留一个名额。随后他来行政办公室办手续时，我没有按惯例让下属处理，而是让他直接来找我。我想再次面对面地见他。

"所以你想去阿富汗？"我说。

"是的，长官，战斗在那里。"

"9团1营，"我说，"'行尸'。"就所有战队的称号而言，他们的大概是最棒的。因为经历了越战，9团1营有资本夸耀他们在海军陆战队史上最高的阵亡率。陆战队员喜欢把自己比作拥有自杀性攻击力的疯狗——现实中他们有时确实如此，因此"行尸"在他们眼中很"酷"。

"是的，长官。"

"你知道，"我说，"他们规定最短休整时间是有原因的。只是因为你觉得自己可以重返前线，并不意味着你真的准备好了。"

"9团1营很多陆战队员都从没被派遣过，长官。"

"你有他们需要的经验？"

"是的，长官。他们需要优秀的士官。"

陆战队员常在军官面前唱些陈词滥调，所以有时很难听出他们的话里有几成真话。

"9团1营有不少陆战队员已经派遣过三次、四次、五次。"我说。

他点点头。"长官，我知道真正不幸的事发生是什么样子。"

这句话难以反驳。

"真的很难熬。"他说，他的声音很镇定，仿佛在谈论天气规律，"这帮弟兄很可能需要面对同样的事。"

"有些人或许的确需要。"

"我懂得怎样和人相处，"他说，"我能做得很好。"他的语气里透出极度的冷峻。这让整间屋子都显得冰冷、沉静。

"我同意，"我说，"很高兴你会去那边。他们需要优秀的士官。"

我为他办完派遣手续就让他走了。他问我最后的一件事是:"长官,你觉得他们会授予蒂姆中士荣誉勋章吗?"那是唯一一次他冷静的外表上露出一丝裂隙,透出他的真实情感。

"我不知道,"我说,"希望如此。"这个回答听上去远不能令人满意。

那天以后我只见过沃克勒两次。一次是在追授蒂姆中士海军十字勋章的仪式上,他和博伊兰强忍泪水,最终都失声痛哭。就在那个星期我收到了纽约大学的录取通知。我敢肯定,如果没有在陆战队的经历,我是不会被录取的。对纽约大学来说,我是一名老兵。一名有两次派遣经历的老兵。这在他们眼中颇具分量。

最后一次是沃克勒启程前往阿富汗那天。我正在午休时间进行三英里跑,而他的连队在麦克休大道旁集结,等待登车。家属手中的美国国旗多到你可以把星条旗作为迷彩伪装,天气热到每个胖叔叔腋下的汗迹都扩散到胸口。

沃克勒和一群士兵在一起,每个人都在抽烟、开玩笑,仿佛准备去露营——从某个角度看确实如此。

我停下脚步,迎上前去。沃克勒看见我,露出了笑脸。"长官!"他说。他没有行军礼,但并不感觉不敬。

"下士。"我说。我伸出手,他用力握了握。"祝你在那边好运。"

"谢谢,长官。"

"你会干得很棒,"我告诉他,"处理你的调动,那是我工作中值得骄傲的几件事之一。"

"乌拉,长官。"

我感觉似乎该开个玩笑，比如"离鸦片远点儿"，但我不想说勉强的话。因此我继续慢跑。三个星期后，我离开了海军陆战队。

退伍后的第一个月在我记忆中已然模糊。我作了一段旅行。随后我搬到纽约，很多时间里我都穿着内裤看电视。母亲说我是在"解压"。

那时候我的同学朋友大多从事公司法或投资银行业务，或是在退出"支教美国"①后重新审视人生。

奇怪的是，离开陆战队以后，我比在军中更强烈地感到自己的军人身份。你在纽约碰不到很多陆战队员。在我所有朋友眼中，"那个陆战队的"成了我的代名词，而对于每个我遇到的人而言，我也是"那个陆战队的"。如果他们尚不知晓，我会在交谈中一有机会就提到这一点。我留短发，和从前一样疯狂健身。纽约大学开学时，我看着那帮本科刚毕业的小子，心想：没错，我他妈就是个陆战队的。

他们中有些人教育背景很好，来自排名前五的法学院，却不知道海军陆战队是干什么的（"就像一支更强大的陆军，对吧？"）。很少有人关注战争的进展，大多数人的想法都停留在"那是个可怕的乱摊子，所以就别想那么多了"。还有些热衷政治的家伙，他们有明确的立场，是我最不愿与之交谈的。他们中一些人同时也是不容异见的公共利益维护者，他们痛恨战争，不明白为什么有人会钻研公司法，不明白为什么有人会参军，不明白为什么有人想拥有一支枪，更别说扣响扳机，但他们仍会在口头上对我表示敬意，并用从

---

① 支教美国（Teach for America），美国一家非营利机构，致力于通过组织大学毕业生到低收入社区支教来消除教育的不平等。

动作电影和征兵广告中得来的片面印象判断我远比普通百姓更"强悍"。好吧，没错，我是个陆战队员。至少，我不是他们。

纽约大学以向公益领域输送大量人才为荣，"大量"的意思是十到十五个百分点。如果纽约大学毕业生从事薪水低于一定标准的公益事业，他们的助学贷款可以部分或全额减免，这样省下的钱超过普通美国人三年的薪水。入学仪式上，和其他所有没有鲁特奖学金、没有富有的父母、也没有在对冲基金工作的未婚夫或未婚妻的同学一样，我一边听纽约大学的课程介绍，一边想：噢，他们想让我在未来六年里玩命地学习，却住在贝德福德-史蒂文森区①。有了助学贷款减免的诱惑，纽约大学的学生五个里会有四个考虑公益性工作。然而他们经过反复权衡，参考他们崇拜的功成名就者的职业轨迹，最终还是选择那几家知名律所，泯然众人。

公司法律师乔对我说："做法律援助吧。或是去公共辩护律师事务所。"

我们在一间屋顶酒吧喝酒，面对着克莱斯勒大厦令人惊叹的夜景。乔为我叫了一杯掺了豆蔻的白酒。我从未喝过这样的东西。

"我不再是理想主义者。"我说。

"你不必是理想主义者，"他说，"你只需做一个不会被无聊工作压垮的人。要知道，这些工作根本不费脑子。有时候我恨我的客户，希望他们输掉官司，但事实上，这比大多数案子都强，因为大多数案子牵涉的都是大公司，我完全不在乎他们的输赢。除了每年都在减少的奖金，我拿固定工资。但我按小时收费，这意味着我干

---

① 贝德福德-史蒂文森区（Bed-Stuy），纽约市布鲁克林北部的一个社区，布鲁克林非裔美国人的文化中心。

得越多,公司合伙人分的钱就越多。为了当上合伙人,人们会拼命干上十年,他们这么做可不是野心勃勃想要改善新员工的生活质量。他们只是为了钱。我也是。"

"你是为了还清上法学院和大学的贷款。"我说。

"但你不用,"他说,"你有退伍军人助学津贴、黄丝带计划和你在海军陆战队攒的钱。如果你走我的老路,你得没日没夜地审阅文件,还得搭上他妈每个周末。你只想一枪把自己的脑浆崩出来。"

关于债务乔说得没错,不过作为曾经的理想主义者,我也有自己的经验。海军陆战队给我的启示是,基于理想主义的工作并不能消除你想一枪崩出自己脑浆的冲动。

退出"支教美国"的保罗对我说:"如果你想做公益的话,要谨慎选择去处。"

他与另两人合租了一套晨边高地①铁路旁的公寓,我们在那儿见面。公寓散发着精神分裂者的气质,墙上贴着"讨伐体制乐队"的旧海报、加框的《纽约客》封面以及中国西藏的经幡。

"美国没救了,兄弟,"保罗啜了口啤酒,"相信我,你不愿当那个从下沉的船里往外舀水的人。"

"伊战老兵,"我指着自己的胸脯说,"这种事我已经干过了。"

"我也是,"他说,"我随时可以拿我的中学任教经历和你的派遣比。"

"他们向你开枪了?"

"有一天一个学生拿刀捅了另一个。"

———————————

① 纽约市曼哈顿西北部的一个社区。

那比不上沃克勒或是博伊兰,更比不上死去的英雄蒂姆,但绝对把我比了下去。我距离暴力最近的经历只是看着伤员和垂死的士兵被抬进基地医院。

"那所学校里最让人悲哀的,"他说,"是那些正派的孩子。因为,老实说,那所学校已经烂到根里了,聪明的选择是他妈扭头就走。"

"有什么解决办法呢? 特许公立学校?《有教无类法案》? 标准化考试?"

"嘿,我可不知道。要不然你说我为什么会读教育领导力的硕士?"他笑道,"所以如果你想从事公益事业——"

"——我需要确定自己不是胸前巨大伤口上的一片创可贴。"

"你别去做公益。"投资银行的埃德对我说。我们俩在一间詹姆斯·邦德主题的酒吧里抽着雪茄,着装要求是卡其裤和一双好鞋。

"但我觉得——"

"我认识你多久了? 你该去律所。这是个简单选择。让我帮你分析一下。"

"乔说——"

"乔是律师。我雇用律师。"这不太准确。他就职的银行雇用律师,但我猜实际区别不大,因为像他这样的人完全可以让乔那样的人工作到凌晨五点,只要他愿意。

"听着,"他摊开双手说道,"一共有十四所顶级法学院。不是十三。也不是十五。真正数得上的就十四所。你猜怎么着,恭喜你,你就在其中一所。"

"纽约大学排前五。"

"前六,但谁在乎这些细节?"他说,"那些顶级的律所,他们基本都从这些学校招人。从排名低些的学校大概也偶尔招几个,像是福坦莫或是别的什么地方。那些家伙都出类拔萃、炙手可热,懂得怎么从鸡巴里射出烟花。但对于大多数出自那些学校的人来说,要在这座城市找工作简直难于登天。"

"你是说找个乔那样的工作? 乔恨他的工作。"

"那是自然。他在律所,不在啤酒厂。他每天的工作时间比你在陆战队都长,而且我肯定他一辈子也不会有陌生人走上前对他说:'谢谢你的付出。'但事实就是如此。所有顶级律所的薪酬都一样,除了一家,那就是排第一的。如果你想挤进去,你也得学会怎么从鸡巴里射出烟花——"

"我还不知道这是项重要的法律技能。"

"在这座城市里,这很重要。这里有上百万个律师,可真正的好工作只有那么多。即便是最好的公益性工作,比如美国律师办公室或联邦公设辩护律师,雇员也基本来自顶级律所。所以任何事情都很重要。你上的学校决定了你在法律机构的职位或你工作的律所。如果你没有从正确的地方拿到需要的证书,你就完蛋了。"

"所以你想告诉我什么?"

"别再像本科时那样混日子了。欢迎来到成人的世界。你的所作所为别人都会看在眼里。"

一个月后我发现沃克勒的消息。当时我孑身一人在空荡荡的公寓里,电脑置于窗台上,窗台前是一把孤零零的椅子。陆战队让我习惯了斯巴达式的生活,不过我想,如果什么时候带女人回家,这屋子一定会给她一种连环杀手的气氛。

这套公寓胜在景观。它位于约克大街的一条侧巷里,面朝中城区,从中央公园到帝国大厦都尽收眼底。深夜里酒醉归来,我会伫立在窗前，惊叹于繁星般的万家灯火。有时我会打开电脑，登录国防部网站。我想浏览一下网页，看看有没有认识的人死去。在他们的"公告"栏里有一长串链接，我一般会点击那些标题为《国防部确认一起陆战队伤亡》的链接——或在不幸的日子，"国防部确认多起陆战队伤亡"。然后它会把你带到列有人名的页面。

那天傍晚我与律师乔和银行家埃德小酌了几杯。和他们在一起我仿佛又回到大学时代，讲讲黄色笑话，借着酒劲讲几个故事，所以等我坐到电脑前，我想，如果看到那些死去的人的名字，我大概多少能找回真实的自己。

我坐在椅子上，点开一则坏消息。这个夜晚在我面前一分为二，乔和埃德的背影渐行渐远。

> 国防部今日公布，两名海军陆战队士兵在"持久自由"①军事行动中牺牲。准下士希尔德·S.梅森，二十七岁，来自纽约州奥耐达；下士詹姆斯·R.沃克勒，二十一岁，来自阿拉斯加州费尔霍普。十月三日，两人在阿富汗赫尔曼德省的战斗中伤重不治。他们隶属于海军陆战队第二远征军（驻北卡罗来纳州勒琼基地）2师9团1营。
>
> 关于该团的更多背景信息，新闻媒体记者可联系海军陆战队第二远征军公共事务办公室，电话(910)451-7200。

公告的日期是十月三日，已是一周半以前。我用谷歌搜索他的名字，搜出一系列最新的报道。"鲍德温县陆战队士兵在阿富汗阵亡。""牺牲陆战队士兵的遗体回家。"一篇题为《回家过圣诞！》

---

① 指2001年至2014年间美国在阿富汗的军事行动。

的旧报道很扎眼地位列其中。我点进去。

网页上出现了一张沃克勒的照片。他的双臂向天空张开,两个妹妹分别从两侧拥抱他。女孩们个子只到他的肩膀,照片看上去像是他出征那天拍的。下面是一段文字。

> 今天,我和妻子目送我们的儿子、我们的陆战队战士——詹姆斯·罗伯特·沃克勒,奔赴战场。尽管看着我们的儿子出发执行一项危险任务是件困难的事,我们为他和他的陆战队兄弟感到无比的骄傲。
>
> 本周早些时候,我们和詹姆斯一同开车来到这里,他和他的陆战队兄弟都情绪高涨。他们的任务是消灭占据阿富汗南部要塞的敌军。尽管面临危险,他们对得到这一机会倍感兴奋。他们数月的刻苦训练就为了出征这一刻。
>
> 詹姆斯今年二十一岁,是费尔霍普高中二〇〇六年的毕业生。他去年赴伊拉克参战,在感恩节安全归来。和他一同出征阿富汗的,还有他在费尔霍普高中的同学约翰·科本下士和安德鲁·鲁索斯准下士,他们在伊拉克也曾并肩作战。
>
> 我们期待陆战队员圆满完成任务,在圣诞节安全归来。
>
> ——乔治,安娜,乔纳森,阿什利,劳伦·沃克勒

我点回先前的搜索结果。等待网页刷新时,我环顾房间。四壁间空空荡荡,一张单人床垫凄凉地躺在地板上。寂静。我回头看屏幕。搜索结果中还有视频。我点开一条 Youtube 视频链接。

屏幕上,人们在一栋学校大楼前蜿蜒排成一队——费尔霍普高中,我猜。看上去就像伊拉克人在首次选举中排队的画面,每个人都耐心而严肃。这是在为沃克勒守灵。整个社区都参与了悼念。我

想我依稀看见博伊兰，身穿军营制服，但视频的图像太差，很难分辨。我合上了电脑。

公寓里没有酒，可我也不想出门。在这座城市我一个老兵也不认得。我不想和平民讲话。我躺倒在床垫上，一股撕心裂肺的情绪袭上心头——你或许可以称之为悲伤。我意识到为什么没人通知我沃克勒的死。我身在纽约。我已离开陆战队。我不再是陆战队员。

那个星期六，我和银行家埃德看了场纪录片。埃德的建议。那部影片是关于退伍老兵如何融入平民生活。四个主角身份各异，有国会候选人，也有颓废到只剩一副皮囊的流浪汉。其中一人是无限制格斗士但罹患创伤后压力症，他讲述了在海外的一次事故。他误向平民车辆开了枪，死的是个小女孩，和他的女儿一般大。

放映结束后，拍摄纪录片的夫妇起身回答了观众提问，随后来到一个小型接待席与观众交流。我走过去感谢他们拍了这部电影。我告诉他们片中关于回归平民生活的困难体现得还不够，但我尤其欣赏他们避免表明政治立场，否则会妨碍故事的讲述。我感觉自己是房间里唯一的老兵，因此比任何人都更有资格置评。假如我看到谁的头上晃动着"伊拉克自由行动"参战老兵的球帽——哪怕只是一顶，我他妈也会老实闭上嘴。

"非常震撼。"出门时，我对银行家埃德说。

他提到那个无差别格斗士讲述杀死小女孩的场景。

"是的，"我自信地说，感到在这个领域自己又有发言权，"知道吗，我在伊拉克见过很多受伤的孩子……"

那一刻我忽然语塞。喉咙紧得无法出声。这完全出乎预料。我想告诉他那个自杀式汽车炸弹的故事——那故事我已经讲得烂熟，有时不得不假装难过，以免显得铁石心肠，但此时我一个字也讲不出。我艰难地吐出三个字"对不起",然后冲到楼上的洗手间。我找了个隔间痛哭,直到情绪稳定下来。

那件事令我惊讶,也令我羞愧。走出洗手间后,埃德和我对刚发生的事都只字不提。

回到住处,我点开国防部网站,浏览最新的伤亡名单——他们在我眼中抽象而空洞。于是我用谷歌搜索"陆战队9团1营"——沃克勒所在的营,然后阅读搜索到的文章,观看相关的 Youtube 视频。

有了互联网,你可以整天什么也不干,只是观看战争视频。枪战录像、炮击、炸弹袭击,应有尽有。有陆战队员解释沙漠里的酷热、沙漠里的严寒、向人开枪是什么感觉、杀死平民是什么感觉、中弹是什么感觉。

我坐在公寓里,听那些音频片段。关于自己心中的感觉,我找不到答案。面前只有需要准备的考试、待读的书、未写的论文。合同、流程、侵权、律师。多得让人发狂的工作在我脑海深处浮现。我把它们拽到眼前。

接下来的几周里我不再去想在阿富汗的陆战队员。我全身心投入工作。繁忙的日子里,时间失去了意义。

我在纽约大学交个朋友很不容易,第一学年我也没和谁约会过。最初我瞧不起那些同学,但当你独处足够长时间以后,你还是感到怅然若失。最终那个女孩找到了我。她对待法学院的态度也如同一个亢奋的酒鬼开车——她很早就察觉出我们俩的这一共同点。

一天她把我拉到一旁,告诉我一些你不会随便和人讲起的事,那种你只会告诉死党或心理医生的事。"我想我可以信任你,"她讲完自己受尽虐待的童年后对我说,"因为,你知道,你也得了创伤后压力症。"我没得创伤后压力症,但我猜她之所以这么想,是因为在公众眼中这种病已成了退伍老兵诡异的代名词。不管怎样,我没有反驳她。

"你看,"她说,"我高个,金发。我能做女孩那些事。但最终我总得告诉别人。他们会想,这姑娘精神出问题了。"

我点点头。那正是我当时的想法。

"我不想拿我的痛苦和你比,"她的话令我惊讶,"我的只是,没什么好说的,我肯定你的经历……"

"我没什么经历。"我说。

"好吧,我不是说我的经历和你的一样糟。"

其实她的经历比我的糟糕无数倍,但这话很难说出口。

一星期后我们上了床。当时我们俩都喝醉了,孤男寡女,再加上我告诉了她沃克勒的事——一方面我需要倾诉,另一方面也算对她袒露心声的回报。

在一起的前几个月里我们频繁做爱,我也经常跑步。快跑让人感觉舒畅,所有压抑已久的情绪都随着手臂的摆动、胸口的炽热以及逐渐沉重的脚步得到释放。在这种状态下你可以思考。你可以带着愤怒思考,也可以是悲伤,或是其他任何情绪,但它们不会将你撕碎。因为你正在做一件事,这件事剧烈到可以回应你心中的波澜。情绪需要某种物理性的出口。如果你幸运的话,物理性的部分能够完全占据上风。过去我参加无限制格斗时就是如此。你将自己累得筋疲力尽,只剩下疼痛和快感。当你处于那种状态,你无暇顾及其他任何事,所有细微的感觉都抛诸脑后。

在伊拉克那段时间,当我看到伤员被送进来,我会和莫茨中校一起去探望他们。莫茨这个不称职的混蛋,他对于"反叛乱"的粗暴理解致使多人受伤。很多伤员不关心自己,也不询问自己的伤势有多严重。他们会首先问及他们的弟兄,那些和他们出生入死的陆战队员,甚至是那些伤势较轻的。非常令人感动。不过当我看到那些士兵时,他们已经上了麻药。而且那些真正伤重的仍处于昏迷中。然而,在自杀炸弹袭击后,一些伊拉克人会在极度痛苦下挣扎扭个不停。即使睁着眼睛,他们也不能视物;即使耳膜没被炸穿,他们也无法听声。我可以肯定,如果他们能够思考的话,他们会想自己的儿子、女儿、父亲、母亲、朋友,但他们只是张大嘴尖叫。处于极度痛苦的人只是一头尖叫的野兽。

在那种境地你是不会感到快乐的。你可以尝试,但你不可能快乐。

"想想白蚁。"和那女孩分手两周后,我对银行家埃德说。我们在他纽约西村的公寓里喝着苏格兰威士忌。很有成年人的感觉。

"有个名叫刘易斯·托马斯的医学研究员,"我说,"托马斯有着类似诗人的头脑。"

"我相信这一特质对医生很有用。"银行家埃德说道。他是那种从不让你说完一整句话的人。

"托马斯说如果你把两只白蚁放在一块泥巴上,它们会把泥巴滚成一堆小球,然后把它们从一处搬到另一处。但它们的工作没有任何价值。"

"就像诗人。"他说。

"托马斯是诗人,"我说,"不是白蚁。"

他咧嘴大笑。所有问题在他看来都很可笑——当你找到合适的视角,大概确实如此。

"它们是微缩版的西西弗斯,"我说,"推着它们的小泥球。我相信对一只白蚁来说,这是个普遍而古老的存在性危机。"

"或许它们需要一只雌蚁。"这是银行家埃德对多数问题的解决方法,而这往往都不是个坏主意。

"它们需要更多的白蚁,"我说,"两只是不够的。如果它们有足够的脑细胞用于感知,它们会觉得失落,在浩瀚宇宙的中心被孤独感包围,诸如此类的感觉。无依无靠,只有泥土和彼此。两只是不够的。"

"所以呢?'三人行'吗?"

"只是加几只白蚁是没用的。结果可能是几堆泥土,但它们的行为仍然毫无目的性。"

"对你来说,"银行家埃德说,"把小泥球推来推去或许就像是,白蚁世界的上网看毛片。"

"不,"我说,"除非你增加越来越多的白蚁,否则它们是不会兴奋的。最终你会达到临界值,达到足够数量的这些小混蛋能真正做些什么。白蚁兴奋起来时,它们开始工作。托马斯说它们干起活来像艺术家。一块土垒在另一块上,构成柱子、拱门。白蚁们从两侧修建,往中间合拢。完美无缺,托马斯说,严格对称。仿佛存在一张蓝图。或是一位建筑师。那些柱子朝着彼此生长、接触、构成屋子,然后白蚁们把屋子连在一起,形成蚁巢,一个家。"

"那就是海军陆战队。"银行家埃德说。

"二十万个为同一个目标努力的工人。二十万个为目标不惜生命的工人。"

"这使得平民的世界看上去就像——"

"一群孤独的小动物,把它们的泥球推来推去。"

银行家埃德笑了。"平民的世界,"他说,"还是公司法业界?"

"两者都是，"我说，"问题在于，在这两小群困惑无助的动物之间，我该选择加入谁，并且我如何才能让自己对他们自以为是的创造产生兴趣。"

"我早就说过，"他说，"你应该来做金融。"

那是上个秋天的事。此刻，在博伊兰的午夜电话吵醒我两星期后，他到了。他笨拙地走进中央车站，活像一个蹒跚学步的大块头男孩，穿着一套已经显小的二手旧西装。西装的胸口紧绷着，裤腿下露出一大截袜子，而他脸上天真无邪的笑容表明他对自己的局促外表浑然不觉。我见过博伊兰健壮的样子，那时他俨然一个魁梧的巨人。到我们派遣结束时，我见过他瘦削的样子，仿佛一具庞大的骨架。但我从没见过他这副疲态——腹部微凸，满脸赘肉。他在阿富汗当参谋，其后果一目了然。

"花二十五美元在一家旧货店买的。"他说，一面揪起衣领转了一圈，炫耀着他滑稽的新行头。

"你为什么穿西装？"我说。他的脸上现出一丝困惑。

"你说过要带我去耶鲁俱乐部。"

我愣了一下才意识到自己的确说过这话。那已是三年前的事。人的记忆真是奇妙。

"你不会想去那儿的，"我说，"你也不会想去这附近的任何地方。"我摊开双臂对着中央车站：川流不息的旅客、大教堂般的瑰丽、天花板鎏金的星图，以及东侧楼梯顶层低调中彰显品位的苹果零售店。"中城区不是人待的地方。这儿只有十七美元一杯的酒和那些喝得起的混蛋。"

"你很快就是那种混蛋了，'十六万先生'。"

"现在还不是，"我说，"何况今晚的酒是我买单——天啊，是我买单——咱们还是离开这鬼地方吧。"

我们乘六号线到阿斯特站,找到一家通宵营业的潜水吧①。只需五美元,就能买到一罐蓝带啤酒或是一杯他们自称的"美醇威士忌"。估计我俩喝到昏迷也花不到八十美元。我们进了门,坐在吧台前。我点了第一轮酒,博伊兰解开衬衫纽扣,松开领带。

"很高兴……"我开口说道。我想说很高兴看见他还活着,但即便那是真心话也显得过于多愁善感,所以我把后半句改为"……见到你。"他笑了。等到酒端上来,他举起威士忌和我碰杯,我俩一饮而尽。

"你为什么不留在陆战队,兄弟?"他说。

我开始意识到博伊兰已经有点醉了,不知他刚和谁喝过——如果不是一个人自斟自饮的话。大多数车站附近都有人卖塑料瓶装的酒,以方便乘客在火车上把自己灌醉。如果那就是他刚干的事,他绝不是唯一一个。

"为什么不留下呢,兄弟?"他说,"你很棒。每个人都说你很棒。"

"因为我是个胆小鬼,"我说,"你什么时候升到少校?"

"升不上去了。我酒驾被抓了。"他难为情地笑了笑。没等我开口,他继续说道,"我知道,我知道,我是个白痴。我再也不酒驾了。"然后他开始问我法学院的事,问我在和谁约会,诸如此类的无聊话题。我意识到正如我希望他讲战争故事,他也希望听听平民的琐事。

于是我们聊起平民的那些事。我提到我的那个女孩,说性爱很棒,其他都很糟,但我希望她一切顺利。然后我告诉他我准备从事

---

①指非正式的酒吧,一般供当地居民喝酒和社交。

公司法，之后再把人生想明白，因为在目前这种状态下理不出头绪。"有很多人，他们在政府机构与大律所之间跳来跳去。花一段时间做自我感觉良好的事，再回去挣些钱。然后再做自我感觉良好的事。再回大律所挣钱。就像放纵堕落与心灵净化间的因果循环。"

我俩醉意渐浓，最终博伊兰说："想不想看个把戏？"他没等我回答，就把蓝带啤酒罐的边缘往门牙上一挤，直到门牙切入铝皮。然后他飞快地转动啤酒罐，用牙齿切出一个完美的圆。酒大口地洒出来，溅在他的西装上。

"哈！"他说，两手各握着半个罐子对着我，"怎么样？"

"厉害。"我说。我注意到他的领带不见了，多半他自己也不知道放哪儿了。

酒吧侍者走过来说："别这么干。"博伊兰告诉他干他娘的。然后他望着我，像是在说："你站在我这边吧？"

长话短说，我们回到我的公寓，喝起威士忌。酒过三巡，我们终于谈到了战争。

我提起在军官基础学校里他们放的空袭录像，那些模糊不清的热点地区，然后，嘭，遍地死尸。尽管爆炸并没你想象中那么剧烈。他妈的好莱坞已经洗了你的脑。

我告诉博伊兰："就像电脑游戏。"他兴奋起来。

"没错，没错，"他说，"你看过头盔摄像机的录像吗？"

我没看过。于是他打开我的电脑，摇摇晃晃地站在桌前，试图使用 Youtube 搜索。他粗壮的手指砸在键盘上，一次敲下好几个键。

"哥们，这酷毙了。"他说。

他终于找到了，是一段主观视角的录像，摄于阿富汗的一次战斗中。摄像机绑在一名陆战队员的头上。

"就像电子游戏。"他说。录像放到一半，我意识到他是对的。那名陆战队员在一堵墙后躬身躲避，我能看到他的步枪枪管划过镜头，和《决战时刻》里一模一样。然后他闪出来，射出几发子弹，就像《决战时刻》。难怪陆战队员们那么喜欢那个游戏。

录像里有许多呼喊声。我听到几句命令，却无法分辨。结尾处一名士兵中弹，但不算严重。

"所以就是这个样子。"我说。

"啊？"

"你参加过战斗。就是这个样子？"

博伊兰盯着屏幕看了一秒钟。"不太一样。"他说。

我等他进一步解释，他却一言不发。

"好吧，"我说，"那就是战斗的样子。至少打中一个坏人就是这样。"

他又看了眼屏幕。"不太一样。"

"但那是一次真实的枪战。"

"操，兄弟，"他说，"管它呢。"

"那可是一部操蛋的摄像机拍下的一段操蛋的真实枪战。"

他久久地盯着屏幕。"摄像机是不一样的。"他说。他敲敲自己的脑袋，歪着嘴冲我笑。

我又看了看屏幕，上面还推荐了其他视频。大多数关于战争，但不知为何其中混着一张写着日文、画了只卡通乌贼的截屏。

"我绝不会让他们把摄像机绑在我身上。"他说。

他的皮肤蜡黄。我想问他沃克勒是否用了敞口的棺木，如果没有，他的身体是否损伤得太严重。但这些话显然无法说出口。

"伊拉克，"我转而问道，"你怎么想？我们赢了吗？"

"嗯……我们干得还行。"他说，两眼盯着屏幕上的战斗视频和卡通乌贼。

我第一次见到博伊兰时，他穿着 A 套制服，胸前醒目的位置佩戴着带 V 标的铜星勋章。我随后便去查了档案，但如今我不再记得授勋的原因。当时博伊兰对我还无关紧要，而且他的表彰辞不像蒂姆的那么清晰和激动人心。因为对博伊兰来说，那是一个漫长如地狱的日子里一系列不显眼的英勇行为的累积，而非那种充满戏剧色彩的浴火奋战。但他至少得到了勋章。沃克勒死于炸弹袭击，一如这些战争中大多数的阵亡案例，他的死没能留给后人一个值得传颂、让人热血沸腾的故事。炸弹不能让你成为英雄。所以蒂姆才显得那么重要。那种驱使沃克勒这样的老兵重返前线的冷酷勇气并不是年轻人加入海军陆战队的初衷。如果没有蒂姆那样屈指可数的故事，谁会参军呢？

最终博伊兰躺在我的地板上睡着了，我坐在他身旁小口喝着威士忌，我那未经战火洗礼的心里泛起一阵嫉妒。我不知是什么原因。他并不为自己的铜星勋章感到骄傲。他也不愿讲述那段故事。"那是糟糕的一天。"这是我从他口中听到最多的一句话。我甚至不知道自己渴望他拥有的是什么。我只知道自己也渴望拥有。而他就在我面前，近得我两次将威士忌洒在他身上。

阿甘本①说人类和动物的区别在于动物完全受制于刺激。想想一只被汽车前灯照到的鹿。他描述了一组实验，实验中科学家给一只工蜂一处蜜源。当它开始吮吸时，他们将它的肚子切掉，这样一来花蜜就无法填饱它的肚子，而是从它的伤口汩汩流下。它吸入多

---

① 乔治·阿甘本（Giorgio Agamben, 1942—   ），意大利当代政治思想家、哲学家。

少,就流失多少。你可能以为那只蜜蜂会改变它的行为,但它不会。它会一直开心地吮吸蜂蜜,在"花蜜的存在"这一刺激下无限地继续下去,直到这种刺激被另一种刺激消解,那就是"饱胀的感觉"。但第二种刺激永远不会来——伤口会让蜜蜂不停吮吸直至饿死。

我又将一点威士忌洒在博伊兰身上,心里隐隐希望他会醒来。

十公里以南

那天清晨我们向十公里以南开炮，在某个走私据点投下了二百七十磅的洲际弹道导弹。我们消灭了一股叛军，然后去费卢杰军营食堂吃午餐。我要了鱼和青豆。我尽量吃得健康。

在桌上，我们九个人要么微笑，要么大笑。我依然难掩紧张而兴奋的心情，脸上不时露出笑容，双手不住搓揉，婚戒在手指上转了又转。我身旁坐着沃尔斯塔特，我们的头号勇士，然后是朱伊特——他和我、博兰德同在弹药组。沃尔斯塔特取了一大盘意式馄饨和博普塔特饼干，举起刀叉前他抬头扫了一眼桌上所有的人，说："真不敢相信我们真的执行了炮击任务。"

桑切斯说："是我们大开杀戒的时候了。"迪兹中士笑了。我甚至也笑出声来。我们来伊拉克已经两个月，仅有少数几支炮兵部队真正展开炮击，我们是其中之一，但只是发射照明弹而已。步兵不愿意冒被本方炮火误伤的风险。炮兵连里有些班已经朝敌人开过炮，但我们没有。直到今天。今天，他妈的整个连火力全开。而且我们知道自己命中了目标。连长是这么说的。

一向沉默寡言的朱伊特问道："你们觉得我们杀了多少叛军？"

"一个排的部队。"迪兹中士说。

"什么？"博兰德说。他长得贼眉鼠眼，惯于冷嘲热讽。他笑了起来："一个排？ 班长，基地组织可没有排。"

"那你觉得我们为什么需要他妈的整个炮兵连?"迪兹中士一字一顿地说道。

"我们不需要,"博兰德说,"每个班只发射两发。我猜他们只是想让我们都有机会向真实目标射击。再说了,在没有遮挡的沙漠里,一发洲际弹道导弹就足以消灭一个排。我们绝对不需要整个连。但这很有意思。"

迪兹中士缓缓摇了摇头,沉重的双肩俯向餐桌。"一个排的部队,"他重复道,"就是这样。要消灭他们,必须每个班两发。"

"不过,"朱伊特低声说,"我不是问整个连。我是说,咱们班。咱们班,就咱们班,杀了多少?"

"我怎么会知道?"迪兹中士说。

"一个排大约是……四十人,"我说,"想想,六个炮兵班,做个除法,结果等于六。精确地说,每个班六点六个人。"

"没错,"博兰德说,"我们正好杀了六点六个人。"

桑切斯掏出笔记本开始计算,数字工整地出现在他笔下。"再除以班里的九个人,那么今天你,你个人,杀了零点七几个人。那大概等于……一个躯干加一颗头。或者是一个躯干加一条腿。"

"这可不好笑。"朱伊特说。

"我们杀的绝对不止这些,"迪兹中士说,"我们是连里最棒的班。"

博兰德哼了一声:"我们只不过朝着火力指挥中心给出的方位和仰角开火,班长。我是说……"

"我们是最棒的班,"迪兹中士说,"能在十八英里外击中一个兔子洞。"

"但即使我们正中目标……"朱伊特说。

"我们就是正中目标。"迪兹中士说。

"好吧,班长,我们正中目标,"朱伊特说,"但其他班,他们可能率先击中目标。或许所有敌军都已经死了。"

我想象着那个画面:弹片射在四散的尸体上,冲力拽着四肢左右晃动。

"听着,"博兰德说,"即便他们先击中,不等于所有人都死了。或许有些叛军被弹片击中胸部,是的,他就像这样——"博兰德吐出舌头,夸张地抓紧胸口,仿佛在一部老式黑白电影里慢慢死去。"然后我们的炮弹落下来,砰,把那混蛋的脑袋炸飞。他已经快死了,但最终的死因是'被他妈炸飞',而不是'胸部中弹'。"

"是的,没错,"朱伊特说,"我猜。但我没觉得杀了人。我想,如果真杀了人,自己会有感觉的。"

"不会的,"迪兹中士说,"你不会知道。除非你见到尸体。"餐桌周围陷入片刻的安静。迪兹中士耸了耸肩。"最好是现在这样。"

"你们不觉得奇怪吗,"朱伊特说,"在我们第一次真正的任务之后,坐在这里吃午饭?"

迪兹中士朝他皱了下眉,吃了一大口他的索里兹伯里牛排,脸上挤出一丝笑容。"饭总是要吃的。"他嘴里塞满食物说道。

"我感觉很好,"沃尔斯塔特说,"我们刚干掉了一些坏人。"

桑切斯随即点点头。"确实感觉很好。"

"我觉得自己没杀人。"朱伊特说。

"从技术上讲,是我拽的拉火绳,"沃尔斯塔特说,"我开的火。你们只是装弹而已。"

"说得好像我不会拽拉火绳一样。"朱伊特说。

"你会,但你没有。"沃尔斯塔特说。

"别吵了,"迪兹中士说,"这是种需要团队协作的武器。需要一个团队。"

"如果我们在美国用榴弹炮杀了人,"我说,"不知道他们会指控我们什么罪。"

"谋杀。"迪兹中士说,"你脑子进水了吗,蠢货?"

"是的,谋杀,那是当然。"我说,"但我们每个人都算吗? 几级谋杀? 我的意思是,我、博兰德和朱伊特是装弹的,对吧? 如果我给一支 M16 步枪装上子弹然后递给沃尔斯塔特,他打死了某个人,我不会说我杀了人。"

"这是种需要团队协作的武器,"迪兹中士说,"团队、协作的、武器。这是不一样的。"

"而且我只是执行装弹动作,可弹药是供应点的人给的,"我说,"他们不也有责任吗?"

"没错,"朱伊特说,"为什么他们不用负责?"

"为什么不算上那些制造弹药的工人呢?"迪兹中士说,"或是那些为弹药买单的纳税人? 你们知道为什么不算他们吗? 因为那是弱智的想法。"

"连长下的命令,"我说,"他也得上法庭,对吧?"

"哦,你相信吗? 你觉得长官们会负责?"沃尔斯塔特笑道,"你来军队多久了?"

迪兹中士一拳砸在桌上。"听我说。我们是六班。我们为刚才的炮击负责。我们刚杀死了一些坏人。用我们的炮火。我们所有人。今天的工作很出色。"

"我还是不觉得自己杀了人,班长。"朱伊特说。

迪兹中士长叹了一口气。然后是片刻的沉默。他摇着头笑起来。"好吧,没问题,我们所有人,除了你。"他说。

走出食堂后,我不知该干些什么。傍晚我们有另一次照明任务，在那之前再无安排，因此多数人想回营睡觉。但我不想睡。我感觉自己终于彻底清醒了。今天早晨我遵循集训营的惯例，睡了两小时就起身穿衣，在大脑开始运转之前做好杀戮的准备。但现在，虽然身体疲惫，脑子却刚刚苏醒。我想保持这种状态。

"回宿舍吗？"我对朱伊特说。

他点点头，于是我们绕着作战广场，走在道旁的棕榈树阴影下。

"我希望我们有些大麻。"朱伊特说。

"好吧。"我说。

"只是说说。"

我摇摇头。我们走到作战广场的一角，费卢杰外科中心就在正前方，然后我们往右转。

朱伊特说："终于有件值得告诉我妈的事了。"

"嗯，"我说，"一件值得告诉杰茜的事。"

"你上次和她说话是什么时候？"

"一周半以前。"

朱伊特没有置评。我低头看了眼我的婚戒。我出征前一周，杰茜和我在市政厅登记结婚。如果我死了，杰茜就能得到抚恤金。我感觉自己不像个结了婚的人。

"我该怎么对她讲？"我说。

朱伊特耸耸肩。

"她以为我是个狠角色。她以为我每天出生入死。"

"我们的确经常遭到炮击。"

我面无表情地看了朱伊特一眼。

"我们并非一无是处，"他说，"无论怎样，现在你可以说自己解决了几个坏人。"

"也许吧，"我看了看表，"现在是凌晨四点，她那边的时间。我得等会儿才能告诉她我是个大英雄。"

"我每天都跟我妈这么讲。"

快到宿舍时，我告诉朱伊特我有东西忘在炮台了，然后转身折返。

步行去炮台需要两分钟。当我逐渐靠近时，沙漠里的棕榈愈渐稀疏，我能望见费卢杰军营邮局。这里的天空与地平线相接。它呈现出完美的蓝色，万里无云，一如过去两个月的每个日子。我看见一排大炮指向天空。只有二号和三号炮台有人驻守，但那些士兵也只是在一旁闲坐。今晨我到岗时，所有炮台的人员均已到位，每个人都兴奋异常。天空仍漆黑一片，只在地平线边缘渗出一丝血红。在微弱的晨光中你可以看出大炮的轮廓，那巨大的、四十英尺长的灰黑色精钢炮筒直指晦暗的天空，炮筒之下是陆战队员忙碌的身影。他们检查着炮身、炮弹、火药。

在明亮的阳光下，这些炮闪着刺眼的光芒，但清晨时分它们显得灰暗而肮脏。我、博兰德和朱伊特站在右后方，守在弹药旁待命，同时桑切斯报出给到三号炮的方位和仰角。

我把双手放在其中一枚炮弹上——那是我们发射的第一枚。这也是我第一次朝真人目标发射。当时我多想将它举起，感受它压在肩上的重量。我曾苦练装弹。在无数次的训练中，炮弹撞击手指、摩擦皮肤，在我手上留下了一道道疤痕。

三号炮完成了两枚炮弹的发射。接着轮到我们："开火任务。炮台。两枚。"桑切斯报出方位和仰角，迪兹中士重复了一遍，然后杜邦和科尔曼——我们的炮手和副炮手——又重复了一遍。他们完成设置，检查完毕，随后让迪兹中士再次检查，得到桑切斯的确认。然后我们托起炮弹，杰克逊准备好火药。我们熟练地操作，如训练中那样。我和朱伊特在弹架两侧托住炮弹，博兰德在后面握着填弹棒。迪兹中士检查火药，口中念道："三、四、五、推进剂。"然后对桑切斯说："五处装药完毕，推进剂就绪。"确认无误。

我们推炮弹上膛，博兰德用填弹棒将其推入，直至一声脆响。沃尔斯塔特关闭炮膛。

桑切斯说："挂绳。"

迪兹说："挂绳。"

沃尔斯塔特将拉火绳挂在扳机上。我已见他练习过上千次。

桑切斯说："准备。"

迪兹说："准备。"

沃尔斯塔特抽出拉火绳末梢，拉紧了抵在腰间。

桑切斯说："开火。"

迪兹说："开火。"

沃尔斯塔特做了个标准的向左转。炮响了。

炮声扑面而来，震颤着穿过我们的躯体，透入胸腔，直抵牙根。我能够尝到空气中火药的味道。大炮开火时，炮膛像活塞一般往后退，随即复位。每次发射的冲力激起一阵烟尘。我环视整座炮台，却看不见全部六门炮。我只看得见朦胧的火焰，准确地说，连火焰也不见，只有火药烟尘中的红色闪光。我能感到每门炮的怒吼，而不仅是我们自己的。我想：上帝，这就是我愿为炮兵的原因。

相比之下，一个手持 M16 步枪的步兵能干点什么？ 5.56 毫米子弹？ 即使是.50 勃朗宁机枪，你又能干点什么？ 或是坦克的主炮？ 你的射击范围有多远？ 一英里或者两英里？ 你的杀伤力有多大？ 一栋小房子？ 一辆装甲车？ 我们刚投下的炮弹落在炮台以南约六英里处，地面战斗中它们的打击力无出其右。每枚炮弹重一百三十磅，弹壳内搭载了八十八颗小型炸弹，它们会在目标区域

十公里以南　243

内飞散。每颗小型炸弹均有预装的炸药提供动力,能穿透两英寸厚的钢板,四散的弹片覆盖整个战场。准确发射炮弹需要九个人的协作。要有一个火力指挥中心,一名优秀的监靶员,还需要数学、物理、设计、技巧与经验。虽然我只负责装弹,也许只算得上弹药组的三分之一,但我的操作完美无瑕。炮弹上膛后发出悦耳的脆响,随后在不可思议的咆哮中,它射入天空,飞向我们六英里以南,正中目标区域。无论我们打向哪里,一百码内的一切,以橄榄球场长边为半径的圆形区域内的一切活物,尽数灰飞烟灭。

不等炮完全复位,沃尔斯塔特就解下火绳,打开弹仓,用弹仓刷擦拭。完毕后我们又装了一枚——那天我朝真人目标发射的第二枚,尽管那时我可以肯定已经没有存活的目标。我们再次开火,震颤直入骨髓。我们看着火球喷出炮筒。更多的尘土和火药在空气中弥漫,混着伊拉克沙漠的沙粒,令人几近窒息。

任务完成。

我们身边满是烟尘。除了身前的炮位,什么也看不清。我用力呼吸,深深吸入火药的气味。我望着我们的大炮。它伫立在炮台之上,静谧、雄伟。我心中不禁涌起一份热爱。

沙尘缓缓落下。一阵风吹来,卷起烟雾,升到我们头顶,然后继续拔高,直入天空,成为两个月来我见到的第一朵云。那朵云渐渐稀薄,消散在空气中,溶入伊拉克温柔的红色晨曦里。

此刻站在这排大炮前,面对蔚蓝无云的天空,望着挺立在空气中的炮筒,很难相信早晨的事真的发生过。我们的炮上没留下一丁点今晨的痕迹。任务一结束,迪兹中士就命我们进行清洗。作为我们六班首开杀戒后的某种仪式。我们把填弹棒和弹仓刷拆解,将两根操纵杆接在一起,前端绑上炮膛刷,然后把刷子浸在清洗液里。接着我们在炮身前站成一队,一齐发力洗刷炮膛。我们不断重复这一程序，看着被碳染黑的清洗液一缕缕从膛口流出，继而染黑我们的手。我们一遍又一遍地清洗，直至它被洗净。

所以这里没有任何战事的印记，尽管我知道十公里以南有个巨大的弹坑，周围是凌乱的弹片、炸成废墟的房屋、烧毁的车辆和扭曲的尸体。那种尸体。迪兹中士在他的首次派遣中见过，那还是在美军最初出兵的阶段。我们其他人都没见过。

我猛地把头从炮台方向扭开。它太纯净了。也许这是种错误的思考方式。某个地方躺着一具尸体，曝晒在日光下。在成为一具尸体前，他曾是一个男人。他活过，呼吸过，也许杀过人，也许施过刑。是那种我一直想杀死的人。无论怎样，他已是个百分百的死人。

于是我头也不回地往营地走去。只是很短一段路，我到达时几个人正在吸烟坑旁玩德州扑克。迪兹中士、博兰德、沃尔斯塔特和桑切斯。迪兹的筹码比其他人都少。他魁梧的身躯俯向牌桌，冲着赌池直皱眉。

"乌拉，小伙子。"他瞥见了我，说道。

"乌拉，班长。"我看着他们玩牌。桑切斯翻开转牌①，每个人都过了。

"班长？"我说。

"什么？"

我不知道该从何说起。"你不觉得，或许，我们应该出去巡视一下吗？看看是否有幸存者。"

"什么？"迪兹中士全神贯注于牌局。桑切斯一翻河牌②，他就

---

① 德州扑克游戏中第四张公共牌。
② 德州扑克游戏中第五张公共牌。

弃牌了。

"我在说我们刚完成的任务。我们是不是该出去,巡视一下,看看是否有幸存者?"

迪兹中士抬头盯着我:"你是白痴吗?"

"不是,班长。"

"没有幸存者。"沃尔斯塔特说,一面也弃了牌。

"你见过基地组织开着坦克到处跑吗?"迪兹中士说。

"没有,班长。"

"你见过基地组织挖出牛逼的地堡和战壕吗?"

"没有,班长。"

"你觉得基地组织会魔法,那种洲际弹道导弹也他妈炸不死的忍者魔法吗?"

"不会,班长。"

"不会,你他妈说得对,不会。"

"是的,班长。"

赌局里只剩下桑切斯与博兰德。桑切斯看着赌池,漫不经心地说了句:"我想2团和136团会在那一带巡逻。"

"但是班长,"我说,"那些尸体呢? 不该有人去收拾尸体吗?"

"上帝,准下士。你看我像殓葬队的吗?"

"不像,班长。"

"那我像什么?"

"像个炮兵,班长。"

"你他妈说得没错,杀手。我是个炮兵。我们提供尸体。我们不负责收尸。听清楚了吗?"

"是的,班长。"

他抬头看着我:"那你是什么,准下士?"

"炮兵,班长。"

"你是干什么的?"

"提供尸体,班长。"

"你他妈说得没错,杀手。你他妈说得没错。"

迪兹中士转身重新投入牌局。我趁机溜走了。问迪兹这种问题是件愚蠢的事,但他的话启发了我。人员收殓与处理:又名殓葬事务。我竟忘了他们。他们一定已经收敛了早晨的尸体。

这念头甫一出现,便在我脑里挥之不去。尸体应该就在这儿,在基地里。但我不知道殓葬事务在哪儿。我从不想知道,但现在也不想向任何人问路。谁会去那儿呢? 我离开连队营地,顺着作战广场的边缘来到作战后勤营的楼前,一路躲开军官和士官。我花了半个多小时偷偷摸摸地辨识建筑外的标示,终于找到了这栋棕榈树环绕的狭长低矮的长方形建筑。它贴在后勤营综合楼一侧,除此之外和其他楼没有两样。它整洁的外观让人感觉异样——如果他们清理了早晨的尸体,残肢应该多得从门口溢出来。

我站在楼前,望着入口。一扇简易的木门。我不该站在这扇门前,不该推开它,更不该走进去。我的编制在战斗部队,我不属于这里。这会带来厄运。但我已经一路寻到此处,找到了它,而且我不是个懦夫。于是我推开门。

门内空气阴冷,一条长廊两侧房门紧闭,一名陆战队员坐在桌前,背对着我。他戴着耳机,耳机另一端插进电脑,电脑正在播放某个电视节目。屏幕上一个着装艳丽的女人正挥手打车。她乍一看很漂亮,但画面随即切至特写,显然那美貌只是错觉。

桌前的陆战队员转过身,摘下耳机,抬起头一脸困惑地望着我。我看了看他领口的肩章,是名军士长,但相貌比多数军士长老得多。他嘴唇上留着灰白的短髭，两鬓业已斑白，但头上其他部分全都光秃锃亮。他也斜着看我时，眼角的皮肤挤出几层皱纹。他很胖，即使透过制服我也能看出来。他们说殓葬队都是预备役，在陆战队里不担任作战任务。他显然像个预备役。

"有什么能帮你的，准下士？"他的嗓音里带着柔和的南方式尾音。

我站在那儿盯着他，张着嘴，时间一秒一秒地过去。

老军士长的表情和缓下来。他身体前倾，说："你是不是失去什么人了，孩子？"

我花了一秒钟才明白他的话。"不，"我说，"不。不不不。不是。"

他望着我，眼神困惑，一条眉毛翘了起来。

"我是炮兵。"我说。

"嗯。"他说。

我们对视着。

"我们今天执行了一项任务。目标在这里以南十公里？"我看着他，希望他能明白。狭窄的走廊已令我倍感压抑，横在面前的桌子和这名正疑惑地看着我的老胖军士长只能加剧这种感觉。

"嗯。"他说。

"这是我第一次执行这种任务……"

"嗯。"他重复道。他探着身子眯眼看我，似乎一旦看得清楚些，他就能明白我他妈到底在说什么。

"我是说，我来自内布拉斯加。内布拉斯加州奥德市。在奥德我们什么也不干。"我完全明白自己听上去就像个白痴。

"你还好吗，准下士？"老军士长关切地看着我，等待我的回答。同样情况下，炮兵部队的任一名军士长应该已在痛骂我了。其实我一走进这扇门,踏入这块不属于我的地方,炮兵部队的任一名军士长就该痛骂我了。但这名军士长,也许因为他是预备役,也许因为他老了,也许因为他很胖,他只是抬着头,等我说出心里憋着的话。

"我只是从没杀过人。"

"我也没有。"他说。

"但我杀了。我猜。我是说,我们只是发射了炮弹。"

"好吧,"他说,"那你来这儿干什么?"

我无助地望着他。"我在想,或许,你去过那儿。见过我们炮击后的场面。"

老军士长往椅背上一靠,嘴唇紧闭。"没去过。"他说。

他深吸了一口气,然后缓缓呼出。

"我们处理美军阵亡人员。伊拉克人处理他们自己的。我唯一见到敌军尸体是当他们死在美军医院的时候。比如费卢杰外科中心。"他朝基地医院的大致方向挥了挥手,"再说,塔卡德姆基地有殓葬部门。他们可能已经处理了那个区域。"

"哦,"我说,"好吧。"

"我们今天没做那种事。"

"好吧。"我说。

"你会没事的。"他说。

"是的,"我说,"谢谢你,军士长。"

我站在那儿,看了他一秒钟。然后我扫了一眼走廊里所有紧闭的门,门后应该是空空如也。军士长身后的电脑屏幕上有一群女人喝着粉红马丁尼。

"你结婚了,准下士?"军士长看着我的手,注意到我的婚戒。

"是的,"我说,"大约两个月了。"

"你多大了?"他问。

"十九。"

他点点头,静静坐着,仿佛在思考某件沉重的事。当我准备离开时,他说:"有一件事你可以为我做。愿意帮忙吗?"

"当然,军士长。"

他指着我的婚戒。"把那个摘下来,和你的狗牌一块儿挂在项链上。"他用两根手指掏出自己脖子上的项链,找出他的狗牌给我看。在刻有他个人信息的两枚金属片旁边,挂着一枚金戒指。"行吗?……"

"我们需要收集死者的私人物品,"他说,一面把自己的狗牌放回衬衫里,"对于我来说,最困难的事就是把婚戒摘下来。"

"哦。"我倒退了一步。

"你能这么做吗?"他说。

"是的,"我说,"我可以这么做。"

"谢谢。"他说。

"我该走了。"我说。

"你该走了。"他说。

我迅速转过身,打开门,步入楼外的热浪中。我走得很慢,背挺得笔直,控制着步伐,同时右手搭在左手上,担心着我的婚戒,将它在手指上转了又转。

我答应军士长自己会照做,所以我边走边把戒指褪下来。如果把它和狗牌放在一起,感觉是个坏兆头。但我还是把它们从脖子上找出来,解开项链搭扣,把戒指穿进项链,重新合上搭扣,再把狗牌转回到脖子前面。戒指摩擦着我的胸口。

我越走越远,走过作战广场外路旁的棕榈树,全然不顾走向何处。我饿了,到开饭的时间了,但我不想去食堂。我走到费卢杰外科中心旁边的路上，停下了脚步。

那是一栋又矮又宽的沉闷建筑，米黄色外观，在刺眼的阳光下和其他所有东西一样了无生气。不远处有一个吸烟坑，两名医务兵正坐着吸烟聊天，呼出的淡淡烟雾飘散在空气中。我等待着，望着那栋建筑，仿佛某种不可思议的东西即将出现。

当然，什么事也没发生。但在酷热中，站在费卢杰外科中心前，我回忆起两天前的凉爽天气。当时我们去食堂吃饭，整个六班，一路插科打诨。迪兹中士断言斯巴达人都是同性恋，话说到一半忽然停下来。他猛地止步，然后挪动脚步，挺直身体，小声说："立——正！"

我们立即立正，却不知为何。迪兹中士举起右手行军礼。我们也照做。然后我看见，在路的远处，四名医务兵抬着一具担架从费卢杰外科中心走出来，担架上盖着美国国旗。一切都静默、凝重。整条路上，陆战队员与水手都立正敬礼。

晨光中很难看清。我眯着眼望着那面厚重国旗下的身躯。担架消失在视野里。

此刻，站在阳光下，看着吸烟坑旁的两名医务兵，我不知道他们是否就是抬那具遗体的人。但他们肯定抬过某具遗体。

那具遗体经过时，立在路旁的每个人都那么静默，那么凝重。除了医务兵缓慢的步伐和遗体平稳的移动，再没有别的声响和动作。那是来自另一个世界的死亡的模样。但现在我知道那具遗体的去向——殡葬队的老军士长那里。如果有枚婚戒的话，军士长应已将它缓慢地从僵硬的手指上褪下。他收集所有的私人物品，为遗体作好运输准备。然后它被空运到塔卡德姆基地。当它从飞机上被抬下时，陆战队员会静默、凝重地站立，如我们在费卢杰那样。然后他们把它抬上飞往科威特的C-130运输机。在科威特，他们也会静默、凝重地站立。之后他们会在德国静默、凝重地站立，在多佛空军基地静默、凝重地站立。所到之处，海军陆战队、海军、陆军、空军战士都会立正，直到逝者回到家人身边。到那时，这种静默，这种凝重，才会终止。

没有诗意的战争(代译后记)

初读菲尔·克莱的《重新派遣》时，我不由想起蒂姆·奥布莱恩的越战经典小说《士兵的重负》(*The Things They Carried*)。两本小说都是关于参战美军士兵的短篇故事集，作者的经历也颇为相似：大学毕业后奔赴海外战场，退伍回国后开始反思、书写。时隔二十四年，战场从越南换到了伊拉克，一代士兵老去，新的面孔依然稚嫩，但是战争故事又能有几分新意？ 在翻译的过程中，我怀着这个问题重读了《士兵的重负》。书中一个场景在我脑海里挥之不去：一队美军士兵在山间一棵浓荫蔽日的大树下休息，两个十九岁的士兵玩起了抛接烟雾弹的游戏。其中那个名叫 Kurt Lemon 的士兵往后踏了半步，阳光刚好打在他的脸上，转瞬之间，脚下的地雷将他送上了半空。二十年后，"我"午夜梦醒，忆起当时在清理散落树间的 Lemon 的遗骸时，一个士兵无意识地哼起了《柠檬树》(Lemon Tree)。奥布莱恩写道：

> 真正的战争故事永远不是关于战争。它是关于阳光。它是关于黎明铺洒在河面上的独特方式——你明白自己必须渡河进入山间，做那些让你恐惧的事。它是关于爱和记忆。它是关于忧伤。

我忽然意识到，奥布莱恩这种近乎诗意的笔触，以及那种如同阳光洒在身上的感动，正是我在克莱的《重新派遣》中极少遇到的。克莱对于战争的讲述隐忍、克制，为了避免强烈的个人情感而选择相对冷静、疏离的视角。在《战争故事》一篇中，主人公的好友说了这样一段话：

> 祖父说唯一能让人们铭记战争的办法不是拍一部关于战争的电影，而是拍一部关于一个孩子的电影，讲述他的成长经历。讲述那个让他堕入情网又让他心碎的女孩，讲述他如何在二战后选择参军。然后他组建了一个家庭，第一个孩子诞生，这让他明白了如何衡量人生的价值，如何找寻活着的意义，如何关爱他人。然后朝鲜战争爆发，他被派往前线。他既兴奋又恐惧，不知道自己是否有足够的勇气，同时从心底感到自豪。电影的最后六十秒，他们把他送上去仁川的小船，他在水里中弹，淹死在海滩三英尺深的海浪里，电影甚至不会给他一个特写镜头，就这样结束。这才叫战争电影。

好莱坞式的特写镜头正是克莱在写作中竭力避免的。没有硝烟弥漫的大场面，没有兰博式的孤胆英雄。我们跟随战争中平凡参与者的目光，体会战争的点滴，拼凑出战争中的群像。这十二个短篇的主人公有步兵、炮兵、心理战特种兵，也有殓葬队员、文官、随军牧师，还有他们眼中映出的伊拉克平民以及恐怖分子的影像。他们普通得像我们自己，有转瞬即逝的勇气和挥之不去的恐惧，心里不时闪过对战争的怀疑和厌倦。我渐渐明白，这些故事其实是关于人，关于人如何在战争中生活，又如何接受战争永远地成为自身生命的一部分。

篇幅仅有三页的《我的伊战》是士兵经历的一个缩影。主人公是一名在伊战中负责发放重建基金和战争抚恤金的后勤兵，参战只是为了获得退伍助学津贴，进了训练营才发现自己也得上战场。他硬着头皮执行了二十四次任务，排查过包括骆驼炸弹在内的所有类型的炸弹，却一不留神遭遇了爆炸，团队两死三伤。自责的他放弃了退伍上学的机会，要求重返战场。故事并未试图告诉我们战争让士兵变得高尚，它只是展示了战争在人们心里留下的印记。正如《肉体》一文中写到的：

> 我不觉得战争使我变得比别人更优秀。它不过是日复一日重复上演的悲剧。

战争将人置于一个极端的环境，它有自身的逻辑和规则。作战的直接目的就是杀人，死亡是最冰冷却又最容易抓紧的现实。平常人对于死亡的认识往往是缓慢、累积的，而在战争中这种认知的变化是瞬间、剧烈的。士兵们在经历了漫长的集训后踏上战场，多少憧憬着杀戮，首次杀敌更被视为一种荣耀。团队作战的炮兵甚至会半开玩笑地计算平均每人杀了"零点七几个人"，大概等于"一个躯干加一颗头"。但当敌人的身体渐渐冷却，热迹在红外线瞄准镜里消失时，死亡的阴影爬上心头。士兵望着尸体，意识到那个死去的人也曾是一个和自己一样有血有肉、有父母妻儿的人。他联想到同伴的死，想到自己的死——死亡忽然像停尸房阴冷的空气一样触手可及。死亡让所有人成为同胞。

无论士兵的外表多么冷酷，在杀人之后，谁也无法逃避对自身善恶的拷问。这对任何人都是一种折磨——别忘了那些士兵不过是二十岁上下的孩子。他们中的很多人，想要行善，却无情地被现实击溃，难以抑制自己的恐惧和愤怒，只能刻意压抑善念，渴望变得比环境更强硬、更残忍。《火窑中的祈祷》中，年迈的康奈利牧师在提到战争的恶行时写道：

> ……只是罪恶的爆发，而非罪恶本身。永远别忘记这一点，否则你可能失去对人性弱点的怜悯。罪恶是一件孤独的事，它是包裹着灵魂的虫，使灵魂无法触及爱、快乐，无法与他人或上帝沟通。那种深陷孤独、无人倾听、无人理解、无人回应其哭喊的感觉仿佛一种疾病……

士兵是孤独的。虽然他们总是结队出行，虽然他们互相飙脏话、讲黄色笑话，虽然他们通过玩电子游戏、手淫、召妓来缓解压力。他们把痛苦埋在心底，派遣结束之后那些画面才一一浮现。他们痛苦、愤怒、迷茫、悔恨，希望向人倾诉却不知如何开口。他们反感普通人对于战争一切先入为主的想法，无论他们是支持还是反对战争。在《心理战》中，身为心理战特种兵的"我"面对无法理解自己的父亲爆发出莫名之火，喊出了在费卢杰战场上用过的每一句脏话——"我替他诅咒也诅咒他，用英语、伊拉克语、现代标准阿拉伯语、古兰经阿拉伯语、贝都因俚语。"后来"我"向同班的女孩复述这一切，微笑着等待女孩的愤怒，没想到她"走近我，把手放在我的肩膀上，她的触摸轻柔而温暖"。"我"第一次感到不知所措。聆听，是疗伤的开始。

讲述与聆听，这大概也是克莱希望与读者建立的一种关系。他擦亮镜头，让读者清晰地看到战场的原貌。没有判断，唯有呈现。伊拉克的沙漠白天酷热、夜晚寒冷，这种昼夜交替的冷暖没有生死的隐喻。沙漠只是沙漠，战争也只是战争。

美军士兵的一个派遣期是七个月，我翻译这本书恰好也花了七个月，差不多用去了全部的业余时间。标题故事《重新派遣》里说，在派遣期内，士兵时刻将全副注意力集中在下一个瞬间，然后忘记这个瞬间，把注意力转移到下一刻——就这样一个接一个瞬间，连成七个月长的派遣期。这大概也是我在自己的"派遣期"内的状态。在翻译《火窑中的祈祷》一篇时，我正准备做一个小手术。记得那天换上病号服，在床边的小桌上敲键盘，康奈利牧师的那封信仿佛一支烛光，让我感到温暖。现在我仍会不经意回想起那个瞬间。很感激这本书成为我生命的一部分，同样感激我的编辑索马里和彭伦老师，以及张芸老师和 Velli 老师的帮助。

亚　可
2016.12